Michael Romahn

Das Buch

Eine spurlos verschwundene Frau und ein ausgebrannter Lieferwagen geben der Kripo Rätsel auf. Als die grausam entstellte Leiche Björn Landaus gefunden wurde, nimmt der Fall bizarre Formen an. Warum wurde er auf so brutale Weise getötet? Der Fall wird immer mysteriöser, als die junge Journalistin Sophie Degenhardt tot in ihrer Wohnung aufgefunden wird. Sie wurde erstickt. Nichts deutete darauf hin, dass die beiden Fälle etwas miteinander zu tun haben könnten.

Dann geschieht der nächste Mord und wieder wurde das Opfer gefoltert. Als auf Oberkommissarin Ilka Hansen geschossen wird, gerät die Kripo in Aufruhr. War es ein Anschlag oder ‚nur‘ eine Warnung? Doch Ilka denkt nicht daran, aufzugeben und ermittelt weiter, bis der Fall eine überraschende Wendung nimmt, mit der niemand rechnen konnte …

Ilka Hansen und das Stader Kripoteam mit ihrem Kollegen Cem Kayaoglu ermitteln zum vierten Mal in der MCE-Krimireihe, die überwiegend in Stade und Harsefeld spielen.

Der Autor

Michael Romahn wurde 1959 in Stade geboren und lebt seit einigen Jahren mit seiner Familie in Harsefeld im Landkreis Stade. Er arbeitet als technischer Redakteur im Flugzeugbau, seine Liebe jedoch gilt der Schriftstellerei. Mit dem vorliegenden Band erscheint sein vierter Kriminalroman, der in Stade und Harsefeld spielt. Der vierter große Fall der Oberkommissarin Ilka Hansen.

Michael Romahn

Die letzte Lieferung

Ilka Hansens vierter Fall

Kriminalroman

Die Handlung und sämtliche Personen des Romans
sind frei erfunden. Jede Ähnlichkeit mit einer lebenden
oder verstorbenen Person ist nur zufällig.

Impressum:

© 2019 MCE Verlagsgesellschaft mbH & Co. KG
(Medien Contor Elbe)
Sietwender Straße 73, D-21706 Drochtersen, Tel. 04143/435
Internet: www.mce-verlag.de, Mail: info@mce-verlag.de
1. Auflage Oktober 2019
Alle Rechte sind dem Verlag vorbehalten!
Umschlaggestaltung und Satz: digiscreen, Herwig Baak, Stade
Umschlagfoto: © alexvh – stock.adobe.com
Druck: Clausen und Bosse, Leck
ISBN: 978-3-938097-53-3

Danksagung

Mein besonderer Dank gilt wie immer meiner Frau Tanja und meiner Tochter Lena Elisabeth. Danke, dass ihr mir die Zeit schenkt, um meine Träume zu verwirklichen!

* * *

Ein großes Dankeschön auch an Peggy, Tibor und Svetlana Grützke. Es ist für mich keineswegs selbstverständlich, dass ihr mir wieder eure kostbare Zeit geschenkt habt, um das Manuskript zu lektorieren.

* * *

Nicht vergessen möchte ich an dieser Stelle Jörn Busch. Was wäre ein Autor ohne eine gute Homepage. Danke für deine spontane Hilfe!

Wer sich ins Geschirr von Leuten spannen lässt,
die den Hals nicht voll bekommen können,
darf sich nicht wundern,
wenn er eines Tages verschluckt wird.

Prof. Querulix, deutscher Aphoristiker und Satiriker

Kapitel 1

Jana Landau näherte sich mit ihren roten VW Polo dem Waldrand des Rüstjer Forstes. Der anhaltende Regen der letzten Tage hatte den Weg in eine wahre Schlammwüste verwandelt. Sie drosselte die Geschwindigkeit, um den Polo wenigstens einigermaßen in der Spur zu halten.

Auf was hatte sie sich da nur eingelassen? Warum war sie ihrem Vater gefolgt, anstatt in der Spedition auf seine Rückkehr zu warten? Für einen Moment dachte sie daran umzukehren, doch dann würde sie vermutlich nie erfahren, was ihr Vater an diesem verlassenen Ort zu suchen hatte. Sie spürte die Wut, die in ihr aufloderte, Wut auf ihren Vater, aber vor allem auf sich selbst, dass sie sich in diese bedrohliche Lage gebracht hatte. Sie biss sich auf die Lippen.

Ihr Vater hatte am Tag ihres Wiedersehens geschworen, so einen Scheiß nie wieder zu machen. Er hatte es ihr hoch und heilig versprochen, genauso wie er es ihrer Mutter versprochen hatte, als sie ihn am Anfang seiner Haftstrafe besucht hatte. Mama war nur dieses eine Mal bei ihm gewesen, danach nie wieder!

Ihr Blick fiel auf den kleinen Schuh aus dunkelrotem Leder, der an ihrem Rückspiegel baumelte. Er hatte die Größe 18, und es war der erste Schuh, den sie in ihrem Leben getragen hatte.

Sie war gerade mal vier Jahre alt gewesen, als ihr Vater zu dreieinhalb Jahren Gefängnis in der Justizvollzugsanstalt Berlin-Tegel verurteilt wurde. Ihre Mutter hatte danach alle Kontakte zu ihm abgebrochen und hatte alle Bemühungen ihres Vaters, wieder in ihre Nähe zu kommen, gerichtlich verbieten lassen. Erst Jahre später hatte sie von ihrer Mutter erfahren, dass er Drogen und Zigaretten über die tschechische Grenze nach Berlin geschmuggelt hatte. All die Jahre hatte Jana nur den Worten ihrer Mutter geglaubt. Was war ihr auch anderes übrig geblieben? Doch vergessen konnte sie ihren Vater nie und sie hatte sich in den Kopf gesetzt, ihn zu finden, sobald sie achtzehn war und ihre Mutter nichts mehr dagegen unternehmen konnte.

Jana fuhr sich mit den Fingern durch ihr braunes, schulterlanges Haar. Sie war aufgeregt gewesen wie noch nie in ihrem Leben, als sie vor einem halben Jahr vor seiner Tür stand. 14 lange Jahren waren vergangen und dann stand er plötzlich vor ihr: in Jeans, Sweatshirt, grau meliertem Haar und Dreitagebart. Sein unsicheres Lächeln hatte ihr verraten, dass er genauso angespannt war, wie sie selbst. Sie hatten die ganze Nacht geredet, bis die Morgendämmerung einsetzte. Am nächsten Tag hatte er ihr dann den kleinen Schuh in die Hand gedrückt.

„Ich habe ihn behütet wie einen Schatz", hatte er gesagt. „Er war in all den Jahren die einzige Erinnerung an dich."

Es hätte ihr beinahe das Herz zerrissen, als sie den winzigen Schuh in den Händen hielt. Sie drehte ihr Gesicht zum Seitenfenster und starrte in die Dunkelheit. Warum hatte er ihr vorhin in der Spedition nicht die Wahrheit gesagt?

Sie hatte ihren Vater dabei überrascht, als er am Abend eine Reihe von Kartons zu seinem Lieferwagen trug. Als sie wissen wollte, was in diesen Kartons sei, hatte er nur den Kopf geschüttelt.

„Was ist in den Kartons, Papa? Worauf hast du dich da eingelassen?" Sie hatte sich ihm provokativ in den Weg gestellt, aber das hatte ihn nicht davon abgehalten, den nächsten Karton einzuladen.

„Ich kann es dir nicht sagen, Jana", hatte er geantwortet. „Ich muss jetzt los. Bitte, lass uns später darüber reden."

Er hatte den letzten Karton in den Wagen gestellt und wollte sich an ihr vorbei zur Fahrertür drängen.

„Papa, was verheimlichst du mir? Sag es mir. Bitte."

„Jana, du musst mir vertrauen. Wenn ich das hier nicht zu Ende bringe, ist alles verloren."

„Was ist dann verloren?"

„Ich muss jetzt wirklich los. Ich bin jetzt schon viel zu spät dran." Er hatte sie nicht einmal angesehen, als er ins Auto stieg und einfach davon fuhr.

* * *

In einem Moment der Unaufmerksamkeit lenkte sie den Wagen zu weit an den Rand des Weges. Sie versuchte noch einmal, Gas zu geben. Doch es war zu spät. Bei dem Versuch, den Wagen wieder freizubekommen, gruben sich die Reifen immer tiefer in den Schlamm.

„Verdammter Mist", stieß sie aus und schlug mit der flachen Hand aufs Lenkrad. „Ausgerechnet jetzt!"

Jana stellte den Motor ab, stieg aus und lief um das Auto herum. Sie stöhnte auf, als sie sah, dass der rechte Vorderreifen bis zur Hälfte versunken war. Ihr war klar, dass sie den Wagen allein nicht wieder flott bekommen würde.

Sie schaute zum Himmel hinauf. Kein Stern war zu sehen. Es war stockfinster, nur ab und zu stahl sich das Mondlicht durch die trägen Wolken.

Ihr Blick wanderte über den Forstweg hinweg zum Wald, der ihr wie ein schwarzes, Furcht einflößendes

Loch vorkam. Zögernd ging sie los, vorbei an einem Stapel frisch geschlagener Baumstämme und folgte dem Lauf des Weges, der sich in der Dunkelheit des Waldes verlor.

Plötzlich glaubte sie, etwas weiter im Wald einen Lichtschein zu erkennen. Dann flackerte ein zweites Licht auf. Sie hielt inne. Beim Anblick der Lichter lief ihr ein kalter Schauer den Rücken hinab. Was hatte ihr Vater so spät abends hier zu suchen?

Jana vernahm ein Knacken, fuhr herum, aber es war niemand zu sehen. Sie klammerte sich an den Gedanken, dass es für die ganze Sache eine logische Erklärung geben musste, obwohl so gut wie alles dagegen sprach. Jana stand unbeweglich da und starrte zum Lichtschein. Sie war kurz davor, in Panik zu verfallen.

Wieder hörte sie das Knacken von Ästen. Sie schaute verwirrt in die Dunkelheit und wusste nicht so genau, was sie jetzt tun sollte. Ihr Herz krampfte sich ruckartig zusammen. Bevor sie die dunkle Gestalt hinter sich überhaupt wahrnehmen konnte, schlang er schon seinen Arm um ihren Hals und zog sie ruckartig an sich. Instinktiv versuchte sie, sich loszureißen, doch es war zwecklos. Kalter Schweiß stand ihr auf der Stirn. Sie hätte es nie so weit kommen lassen dürfen, doch jetzt war es zu spät.

„Du hättest nicht herkommen sollen, Süße", zischte er ihr ins Ohr. „Das war ein großer, ein sehr großer Fehler." Der Klang seiner düsteren Stimme trieb sie beinahe in den Wahnsinn. Sie versuchte zu schreien, doch es war sinnlos. Er verstärkte den Druck auf ihren Kehlkopf.

„Ich habe euch beobachtet. In der Spedition. Sicher ist sicher, habe ich mir gedacht." Sein dreckiges Lachen nahm sie kaum noch wahr. Sie schnappte nach Luft, spürte, wie all ihre Sinne allmählich schwanden.

„Ihr habt euch gestritten", fuhr er fort, während er eine Spritze aus seiner Jacke zog und mit den Zähnen die Kappe von der Nadel zog. „Erzählst du mir, warum?"

Was für ein Irrsinn, schoss es Jana durch den Kopf. Selbst wenn sie bereit dazu wäre, hätte sie ihm nicht antworten können. Ihr Kehlkopf schmerzte so sehr, dass sie glaubte, er würde im nächsten Moment in tausend Stücke zerspringen.

„Dann eben nicht", zischte er ihr ins Ohr. Sein widerlicher Gestank drang ihr in die Nase. Es war alles dabei: alter Schweiß, und ein Gemisch aus Alkohol und kaltem Rauch.

„Mir wusste von Anfang an, dass du deinem Vater folgen würdest. Aber das hättest du nicht tun dürfen." Wieder stieß er ein widerliches Lachen aus. „Deinem Vater blieb schon damals keine andere Wahl, als mit uns zusammenzuarbeiten und das wird auch dieses Mal nicht anders sein."

In diesem Moment vernahm sie das Aufheulen eines Motors. Ihr Herz raste, als sie nur wenig später aus den Augenwinkeln zwei helle Lichtkegel im Wald sah. Sie wusste, was jetzt geschehen würde. Sie starrte auf die dünne Nadel, die sich ihrem Körper langsam näherte.

„Tut mir Leid, Schätzchen. Aber ich denke, es ist jetzt an der Zeit, zu gehen."

Sie spürte nur noch den Stich in der Armbeuge, eine eigenartige Wärme, die langsam durch ihre Venen kroch, als hätte man ihr heißes Wasser injiziert. Sie schloss die Augen, als das Gefühl des Fallenlassens ihren Körper durchflutete und alles um sie herum aus ihrem Gehirn verbannte.

Jetzt ist es vorbei, endlich vorbei, war ihr letzter Gedanken, bevor ihr das Gift die Sinne raubte.

Kapitel 2

Oberkommissarin Ilka Hansen warf einen Blick auf die Uhr. Es war schon kurz nach acht und sie hatte noch nicht einmal geduscht. Sie wählte die Nummer ihres Kollegen Cem Kayaoğlu und teilte ihm mit, dass sie zuerst noch einen Termin bei Dr. Seidel hätte und erst danach ins Büro kommen würde.

Nach der ausgiebigen Dusche und einem Becher heißem Kaffee in der Hand warf sie einen Blick in den Spiegel. Was sie dort sah, war ganz passabel. Sie fuhr sich mit den Fingern durchs Haar. Das tiefe Schwarz vom letzten Friseurbesuch war ein wenig ausgeblichen und der letzte Schnitt hatte auch ein wenig an Form verloren, aber im Großen und Ganzen konnte sie sich durchaus noch sehen lassen.

Das eine oder andere überflüssige Kilo, das sie ihrem Urlaub in Vernazza zu verdanken hatte, war auch schon wieder verschwunden. Trotz ihrer 42 Jahre sah sie noch recht attraktiv aus, wenn man mal von den Fältchen in den Augenwinkeln absah. Die letzten Wochen waren für sie nicht einfach gewesen und hatten ihr viel Energie geraubt.

Ilka föhnte sich kurz ihre Haare und zog sich an. Ihre Kleiderwahl war noch nie besonders abwechslungsreich. In Jeans, T-Shirt und vielleicht noch einem Pullover darüber, fühlte sie sich am wohlsten. Nur ihre schwarze Lederjacke musste sie angesichts der winterlichen Temperaturen gegen eine warme Daunenjacke tauschen. Sie warf noch einen letzten Blick in den Garderobenspiegel und schob sich eine Haarsträhne hinter das Ohr. Sie nahm sich vor, an einem der nächsten Abende ihren Haaren eine frische Tönung zu gönnen.

* * *

Auf dem Weg nach draußen wäre Ilka beinahe über Sinas Winterstiefel gestolpert, den ihre Tochter unübersehbar direkt vor die Haustür gestellt hatte. Eigentlich musste sie Sina sogar dankbar sein, sonst hätte sie total vergessen, dass heute bereits der 6. Dezember war. Sie wussten beide nicht so genau, wieso sie immer noch am Nikolausmorgen ihre geputzten Schuhe neben die Tür stellten, aber solange Sina noch bei ihr lebte, würden sie dieser Tradition treu bleiben.

Ilka steckte eine Tüte saurer Kaubonbons in den Stiefel. Dann legte sie noch John Green dazu, den sie ihr planmäßig erst zum Geburtstag schenken wollte. ‚Das Schicksal ist ein mieser Verräter‘. Sina hatte schon immer einen etwas eigenartigen Geschmack, aber sie liebte nun mal die Bücher dieses Autors. Bevor sie das Haus verließ, stellte sie mit einem Lächeln ihren Schuh daneben und ließ die Tür hinter sich zufallen.

Ein eisiger Wind fuhr ihr ins Gesicht. Die Wetterschwankungen der letzten Wochen machten ihr zu schaffen. Der anfangs blaue Himmel hatte sich komplett zugezogen und aus dem leichten Nieselregen war jetzt ein ekelhafter Graupelschauer geworden. Sie zog die Kapuze ihrer Regenjacke über den Kopf und machte sich auf den Weg zur letzten Sitzung mit Dr. Seidel.

Sie hätte nie gedacht, dass sie sich einmal auf die Gespräche mit Dr. Seidel freuen würde. Als ihr Chef Patrick Dannenberg ihr nahegelegt hatte, nach dem letzten Einsatz die Hilfe eines Psychologen anzunehmen, wäre sie ihm beinahe ins Gesicht gesprungen. Doch jetzt spürte sie, dass sie ohne Dr. Seidel niemals dieses Ereignis hätte verarbeiten können.

Vier Tage hatte sie auf der Intensivstation verbracht, danach wochenlange Reha über sich ergehen lassen. Das alles lag jetzt hinter ihr. Es war ein Ereignis, das Ilka immer wieder zu verdrängen versuchte und doch gab es immer noch Nächte, in denen sie schweißgebadet aufwachte und nicht wieder einschlafen konnte.

Ihr war bewusst, dass sie eigenmächtig gehandelt und dadurch sich und das Team in Gefahr gebracht hatte. Aber sie musste an jenem Abend eine Entscheidung treffen, als Wolfgang Erdmann mit der Geisel vor die Haustür getreten war, mit der Gewissheit, dass sich im Haus noch die Tochter Maria befand.

Niemals würde sie den Augenblick vergessen, als das Mädchen im Nachthemd im Hauseingang erschienen war und ihr weißes Stofftier fest an sich gedrückt hatte. Es war der Augenblick, in dem Erdmann für einen Bruchteil einer Sekunde seine Konzentration verloren hatte und Ilka einen gezielten Schuss auf ihn abfeuern konnte. Auf diesen einen Moment hatte sie gewartet. Doch sie hatte nicht damit gerechnet, dass er noch einmal die Kraft aufbringen würde, seine Makarow an sich zu nehmen.

Ilka mochte nicht daran denken, wie dieser Einsatz hätte enden können. Wenn Erdmanns Kugel sie einen Millimeter weiter links getroffen hätte, wäre sie jetzt tot. Nur einen Millimeter, eine Winzigkeit, dann wäre es vorbei gewesen.

* * *

„Hallo Ilka. Schön, dich zu sehen." Dr. Ralf Seidel wartete, bis sie ihm gegenüber Platz genommen hatte. Obwohl er vor kurzem erst seinen einundfünfzigsten Geburtstag gefeiert hatte, wirkte er mit seinen kurzen, ergrauten Haaren wesentlich älter. Er trug stets einfarbige Hemden, eine graue Strickjacke und eine randlose Brille. Ilka fragte sich manchmal, warum er überhaupt eine Brille besaß, weil er sie entweder in die Haare geschoben hatte oder danach suchte.

„Heute ist unsere letzte Sitzung. Wie fühlst du dich? Bis du erleichtert, dass es vorbei ist?" Auf Ilkas Bitte hin waren sie schon bei der zweiten Sitzung zum ‚Du' übergangen.

Ilka warf dem Polizeipsychologen einen skeptischen Blick zu. „Ist das wieder eine von deinen Fangfragen?"

Dr. Seidel lächelte. Er mochte Ilkas Direktheit, die Dinge so anzusprechen, wie sie ihr gerade in den Sinn kamen, auch wenn es manchmal länger als gewöhnlich dauerte, bis er einen Einblick in ihr Inneres bekam.

„Nein, ist es nicht. Ich frage dich nur, ob du erleichtert bist, dass es vorbei ist."

„Na ja, die eine oder andere Sitzung hätte ich wohl noch durchgehalten", scherzte Ilka.

Seidel beugte sich vor und sah Ilka direkt in die Augen.

„Ich hoffe, dass du unsere Gespräche nicht als Zwang angesehen hast, sozusagen als dienstliche Anweisung. Dann hätten wir beide unsere Zeit verschwendet."

„Ich habe es nie als verschwendete Zeit angesehen", widersprach Ilka. „Es war am Anfang nur schwer, überhaupt darüber zu sprechen. Aber es war gut, dass ich es gemacht habe. Denn irgendwann frisst einen die Angst auf. Du kannst nicht mehr klar denken und alles, was du tust, stellst du selbst wieder in Frage. Das ist ein ewiger Kreislauf und irgendwie kein normales Leben mehr. Verstehst du, was ich damit sagen will?"

„Sehr gut sogar, Ilka. Das ist eine völlig normale Reaktion, nach dem, was dir widerfahren ist. Glaube mir, selbst der härteste Hund kehrt nach einem Ereignis wie diesem nicht einfach zum normalen Alltag zurück." Ilka zog die Stirn kraus.

„Ich habe auch nicht erwartet, dass es ‚einfach so' geht. Aber ich bin bei der Kripo und, wenn ich den Job nicht professionell ausüben kann, dann kann ich gleich zuhause bleiben."

Dr. Seidel warf einen kurzen Blick in seine Unterlagen, bevor er seine Aufmerksamkeit wieder Ilka schenkte.

„Du hast beim letzten Mal gesagt, dass du beim nächsten Einsatz alles ausblenden kannst, dass dich nichts in deinem Handeln beeinträchtigen wird. Aber was passiert, wenn es nicht so ist? Wenn du nur einen kurzen Moment zögerst, die richtige Entscheidung zu treffen?"

Ilka zuckte nur mit den Schultern.

„Stark zu sein", fuhr Seidel fort, „bedeutet auch, sich eine Schwäche einzugestehen. Wenn du in den Spiegel schaust und die Narbe betrachtest… was geht in dir vor?"

„Es ist ein seltsames Gefühl", sagte Ilka leise. „Wenn ich die Narbe sehe, muss ich immer daran denken, wie knapp es war. Dann kommen die Erinnerungen wieder, der Moment, in dem es passierte. Es ist nicht so einfach zu erklären."

Seidel nickte. „Du kannst die Narbe ignorieren, sie mit einem Kleidungsstück überdecken, aber sie ist trotzdem ein Teil von dir. Erst wenn du das akzeptierst, kannst du auch damit umgehen."

„Das ist nicht so einfach", gab Ilka zu.

Seidel richtete sich auf und schaute ihr dabei fest in die Augen.

„Soll ich ehrlich sein, Ilka?"

„Ja, natürlich."

„Wir sind auf einem guten Weg, aber er ist noch nicht zu Ende."

Ilka verstand nicht, worauf er hinaus wollte, doch bevor sie etwas sagen konnte, fuhr er fort: „Was empfindest du in diesem Moment, am Ende unseres letzten Gesprächs?"

Ilka kniff die Lippen zusammen. Sicherlich sah Seidel ihr sofort an, dass sie hin-und hergerissen war. Es war sein Beruf, das Verhalten der Menschen zu deuten.

„Einerseits empfinde ich ein wenig Wehmut, weil ich die Gespräche mit dir vermissen werde, aber auf der anderen Seite bin ich natürlich auch erleichtert, dass es vorbei ist. Es ist manchmal gar nicht so einfach, die Seele vor einem anderen Menschen offenzulegen. Aber egal, jetzt ist es vorbei."

Ein Lächeln umspielte seine Lippen.

„Und genau das ist dein Problem, Ilka. Du glaubst, alles im Griff zu haben, aber letztendlich bist du dir nicht sicher. Aber ich weiß, dass du eine starke Frau und eine der besten Kripobeamten in unserem Land bist."

„Danke für das Kompliment. Aber das war doch nicht alles?"

Er lächelte. „Nein, natürlich nicht. Denn ich sehe auch eine Frau, die Angst hat zu versagen, falsch zu reagieren, wenn sie wieder in eine ähnlich bedrohliche Situation gerät. Wenn ich mich täusche, dann sage es."

Ilka senkte ihren Blick zu Boden. Sie dachte ein paar Sekunden über seine Worte nach, dann schaute sie wieder zu ihm.

„Du täuscht dich nicht", sagte sie leise, „Aber das weißt du ja schon längst."

Er nickte. „Also möchtest du den Weg bis zum Ende gehen?"

„Ja, das möchte ich."

„Du musst es nicht machen, Ilka."

„Ich weiß", erwiderte Ilka ohne zu zögern. „Ich hätte am Anfang nie geglaubt, dass ich das einmal sagen würde, aber die Gespräche mit dir tun mir irgendwie gut. Anders kann ich es nicht beschreiben."

„Also machen wir weiter?"

„Ja."

„Dann sehen wir uns nächste Woche um dieselbe Zeit?"

„Abgemacht."

Kapitel 3

„Mein Gott", waren Janas erste Worte, als sie wieder aus der Bewusstlosigkeit erwachte. „Wo bin ich?"

Als sie versuchte ihre Augen zu öffnen, spürte sie einen Widerstand, etwas, das sie daran hinderte, sie vollständig zu öffnen. Erst jetzt wurde ihr bewusst, warum sie nichts sehen konnte. Man hatte ihre Augen so fest verbunden, dass nicht mal der kleinste Lichtschein zu ihr drang. Sie war von einer totalen Finsternis umgeben.

Sie kauerte auf einer dünnen Wolldecke, die kaum die eisige Kälte des harten Fußbodens abhielt. Sie war an Händen und Füßen gefesselt und konnte sich kaum rühren. Hätte sie gewusst, dass ihre Hände mit Handschellen an einem gusseisernen Küchenherd befestigt waren, hätte sie nicht mit all ihrer Kraft versucht, sich loszureißen. Das Ungetüm bewegte sich keinen Millimeter von der Stelle. Schließlich gab sie es auf, bevor sich die Schellen endgültig durch die Haut bis auf den blanken Knochen gescheuert hatten. Ihr Herz klopfte wie wild. Panik stieg in ihr auf.

Doch das Schlimmste war die Ungewissheit, wie alles enden würde. Was hatten sie vor und was war mit ihrem Vater? War er überhaupt noch am Leben?

„Ist da jemand?", rief sie in den Raum, aber niemand antwortete. Ihr fiel auf, dass ihre Stimme widerhallte, so als wäre sie in einem großen, leeren Raum. In ihrem Mund hatte sich ein bitterer Geschmack ausgebreitet. Sie hatte seit Stunden nichts getrunken und sehnte sich ein Glas Wasser herbei. Wenn sie nur die verdammte Augenbinde loswerden könnte. Sie versuchte ihren Kopf soweit es ging zur Seite zu neigen, doch die Hoffnung, irgendwie mit der Schulter die Binde von den Augen streifen zu können, war vergeblich.

Sie lauschte angestrengt, aber es war totenstill. Nichts deutete darauf hin, dass jemand in ihrer Nähe war. Es machte sie wahnsinnig, die ganze Zeit nur darauf zu warten, dass etwas passieren würde, zu warten auf das Geräusch von Schritten oder eine Stimme zu hören, die ihr endlich sagen würde, warum man sie hier gefangen hielt.

„Was wollt ihr von mir?", schluchzte sie. „Was habe ich euch getan?" Ihre Augen füllten sich mit Tränen, als sie begriff, wie ausweglos ihre Lage war.

Sie spürte, wie ihre Kräfte schwanden und dann kamen noch diese verdammten Kopfschmerzen hinzu, die sie seit dem Aufwachen begleiteten. Das Dröhnen im Kopf ließ einfach nicht nach.

Sie versuchte ihre anderen Sinne zu schärfen; auf Gerüche und Geräusche zu achten, doch mehr als einen feuchten, muffigen Geruch konnte sie nicht ausmachen. Zusammen mit der Kälte, die vom Boden aufstieg und langsam durch ihren Körper kroch, könnte es sich um einen Keller handeln. Aber es war nicht mehr als eine Vermutung. Sie konnte ja nicht einmal bestimmen, ob es Tag oder Nacht war, weil der dicke Stoff nicht einmal einen Hauch von Licht an ihre Augen ließ.

Jana war wütend auf sich selbst. Sie hatte sich selbst in diese ausweglose Lage gebracht. Es war reiner Zufall gewesen, dass sie ihren Vater noch so spät in der Spedition angetroffen hatte. Den ganzen Tag war sie damit beschäftigt gewesen, die Internetseite der Spedition zu überarbeiten, worum ihr Vater sie gebeten hatte. Und wäre ihr nicht die blöde Idee gekommen, am späten Abend noch ein paar fehlende Unterlagen aus dem Büro zu holen, wäre sie vermutlich nicht in diese missliche Situation geraten.

Die Frage nach dem Warum kreiste unaufhörlich in ihrem Kopf herum. Was hatte ihr Vater mit der ganzen Sache zu tun? Trug er die Schuld dafür, dass sie jetzt in diesem gottverdammten Keller hockte? Nein, das konnte nicht sein. Natürlich wusste sie, dass er dreieinhalb Jahre im Gefängnis gewesen war. Er hatte sich damals auf ein paar Typen eingelassen, die Drogen geschmuggelt hatten. Aber das lag 14 Jahre zurück und er hatte schon lange mit diesem Teil seiner Vergangenheit abgeschlossen. Zumindest hatte sie es bis gestern geglaubt.

Immer wieder kreisten ihre Gedanken um diesen Moment, in dem die Gestalt sie von hinten gepackt hatte, ihre Kehle so fest zudrückte, dass sie kaum noch Luft bekam und an die Spritze, die er ihr in die Vene gejagt hatte.

Die Dunkelheit machte sie verrückt. Plötzlich glaubte sie, aus dem Nirgendwo gedämpfte Geräusche zu hören, wie das Zuschlagen einer Autotür oder Stimmen, die wie durch eine Nebelbank zu ihr drangen. Doch dann kehrte diese erdrückende Stille zurück.

Jana fuhr sich mit der Zunge über die rauen Lippen. Sie hatte schrecklichen Durst. Sie zitterte am ganzen Körper und spürte den kalten Schweiß auf ihrer Stirn. Wie lange würde sie noch durchhalten können? Wie lange noch?

Sie begann wieder zu schluchzen. Ihre Kehle war ausgedörrt. Sie würde alles für ein Glas Wasser geben. Sie versuchte, sich noch einmal an die vergangenen Stunden zu erinnern. Oder waren es gar keine Stunden, wie sie annahm, sondern Tage? Selbst diese Frage konnte sie nicht beantworten.

Plötzlich hielt sie inne. Waren das Schritte? Sie wagte kaum zu atmen. Dann hörte sie es wieder. Es schien so, als würde jemand direkt über ihr sein.

Sie hielt den Atem an, als sie hörte, wie sich über ihr eine Tür mit einem quietschenden Geräusch öffnete. Die Schritte kamen näher, über knarrende Holzstufen hinab zu ihr. Ihr Herzschlag raste. Er musste jetzt unmittelbar in ihrer Nähe sein. Sie nahm an, dass es ein Mann war, warum auch immer ihr dieser Gedanke sofort durch den Kopf schoss. Es machte sie wahnsinnig, dass er keinen Ton von sich gab. Was hatte er vor? Warum machte er sich dann erst die Mühe, sie hier stundenlang einzusperren? Sie wandte ihren Kopf ruckartig zu beiden Seiten, in der Hoffnung, dass sich die Augenbinde endlich ein wenig lösen würde. Aber es war sinnlos.

„Was... was wollen Sie von mir?" stieß sie mühsam hervor. „Was haben Sie mit mir vor?"

Eine Hand auf ihrer Schulter ließ sie zusammenzucken. Sie hätte nicht erwartet, dass er ihr schon so nah gekommen war.

„Was wir vorhaben?", fragte eine düstere Stimme zurück. „Das kommt ganz auf Ihren Vater an. Wenn er kooperiert und uns unser Eigentum zurückgibt, wird Ihnen nichts geschehen. Aber wenn nicht, sind Sie tot. So einfach ist das!"

Der Kerl aus dem Wald, schoss es ihr durch den Kopf! Niemals würde sie den bedrohlichen Klang seiner Stimme vergessen. Sie erwiderte nichts, in der Hoffnung, dass er ihr nichts antun würde.

Dann spürte sie plötzlich etwas Kaltes auf ihrer Haut. Es war seine Hand, die langsam über ihre Wange und den Hals in ihr T-Shirt glitt, bis sie schließlich ihre Brust umfasste. Ihr Herz raste. Sie spürte, wie seine Finger ihre Brustwarzen berührten. Ein kalter Schauer zog sich durch ihren Körper. Er schien das Gefühl der Überlegenheit zu genießen.

„Nimm die Finger von ihr", rief plötzlich eine zweite Stimme aus dem Hintergrund. „Na los! Mach schon!"

„Ist ja schon gut!" kam es prompt zurück. Seine Hand legte sich noch ein letztes Mal auf ihre Brust, dann zog er sie zurück.

Kapitel 4

Ilka legte sich mit einem Kissen und einer Decke aufs Sofa und kuschelte sich ein. Draußen war es bereits stockfinster. Selbst der Mond war hinter den grauen Wolken verschwunden. Ihr war kalt, obwohl das lodernde Feuer im Kamin eigentlich genug Wärme abgab.

Ilka sehnte sich schon die Weihnachtstage herbei und hoffte inständig, dass nicht wieder so ein krankes Wesen auf den Gedanken kommen würde, einen Mord zu begehen. Gerade an den Festtagen und vor allem an den Tagen zwischen den Jahren konnte sie endlich ein wenig zur Ruhe kommen. Natürlich lag es auch daran, dass die Zahl der Familienangehörigen überschaubar war. Durch die Trennung von ihrem Mann Tobias und den Tod ihres Vaters hatte sich die Zahl noch weiter reduziert. Schließlich blieben nur noch ihre Tochter Sina, Mutter Elfie, ihr italienischer Freund Antonio und ihr Ex-Mann übrig, dem sie auch das Recht zugestehen musste, seine Tochter an Weihnachten zu sehen.

Ihre anfängliche Skepsis, dass Tobias' Umzug nach Hamburg nur für neue Unruhe und Verwirrung sorgen könnte, hatte sich nicht bestätigt. Mittlerweile hatte sie eingesehen, dass es auch Vorteile hatte. Tobias hatte sich in letzter Zeit öfter um Sina gekümmert, wenn sie mal wieder auf Verbrecherjagd war, und sie hatte das Gefühl, dass er es gerne tat und nicht, um etwas gut zu machen.

Ein Anflug von Sehnsucht überkam sie, wenn sie an die italienischen Großfamilien dachte. Sie dachte zurück an Vernazza, die Abende an langen Tischen, Stimmengewirr, Gelächter und das Beisammensein über mehrere Generationen. Und was war ihr geblieben? Gerade mal fünf Personen. Frustrierend!

Ilka kuschelte sich in eine Wolldecke ein und schloss die Augen. Ihre Hand glitt wie so oft in den letzten Wochen zu der vernarbten Stelle über ihrer linken Brust. Sie strich mit dem Finger über die Narbe und dachte an das letzte Gespräch mit Dr. Seidel.

War sie wirklich schon bereit, im Notfall die richtige Entscheidung zu treffen? Konnte sie tatsächlich alles ausblenden, was geschehen war? Wenn sie es zuließ, dass ihre persönlichen Gefühle die alltägliche Arbeit bei der Kripo beeinflussen würden, wäre das für alle fatal. Das konnte und durfte sie nicht zulassen. Außer mit dem Psychologen hatte sie noch mit niemandem darüber geredet. Und sie hatte auch nicht vor, das in absehbarer Zeit zu ändern.

Sie wusste nur allzu gut, dass ihre Zweifel als Angreifbarkeit ausgelegt werden würden. Als Kripobeamtin bei der Mordkommission wäre das ein untragbarer Zustand, und, selbst wenn ihr Chef Patrick Dannenberg auf ihrer Seite stünde, müsste er handeln. Das würde einer Suspendierung gleichkommen.

Ilka versuchte, sich ein wenig abzulenken und las noch einmal das selbst geschriebene Gedicht ihrer Tochter, das in ihrem Stiefel steckte. ‚Nichts als Worte' hatte sie es genannt.

Wenn das Wort erlischt, sich im Schweigen verliert,
steht die Welt still. Denn ohne Worte stirbt der Mensch.

Auch die anderen Strophen drehten sich immer wieder um das miteinander reden, die Träume und die Hoffnung. Irgendwie wurde Ilka das Gefühl nicht los, dass Sina ihr mit den Zeilen etwas mitteilen wollte, also nahm sie sich felsenfest vor, mit ihrer Tochter darüber zu reden. Sie hätte Sina jetzt liebend gern in die Arme genommen und gedrückt, aber sie war noch bei einer Freundin, um für die nächste Mathearbeit zu üben. Ilka musste lächeln. Wenn sich die beiden Teenager auch nur eine halbe Stunde diesem Thema widmen würden, wäre sie schon zufrieden.

Das Vibrieren des Handys riss sie aus ihren Gedanken. Schon der Blick aufs Display ließ nichts Gutes erwarten.

„Cem, was ist los?"

„Ein brennender Lieferwagen im Rüstjer Forst", hörte sie Cem sagen. „Die Feuerwehr ist schon da und die Spurensicherung bereits unterwegs."

Ilka warf einen sehnsüchtigen Blick auf das wärmende Kaminfeuer. Ihre Motivation, das kuschelige Wohnzimmer gegen ein abgelegenes Moor- und Waldgebiet einzutauschen, war gleich Null. Noch dazu bei dieser lausigen Kälte.

„Warum gerade Rüstjer Forst?"

„Keine Ahnung. Da fragst du am besten den Kerl, der die Karre angezündet hat."

„War jemand drin?"

„Nein, aber Thomas und seine Leute sind noch dabei, das Gebiet abzusuchen."

„Seit wann kümmern wir uns eigentlich um brennende Autos? Das ist doch gar nicht unsere Baustelle?"

„Die Kollegen von der Streife waren die ersten vor Ort", antwortete Cem. „Aber die Sache kam ihnen seltsam vor. Deshalb haben sie uns verständigt."

„Okay", seufzte sie. „Ich mache mich auf den Weg. Aber der Rüstjer Forst ist ziemlich groß. Ein bisschen genauer bräuchte ich es schon."

„Es ist das Waldstück, das südlich ans Feerner Moor grenzt. Du fährst die B73 Richtung Stade, in Dollern an der Hauptkreuzung links ab, dann wieder links in den Helmster Weg und dann immer geradeaus direkt auf das Waldstück zu. Der Qualm ist nicht zu übersehen!"

* * *

Gut zwanzig Minuten später stellte Ilka ihren Fiat 500 am
Rand des Feldweges ab. Ein Kollege von der Streife wartete bereits auf sie. Als erstes fiel ihr ein roter VW Polo
mit Hamburger Kennzeichen auf, der mit einem rotwei-
ßen Flatterband abgesperrt war. Der rechte Vorderreifen
war fast bis zur Radmitte im Schlamm versunken.

„Wie kommt der denn hierher?" fragte Ilka verwundert.

„Das wissen wir noch nicht", antwortete der Polizist.
„Der Wagen stand schon hier, als wir ankamen."

„Habt ihr schon eine Halterabfrage gemacht?"

„Ja, der Wagen gehört einer gewissen Jana Landau,
wohnhaft in Hamburg-Altona. Wir haben die Hamburger
Kollegen bereits verständigt. Sie überprüfen das gerade."

„Sehr gut", lobte Ilka. „Wo hat's gebrannt?"

„Ich bring dich hin", sagte er und setzte sich in Bewegung.

Vor ihren Augen spielte sich eine gespenstische Szene-
rie ab. Zwei große Scheinwerfer warfen ihr grelles Licht
auf das ausgebrannte Wrack und auf die Gestalten in den
weißen Overalls, die wie Wesen von einer anderen Welt
wirkten. An einigen Stellen stiegen noch dünne Rauch-
fähnchen auf, doch das meiste war von Löschschaum
bedeckt, der sich in einem weiten Kreis um die Brandstelle gelegt hatte.

Ilka ließ sich von einem Kollegen der Spurensicherung
einen Overall geben, schlüpfte hinein und stieg über das
Absperrband.

„Du siehst müde aus", waren Cems erste Worte, als er
sie bemerkte. „Alles okay bei dir?"

„Ich lag auf der Couch und der Kamin brannte", entgegnete Ilka ungehalten. „Alles war gut, bis du angerufen hast. Noch Fragen?"

Cem hob entschuldigend die Hände und informierte sie über den aktuellen Stand.

„Spaziergänger haben den Feuerschein gegen 21:30 Uhr entdeckt und die Feuerwehr alarmiert. Kurz darauf war auch schon ein Löschfahrzeug vor Ort, aber sie mussten natürlich erst einmal sicherstellen, dass die Flammen nicht auf die Bäume übergreifen. Das Fahrzeug ist in der Zwischenzeit leider völlig ausgebrannt."

Ilka trat näher an die Brandstelle heran. Der penetrante Geruch von verbranntem Gummi stieg ihr in die Nase.

„Dass Verrückte aus Spaß oder Langeweile Autos abfackeln, ist ja nichts Neues, aber wer fährt seinen Wagen in den Wald und zündet ihn an?"

„Vielleicht hat er was zu verbergen oder wollte Spuren beseitigen."

Ilka schüttelte den Kopf. „Es ist zwar ziemlich einsam hier, aber ein brennendes Auto siehst du meilenweit. Das ergibt doch keinen Sinn. Zu Fuß ist das ein ziemlich langer Weg bis zum nächsten Ort."

Ilka hielt sich den Schal vor die Nase und warf einen Blick in den Laderaum des Fahrzeugs. Ilka konnte keine Reste von Kisten oder Behälter entdecken. Nichts deutete darauf hin, dass mit diesem Wagen heute etwas transportiert wurde. Sie war so in Gedanken versunken, dass sie nicht einmal bemerkte, wie sich Thomas Leitner, der Chef der Spurensicherung näherte. Als er ihren Arm berührte, zuckte sie leicht zusammen.

„Alles okay?", hörte sie ihn sagen, doch anstatt zu antworten, nickte sie nur.

Ilka rang sich ein Lächeln ab. „Ja, alles okay. War nur mit den Gedanken gerade woanders. Was hast du für mich?"

„Was die Spuren angeht, sieht es mau aus", sagte er mit Blick auf den Löschschaum. „Darunter werden wir nicht mehr viel finden. Wir müssen noch das Ergebnis der kriminaltechnischen Untersuchung abwarten, vielleicht finden wir ja doch noch was. Aber es befand sich definitiv niemand in dem brennenden Auto. Und ich kann zumindest ausschließen, dass ein technischer Defekt die Ursache für den Brand war. Die Spuren einer Glasflasche deuten auf einen Molotow-Cocktail hin. Dazu braucht man nur eine Flasche mit Petroleum oder Benzin und ein damit getränktes Stück Stoff. Das ist alles. Ein Auto kann langsam ausbrennen oder auch explodieren. In diesem Fall vermute ich eher das Letztere. Die weit verstreuten Glassplitter deuten auf eine Explosion hin." Thomas schaute in den Himmel.

„Das Feuer muss eine enorme Hitze entwickelt haben, denn über dem Auto sind Äste noch in mehreren Metern Höhe verbrannt. In diesem Fall könnte es allerdings noch eine Spur perfekter gewesen sein."

„Und das wäre?"

„Ich habe Reste von Kabellitzen gefunden, dazu eine geschmolzene Batterie. Ich muss das alles im Labor noch genauer untersuchen, aber es sieht so aus, als wenn eine Brandbombe ferngezündet wurde. Mit einem Handy ist das durchaus machbar!"

„Tja, auch die Verbrecher gehen zur Fortbildung", gab Ilka zurück. „Anscheinend wollte da jemand auf Nummer sicher gehen", erwiderte Ilka. „Sonst noch was?"

Thomas nickte. „Es waren zwar keine Kennzeichen mehr am Auto, aber die Fahrgestellnummer war noch eindeutig zu entziffern. Es wird nicht lange dauern, bis wir den Halter des Fahrzeugs gefunden haben."

„Hätte ein Profi nicht die Nummer unkenntlich gemacht?"

„Vielleicht ging es ihm ja nur darum, seine Spuren zu verwischen. Ob wir den Halter finden, war ihm vermutlich egal."

„Das würde aber bedeuten, dass jemand anderes den Wagen angezündet hat."

Thomas nickte zur Bestätigung. „Etwas habe ich doch noch. Komm mal mit." Thomas deutete auf Reifenspuren. Ilka ging in die Hocke und betrachtete die Abdrücke in der aufgeweichten Erde. Ihr erster Eindruck war, dass das Profil nicht von dem ausgebrannten Fahrzeug stammen konnte. Zwar war von den Reifen des Fahrzeugs nichts mehr übrig, doch die Größe der Felgen ließ darauf schließen, dass die Abdrücke viel breiter waren.

„Ich tippe auf einen Landrover oder einem großen SUV." Thomas Leitner bestätigte ihre Vermutung.

„Gut erkannt, Frau Oberkommissarin. Die Reifen stammen definitiv nicht von dem Lieferwagen." Ilka stand auf.

„Entweder war es ein riesiger Zufall, dass ein zweites Auto am selben Tag am selben Ort geparkt wurde, oder in diesem Auto saß die Person, die den Lieferwagen angezündet hat."

„Tja, das ist dein Job, Ilka."

„Was ist mit dem VW Polo am Feldrand? Habt ihr euch den schon angesehen?"

„Ja, die Spuren sind gesichert, aber ob der Wagen etwas mit unserem Brand zu tun hat, kann ich dir leider nicht sagen."

Ilka zog die Stirn kraus.

„Es ist schwer zu glauben, dass sich rein zufällig dahinten jemand festfährt, während hier ein Lieferwagen abfackelt. Ich frage mich nur, wie die Fahrerin von hier weggekommen ist. Entweder zu Fuß oder sie wurde von dem noch unbekannten Fahrzeug mitgenommen. Dass sie den Polo fest gefahren hat, war bestimmt nicht geplant."

„Ich muss jetzt leider los, Ilka. Wenn ich was habe, melde ich mich." Thomas nahm seinen Koffer in die Hand und verabschiedete sich mit einem kurzen Kopfnicken. Als er in der Dunkelheit verschwunden war, winkte sie Cem zu sich.

„Das reicht für heute. Es ist schon spät."

Auf dem Weg zum Auto blieb Ilka noch einmal stehen und wandte sich um. Sie schaute zurück zu dem verkohlten Gerippe, der verbrannten Erde und den Kollegen der Spurensicherung, die immer noch wie weiße Geister durch die Gegend huschten. Cem folgte ihrem Blick.

„Was denkst du, Ilka?"

„Ich glaube, niemand hatte vor, den Lieferwagen in die Luft zu jagen. Dafür fährt man nicht in den Wald. Hier fand ein Treffen statt, eine Übergabe oder etwas Ähnliches. Und dabei ging etwas schief. Ich weiß, es klingt nicht sonderlich plausibel, weil da noch der rote Polo steht, der irgendwie nicht ins Bild passt."

„Und die Brandbombe", fügte Cem hinzu. „Die hat man auch nicht mal eben zufällig dabei."

Ilka zog die Schulter in die Höhe.

„In gewissen Kreisen kann ich mir schon vorstellen, dass sie so ein Ding für alle Fälle parat haben. Eine Flasche, ein Lappen und ein bisschen Spiritus, das ist alles, was du brauchst. Und den Zünder natürlich."

Ilka wandte sich zum Gehen und hielt dann noch einmal inne.

„Wir wissen definitiv, dass es mindestens drei Personen gewesen sein müssen. Jana Landau, der Fahrer des Lieferwagens und der Fahrer des unbekannten Fahrzeugs. Ich bleibe bei meiner Theorie, dass hier irgendetwas seinen Besitzer gewechselt hat; Drogen, Alkohol, Zigaretten oder eine andere Ware. Bleibt nur die Frage, was Jana Landau damit zu tun hatte. Lass uns nach Hause fahren. Morgen ist auch noch ein Tag."

Kapitel 5

Björn Landau hockte nach vorn gebeugt auf einem Holzstuhl, die Hände auf dem Rücken gefesselt, und starrte zu der Gestalt, die sich vor ihm aufgebaut hatte. Sein Gegenüber zündete sich eine Zigarette an, beugte sich zu Landau hinab und blies ihm den Rauch direkt ins Gesicht.

„Du hast jetzt 3, vielleicht 4 Züge Zeit, dann werde ich diese Kippe genüsslich auf deiner Haut ausdrücken. Also noch einmal. Wo ist mein Eigentum?" Die Kälte in der Stimme jagte Landau einen eisigen Schauer über den Rücken.

„Ich weiß es nicht", stammelte Landau. „Wirklich nicht." Er schloss für Sekunden die Augen. Der Mann nahm einen langen, tiefen Zug.

„Wir haben dir vertraut, Björn. Wir haben geglaubt, dass wir uns auf dich verlassen können. Und was machst du?"

„Vertraut?" Landau stieß einen höhnischen Laut aus. „Ihr habt mich erpresst."

„Erpresst? Was für ein böses Wort. Wir haben dir nur einen Deal vorgeschlagen. Ich finde, das trifft es besser."

„Nein, ihr habt mir gedroht, so wie damals."

„Und schon damals hat dir keiner geglaubt. Erinnerst du dich nicht mehr? Warum sollte es dieses Mal anders sein?" Er nahm einen weiteren Zug und atmete den Rauch tief ein. „Ich warte, Björn. Viel Zeit bleibt dir nicht mehr!"

„Ich weiß es doch nicht!" stammelte Landau. „Wie oft soll ich das noch sagen?" In seinem Kopf hämmerte es wie verrückt. „Ihr müsst mir glauben. Ich habe die Ware in einem verschlossenen Raum aufbewahrt. Und als ich sie verladen wollte, fehlten zwei Kartons. Ich weiß nicht, wo sie abgeblieben sind."

„Vielleicht hilft dir das ja auf die Sprünge!"

Björn Landau schrie auf, als die glühende Zigarette seine Brust berührte und sich die Glut in seine Haut fraß. Seine Schreie hallten von den weißgetünchten Wänden wider. Doch es hielt seinen Peiniger nicht davon ab, die heiße Glut der Kippe ein zweites Mal auf Björn Landaus Brust zu drücken.

Er schrie ein weiteres Mal auf, keuchte und begann wieder zu schreien. Der Mann bückte sich kurz, zog die rechte Socke von Björns Fuß und stopfte sie ihm in den Mund.

„Begreifst du immer noch nicht, in welcher Scheißsituation du bist? Wenn du mir etwas sagen willst, dann nicke."

Bevor Landau überhaupt eine Reaktion zeigen konnte, schlug der Mann zu. Der Schlag traf ihn so heftig, dass sein Kopf von einer Seite auf die andere geschleudert wurde. Blut tropfte aus seiner gebrochenen Nase und der aufgeplatzten Lippe. Sein Herz begann wie wild zu hämmern. Landau konnte kaum noch einen klaren Gedanken fassen.

Er hatte alles zurückgelassen, um hier ein neues Leben zu beginnen. Es war die einzige Chance gewesen, der Vergangenheit zu entkommen. Doch sie hatten ihn wieder aufgespürt. Er hatte keine andere Chance gesehen, als auf den Deal einzugehen. Er liebte seine Tochter über alles, und er würde lieber sterben, als sie in Gefahr zu bringen. Doch jetzt war er ihnen hoffnungslos ausgeliefert.

Björn Landau hätte es wissen müssen. Schon einmal hatte er sein Leben weggeschmissen, damals auf den nächtlichen Touren über die unbeleuchteten Feld- und Schleichwege über die tschechische Grenze Richtung Berlin. Er hatte nicht einmal nachgefragt, was er über die Grenze geschmuggelt und in einer leerstehenden Lagerhalle am Rande Berlins abgeliefert hatte.

Er hatte es fast geschafft. Er erinnerte sich noch gut an jene Nacht, so gut, als wäre es gestern gewesen. Es wären nur noch fünfzehn Minuten bis zur deutschen Grenze gewesen. Er hatte diese Tour schon einige Male hinter sich gebracht, und noch nie war ihm eine Menschenseele begegnet. Er hatte seinen alten VW T3 über den holprigen Feldweg gelenkt und der Wagen quietschte und rumpelte bei jedem Schlagloch, weil die Stoßdämpfer schon lange ihren Geist aufgeben hatten. Er war so nah dran gewesen, doch dann hatte er plötzlich im Scheinwerferlicht diesen Baumstamm gesehen, der quer über dem Weg lag. Er hatte ein paar Sekunden gebraucht, bis er begriff, dass es das Ende war. Und dann waren da nur noch die gleißenden Lichter der Taschenlampen und die Mündungen zweier Waffen, die direkt auf ihn gerichtet waren.

Dreieinhalb Jahre Gefängnis in der JVA Berlin-Tegel hatte es ihm eingebracht. Endlose Tage und Nächte hatte er sein Hirn zermartert, wie er es hätte vermeiden können. Es waren nicht nur die verlorenen Jahre im Gefängnis, es waren die nächsten vierzehn Jahre, an denen kein Tag verging, an dem er nicht an seine Tochter dachte. Bis heute trug er ihr Foto in der Geldbörse. Es zeigte ein vierjähriges Mädchen mit langen lockigen Haaren und einem kindlichen Lächeln, das ihn all die Jahre immer wieder zu Tränen rührte. Das Foto war mittlerweile zerknittert und ausgeblichen, doch das war ihm egal.

Jetzt kam es ihm so vor, als wenn sich die ganze Geschichte wiederholen würde. Wieder diese verdammte Spedition, dieses Mal nicht die seines Vaters, sondern seine eigene, und schon wieder war er dem Bankrott so nah, wie damals. Jetzt hatten sie ihn wieder gefunden, die „guten alten" Freunde. Sie hatten ihn im Internet ausfindig gemacht und ihm ein Geschäft vorgeschlagen. Er hatte abgelehnt, doch sie hatten es nicht zugelassen. Er hätte ehrlich sein müssen, zu sich selbst, zu Doris und vor allem zu seiner Tochter Jana. Doch nun war es zu spät. Seine letzten Minuten waren gezählt. Das Einzige, was er jetzt noch für seine Tochter tun konnte, war, ihr Leben zu retten. Nur dieser Gedanke hielt ihn jetzt noch am Leben.

„Ich frage dich jetzt ein letztes Mal. Wo, verdammt noch mal, ist die fehlende Ware?"

Als er wieder keine Antwort bekam, rammte er seine Faust in den Bauch des Opfers. Landau sackte in sich zusammen. Die groben Fasern des Seils, das seine Hände hinter der Stuhllehne zusammenschnürte, gruben sich immer weiter in seine Haut. Mit jeder Bewegung, mit jedem Schlag, wurde es unerträglicher.

„Schau dir mal an, was ich gerade bekommen habe", sagte der zweite Mann. Er war die ganze Zeit nicht mehr als ein dunkler Schatten im Hintergrund, doch jetzt schien er das Kommando übernommen zu haben. Er trat an Landau heran, packte ihn mit einer Hand an den Haaren und riss seinen Kopf hoch.

„Sieh genau hin. Deiner Tochter geht's im Moment wohl nicht so gut!" Er hielt ihm das Handy direkt vor das Gesicht. Als Landau Jana in dem Keller sah, schnürte es ihm die Kehle zu.

„Willst du endlich reden?" Landau nickte kurz.

Der Mann zog ihm die Socke aus dem Mund.

„Also?"

Er stieß einen wimmernden Laut aus, als er sah, wie Jana auf dem Fußboden vor dem Ofen kauerte. Landau wurde beinahe verrückt. All die Jahre hatte er sich danach gesehnt, seine Tochter wiederzusehen. Und als sich diese Sehnsucht erfüllt hatte und Jana an jenem Abend plötzlich vor seiner Tür stand, hatte er tatsächlich daran geglaubt, dass jetzt alles gut werden würde. Sie hatten die ganze Nacht geredet und dann hatte er ihr den ersten Schuh geschenkt, den sie in ihrem Leben getragen hatte. Sie hatte sich gefreut wie ein kleines Kind. Ihre Augen strahlten, als sie ihm einen Kuss auf die Wange gab.

Tränen traten aus seinen Augenwinkeln und liefen über die blutverschmierten Wangen hinab. Er hasste sich dafür, dass er sie hintergangen und belogen hatte. Jetzt hockte sie auf dem Kellerboden, gefesselt und gedemütigt, und es war ganz allein seine Schuld. Er hatte sein Versprechen gebrochen, wieder einmal, und mit dieser Schuld musste er für den Rest seines Lebens klarkommen.

„Lasst sie in Ruhe… lasst meine Tochter in Ruhe…", stammelte er. „Bitte … sie hat doch nichts damit zu tun."

„Wenn du uns sagst, was wir wissen wollen! Ein Anruf und sie ist frei."

„Wieczorek!", stieß Landau hervor. Der Mann hielt kurz inne.

„Wer?"

„Marek Wieczorek", stammelte er. „Er… er war einer meiner Fahrer. Ich habe ihn gefeuert, weil er… weil er geklaut hat." Der Mann zündete sich eine weitere Zigarette an und beugte sich zu Landau herab.

„Und was hat dieser Marek mit der Sache zu tun?" Die Stimme drang wie durch eine dichte Nebelwand zu ihm. Landau atmete schwer.

„Ich... habe ihn gesehen... in der Nähe der Spedition... spät abends..." Er unterbrach kurz, bevor er mit letzter Kraft fortfuhr. „... vielleicht wusste er, wo... wo der Schlüssel für den Lagerraum hängt..."

„Wo finden wir diesen Marek?"

„Ich weiß es nicht... aber... aber ich weiß, wo er... sich öfter aufhält."

„Dann sag es!"

„Wenn ihr..." Seine Stimme versagte für einen Moment. „... meine Tochter freilasst, dann bringe ich euch zu ihm."

„Du bringst uns nirgendwo hin", fauchte der Mann ihn an. „Ein allerletztes Mal. Sag uns endlich, wo wir ihn finden. Ansonsten war's das für dich!"

Landau schloss die Augen und schüttelte den Kopf.

„Komm, bringen wir es zu Ende. Aus dem kriegen wir nichts mehr raus."

Das Letzte, was Björn Landau in seinem Leben sah, waren diese Augen, die nichts als Kälte und Wut widerspiegelten. Der Druck in seinem Kopf stieg ins Unermessliche. Er versuchte Luft zu holen, aber mehr als ein Würgen brachte er nicht zustande. Seine Glieder zuckten, ein letztes Aufbäumen seines zerschundenen Körpers, dann war es vorbei.

* * *

Nach endlosen Stunden der Ungewissheit, öffnete sich die Tür zum Keller mit einem knarzenden Geräusch. Jana schreckte aus ihrer Lethargie und drehte ihren Kopf in die Richtung, aus der sie glaubte, dass er kommen würde.

Sie fing wieder an zu weinen. Was hatte dieses Schwein vor? Warum sagte er ihr nicht, weshalb sie hier war?

Etwas in ihr hoffte, dass der Mann endlich reden würde, dass er ihr endlich erklären würde, warum sie gefangen gehalten wurde, doch ihr Gegenüber schwieg.

In den vergangenen Stunden hatte sie unzählige Male darüber nachgedacht, was sie als Erstes sagen würde, wenn dieser verdammte Kerl ihr endlich gegenüberstehen würde. Doch als es soweit war, presste sie nur hervor: „Ich muss mal. Bitte."

Ihr Mund war so ausgetrocknet, dass ihr selbst die wenigen Worte schwer fielen. Sie wusste nicht, was schlimmer war: nichts zu sehen oder nicht laut schreien zu können. Tränen liefen über ihre Wangen.

„Ich muss aufs Klo", wimmerte sie. „Bitte!"

Der Mann trat wortlos an ihre Seite, löste die Fesseln an ihren Füßen und öffnete das Schloss an ihrem rechten Handgelenk. Danach befestigte er die Schelle an dem Handlauf des Ofens. Er verließ den Raum, stieg die Treppe hinauf und kehrte wenige Minuten später wieder zurück. Erst jetzt nahm er ihr die Augenbinde ab.

Sie starrte in das grelle Licht der Taschenlampe, das der Mann direkt auf ihr Gesicht richtete, und kniff blinzelnd die Augen zusammen. Er senkte ein wenig die Taschenlampe, sodass sie ihn zum ersten Mal sehen konnte. Er trug Jeans, einen schwarzen Kapuzenpullover und hatte sein Gesicht mit einer schwarzen Sturmhaube bedeckt, die nur die Augen und den Mund preisgab.

Der bloße Anblick der Gestalt jagte ihr einen kalten Schauer über den Rücken. Mit weit aufgerissenen Augen starrte sie den Mann an. Dieser Mann war mindestens einen Kopf größer als sie und sein muskulöser Körper war selbst unter der schwarzen Kleidung deutlich zu erkennen. Er deutete auf einen Blecheimer, den er direkt neben ihr platziert hatte. Daneben auf einem wurmstichigen Holzschemel befanden sich eine Plastikflasche Wasser und ein Müsli-Riegel.

„Ich bin immer in deiner Nähe", sagte er mit düsterer Stimme. „Vergiss das nicht!"

Dann überließ er sie ihrem Schicksal und verschwand.

* * *

Es dauerte gefühlt eine Ewigkeit, bis sich Jana überwinden konnte, in den Eimer zu pinkeln und noch einmal die gleiche Zeit, bis sie ihre Jeans wieder mit einer Hand zugeknöpft hatte. Jana zog sich mit der linken Hand am Ofen hoch und stöhnte laut auf, als das Metall der Schelle über ihr blutendes Handgelenk scheuerte. Sie atmete tief durch und lehnte sich mit dem Rücken an den Ofen.

Nur mit Jeans, einem T-Shirt und einer dünnen Strickjacke bekleidet fror sie erbärmlich. Sie strich sich mit der rechten Hand einzelne Haarsträhnen aus dem Gesicht und schaute sich um. Sie befand sich zweifellos in der Waschküche eines alten Bauerhauses. Jana kannte diese Art Bauernhäuser, da ihr Großvater selbst eins besaß.

Alles in diesem Raum war heruntergekommen und verdreckt. Überall an den Außenwänden hatte sich der Schimmel ausgebreitet und die Holzbohlen, die die Decke trugen, waren wurmstichig und hatten sich durch die ständige Feuchtigkeit verdreht. Auch der Fußboden, der aus kleinen, bunten Betonfliesen bestand, hatte bereits Risse bekommen.

Die quadratischen Fenster lagen zur Hälfte unterhalb des Erdreichs. Die Metallrahmen waren so stark vom Rost befallen, das sie sich an einigen Stellen bereits vom Mauerwerk gelöst hatten. Sie starrte durch eines der Fenster nach draußen. Das Licht veränderte sich ständig.

Hell, dunkel, hell, dunkel, im Sekundentakt. Sie kniff die Augen zusammen, um sich zu konzentrieren. Und dann war sie sich sicher. Windrad. Es mussten die Schlagschatten eines Windrads sein. Aber selbst wenn es so war, änderte es auch nichts an ihrer ausweglosen Situation.

Janas verzweifelter Blick wanderte zur schmalen Holztreppe, die in einem leichten Bogen ins Erdgeschoß hinaufführte. Von daher musste er gekommen sein, schoss es ihr durch den Kopf. Links von der Treppe erkannte Jana noch eine schwere Holztür. Die ineinander verwobenen Spinnenweben deuteten aber darauf hin, dass sie ganz offensichtlich schon seit langem nicht mehr geöffnet wurde.

Die Schmerzen an den Handgelenken trieben sie fast in den Wahnsinn. Schon die kleinste Bewegung, um ihren Körper in eine andere Position zu bringen, schmerzte so sehr, dass sie es kaum ertragen konnte. Wieder vernahm sie Schritte. Er kam die Treppen hinunter und ging langsam auf sie zu. Er kam ihr so nah, dass sich ihre Nasenspitzen beinahe berührten. Sein Atem stank nach Zigaretten und Bier und er roch entsetzlich nach altem Schweiß.

Für einen Moment sah sie ihm direkt in die Augen. In ihnen lag etwas Bedrohliches, eine Kälte, die sie erschaudern ließ. Er streckte die Hand aus. Seine Finger berührten ihre Stirn, dann ihre Wange und schließlich strich er ihr eine braune Strähne ihrer schulterlangen, leicht gewellten Haare aus dem Gesicht. Was um Himmels willen hatte er vor? Wieviel Zeit blieb ihr noch? Er zündete sich eine Zigarette an und sog gierig daran. Es war so still, dass sie ihren Atem hören konnte.

„Was wollen Sie von mir?" stieß sie hervor. „Warum sagen Sie es mir nicht?"

„Es würde nichts ändern." Die Stimme des Mannes klang keineswegs bedrohend und doch schwang in ihr etwas Unausweichliches mit.

„Was würde sich nicht ändern?" Sie spürte, wie ihr die Kräfte schwanden. Anstatt ihn laut anzuschreien, blieb nur noch ein leises Wimmern übrig. Doch anstatt eine Antwort auf ihre Frage zu geben, sagte er nur: „Es tut nicht weh. Versprochen!" Seine Stimme klang dumpf, als würde er durch eine dichte Nebelwand zu ihr sprechen. „Du musst leider noch eine Weile bei uns bleiben."

Jana schnürte es die Kehle zusammen. Tränen schossen ihr in die Augen.

„Wie ... wie lange?"

„Einen Tag, vielleicht auch zwei oder drei."

„Warum lassen Sie mich nicht gehen?", flehte sie in an. „Ich werde auch niemandem etwas sagen."

„Ich würde dir gern glauben", sagte er. „Aber es gibt Leute da draußen, für die der Glaube nicht viel zählt."

Die Stimme aus dem Hintergrund meldete sich wieder.

„Jetzt mach schon. Wir müssen los!"

„Ist ja schon gut", blufte der Mann vor ihr zurück, dann wandte er sich wieder Jana zu. Für einen Moment trafen sich ihre Blicke. Das kalte Blau seiner Augen ließ sie zusammenzucken.

„Ich muss dich jetzt allein lassen, aber ich werde wieder kommen!"

Ein kalter Schauer lief über ihren Rücken. Es dauerte einen Augenblick, bis Jana begriff, was er in seiner rechten Hand hielt.

Ihre Augen weiteten sich vor Entsetzen, als er ihr die Spritze vor die Nase hielt. Bevor er das Gift in ihren Körper jagte, strich er noch einmal mit seiner Hand über ihre Brüste.

„Wirklich schade", flüsterte er ihr mit einem schiefen Grinsen zu. „Ich hätte dich sehr gern näher kennengelernt." Dann drückte er die Nadel durch ihre Haut in die Vene. Es ist vorbei, war der letzte Gedanke, der ihr durch den Kopf schoss. Im nächsten Augenblick sackte ihr Körper in sich zusammen.

Kapitel 6

Ilka hatte sich gerade einen Kaffee eingeschenkt, als das Handy auf dem Küchentresen vibrierte. Für einen Moment dachte sie daran, den Anruf zu ignorieren. Tobias, ihr Ex-Mann, müsste jeden Moment auftauchen, um Sina abzuholen. Ilka hatte oft darüber nachgedacht, wie ihr Leben verlaufen wäre, wenn Tobias nicht nach Afghanistan gereist wäre, um dort als Arzt in einem Flüchtlingscamp zu arbeiten. Er hatte es für sich und die Menschen dort getan, aber keine Sekunde daran gedacht, dass er damit ihre Ehe zerstören würde. Mit einem tiefen Seufzer griff sie zum Handy und nahm den Anruf der Einsatzzentrale an.

„Ilka hier, was gibt's?"

„Ilka, wir haben eine Leiche. Männlich, um die 50."

„Wo?"

„Auf einem Parkplatz an der B73, zwischen Agathenburg und dem Airbus-Werk. Kannst du gar nicht verfehlen."

„Okay, ich fahre gleich los!" Ilka trank hastig einen Schluck Kaffee und postierte sich dann unten an der Treppe.

„Sina?" Ilka lauschte einen Moment, aber von ihrer Tochter war nichts zu hören. „Sina!" rief Ilka in einem forscheren Ton. Dann endlich erschien sie.

„Was ist, Mama?" Sina hatte immer noch ihren Schlafanzug an und schaute Ilka aus verschlafenen Augen an. Vermutlich hatte sie wieder die halbe Nacht mit Ricco geskypt. Außer Ricco schien es niemanden mehr auf dieser Welt für sie zu geben. Und wenn sein Vater dann noch das beste Eiscafé in ganz Ligurien besaß, war man als Mutter chancenlos. Bei den Erinnerungen an Vernazza huschte ihr ein Lächeln übers Gesicht. Es war eine traumhafte Woche gewesen, zusammen mit Antonio und all den lieben Menschen, denen sie dort begegnet war.

„Warum bist du noch nicht angezogen? Papa ist gleich da."

„Ich bin wieder eingeschlafen", sagte sie, immer noch nicht ganz wach. „Ich beeile mich."

„Pass auf dich auf, mein Schatz. Ich muss los. Dein Rucksack steht gepackt neben der Tür." Aber den letzten Teil des Satzes bekam Sina schon nicht mehr mit.

In diesem Moment klingelte es an der Haustür. Sie begrüßte Tobias mit einem kurzen „Hi." Dann kehrte sie ihm auch schon den Rücken zu und packte ihre Sachen zusammen.

„Sina! Dein Vater ist da!"

„Bin so gut wie da, Mama!"

Dann wandte sie sich wieder Tobias zu. „Tut mir leid, aber wir haben gerade einen Mord reinbekommen."

„Oh", entfuhr es Tobias. „Das kommt in letzter Zeit anscheinend häufiger vor."

„Ja leider", entgegnete Ilka resignierend. „Man glaubt gar nicht, wie viele kranke Wesen da draußen rumlaufen."

„Dann passt es ja ganz gut, dass ich mich ein wenig mehr um Sina kümmern kann." Tobias nahm Sinas Rucksack an sich. „Wenn noch irgendetwas sein sollte, melde dich einfach."

Bevor Ilka etwas erwidern konnte, rannte Sina auch schon mit wippendem Pferdeschwanz die Treppe hinunter. Sie zog sich rasch ihre knallrote Winterjacke an und gab Ilka einen Kuss auf die Wange. Sie bemerkte sofort den verkniffenen Gesichtsausdrück ihrer Mutter.

„Mama, jetzt mach nicht so ein Gesicht. Ich wandere nicht aus, sondern ich verbringe nur das Wochenende mit Papa!"

Tobias versuchte Ilkas Blick aufzufangen. „Mach dir keine Sorgen. Ich bringe sie heil und unversehrt wieder zurück."

„Ich weiß", erwiderte Ilka mit einem Ansatz von Lächeln. „Ich hoffe nur, dass wir das hinbekommen. Ich will mich nicht mehr streiten."

„Ich auch nicht, Ilka", sagte Tobias. „Wir werden das hinbekommen. Versprochen!"

Ilka begleitete die beiden bis zur Tür, rief ihnen noch ein zaghaftes „Viel Spaß" zu, bevor auch sie das Haus verließ.

Als sie in ihren Fiat stieg, warf sie noch einen kurzen Blick hinauf zum wolkenverhangenen Himmel. Von der Sonne war weit und breit nichts zu sehen, aber es hatte wenigstens aufgehört zu regnen.

* * *

Als Ilka den Fundort erreichte, waren die Ermittlungen bereits in vollem Gange. Der Wagen des Bestattungsinstituts hatte sich auch schon eingefunden, und die beiden in schwarz gekleideten Männer warteten nur auf ein Zeichen, um den Toten in den Leichensack zu hieven.

Cem stöhnte auf, nachdem er Ilka begrüßt hatte.

„Ich gehe mal davon aus, dass wir das freie Wochenende wieder vergessen können!"

„Sieht ganz danach aus." Ilka schlüpfte in ihren Einweganzug mit Kapuze, stieg in die Schuhüberzieher und zog die Einweghandschuhe an. „Aber du kannst die Überstunden ja später abbummeln."

Cem stieß einen undefinierbaren Laut aus. „Abbummeln? So wie die Überstunden vom letzten Fall, von denen ich noch keine einzige genommen habe?"

Ilka hob unschuldig die Schultern hoch. „Freie Berufs-wahl. Mehr fällt mir dazu im Moment nicht ein."

Cems Stimmung änderte sich schlagartig, als seine blonde Lieblingspolizistin neben ihm auftauchte.

„Hey Cem, schön, dich wieder zu sehen."

„Ja, finde ich auch. Wie geht es dir?"

„Gut und dir?"

„Naja, wenn dieser Fall nicht wäre, deutlich besser."

„Ja, das ist echt grausam." Lisa schaute kurz zu der Stelle, wo die Leiche lag, dann wieder zu Cem.

„Was hältst du von einem Drink nach Feierabend? Du siehst so aus, als könntest du ein wenig Abwechslung gebrauchen."

Cem zögerte einen Moment, während sie ihn mit ihren kristallblauen Augen unentwegt ansah. Dann sagte er: „Lisa, sei mir nicht böse, aber es ist gerade ein verdammt schlechter Zeitpunkt. Ein anderes Mal gern."

Er musste erst die Sache mit Anna klären, bevor er sich auf ein neues Abenteuer einlassen konnte. Er war einfach noch nicht bereit, sich einer anderen Frau zu nähern, selbst dann nicht, wenn es sich um Lisa handelte.

„Ja, kein Problem. Ruf mich einfach an, wenn's besser passt." Sie lächelte, um ihre Enttäuschung zu verbergen. „Ich geh' dann mal. Muss noch die Personalien der beiden Arbeiter aufnehmen, die die Leiche gefunden haben."

„Ja, bis später." Cem sah immer noch in Lisas Richtung, als sie schon längst hinter den Büschen verschwunden war.

„Pass auf, dass dir nicht gleich die Augen aus dem Kopf fallen", rief Ilka ihm mit einem Lächeln zu.

„Es ist alles gut, Ilka", entgegnete er, obwohl er sich über Ilkas leichtfertigen Spruch ärgerte.

„Okay, wenn das so ist, können wir uns jetzt ja wieder um den Fall kümmern."

„Ja natürlich. Wo fangen wir an?"

„Wie wäre es mit der Leiche?" Ilka winkte Thomas Leitner zu sich. „Ist der Tatort schon freigegeben?"

„Von meiner Seite aus, ja. Ich habe leider nicht viel für dich. Kein Handy, keine Papiere und auch sonst wenig Spuren. Deshalb gehe ich mal davon aus, dass er hier nur abgelegt wurde. Ich habe seine Fingerabdrücke sichergestellt. Wenn wir Glück haben, ist er ja in unserer Datenbank. Vielleicht finden wir an seiner Kleidung noch Spuren. Wenn ich was habe, bist du wie immer die Erste, die es erfährt!"

Ilka bedankte sich und wandte sich dem Toten zu. Der Anblick der Leiche ließ niemanden kalt, erst Recht nicht Lisa, die sich in der Zwischenzeit wieder zu ihnen gesellt hatte. Sie wandte sich abrupt ab und holte einige Male tief Luft. Ihr Magen krampfte sich zusammen, als sie die übel zugerichteten Körper sah. Für einige Augenblicke war es so still, dass nur Vogelgezwitscher und das Klicken von Udo Bertholds Fotoapparat zu hören war. Er machte die letzten Aufnahmen und packte dann seine Sachen zusammen.

„Wirklich kein schöner Anblick", sagte er an Ilka gewandt. „Eigentlich dachte ich, dass ich in meinem Berufsleben schon alles gesehen habe, aber das hier ist wirklich extrem."

Udo Berthold schaute besorgt zu Lisa.

„Geht's?" Sie tastete mehr aus Unsicherheit nach ihrem blonden Zopf und nickte.

„Ja, es wird schon."

Ilka ging neben der Rechtsmedizinerin Anna Beringer in die Hocke. Der Tote lag nur einen halben Meter von der Parkbucht entfernt zwischen kniehohen Brennnesseln und anderem Unkraut. Ilka musste schlucken, als sie die Leiche aus der Nähe betrachtete. Wer ständig mit den Abgründen des menschlichen Lebens zu tun hatte, musste damit leben. Sie musste funktionieren, ohne Wenn und Aber, durfte keine Schwäche zeigen. Erst recht nicht bei der Mordkommission. Aber Ilka fragte sich nicht zum ersten Mal, wie lange sie noch die Kraft aufbringen könnte, alles andere zu verdrängen.

„Wie man eindeutig erkennen kann, wurde er gefoltert", begann Anna. „Mehrere Platzwunden im Gesicht, dazu eine gebrochene Nase, Brandwunden auf der Brust, die ihm vermutlich durch brennende Zigaretten zugefügt wurden. Dann kommen noch einige Blutergüsse dazu. Er wurde gefesselt, was die tiefen Schürfwunden an seinen Händen und Füßen zeigen. Das hier ist definitiv nicht der Tatort. Wir haben keine Blutspuren gefunden. Alle weiteren Fakten gibt es dann nach der Obduktion."

„Er hat keine Strümpfe an", bemerkte Ilka. „Schon seltsam, oder?"

„Vielleicht findet Thomas sie noch irgendwo. Aber ungewöhnlich ist es schon."

„Was schätzt du? Wie lange ist er schon tot?"

„Wenn ich mir die Hämatome und Brandwunden anschaue und die Körper- und Außentemperatur, ist er in etwa seit zehn bis zwölf Stunden tot. Vorausgesetzt, sie haben ihn gleich nach seinem Tod hier abgelegt."

„Das wäre dann gestern Abend zwischen 18 und 20 Uhr", resümierte Ilka. „Dunkel genug wäre es, um ihn unbemerkt hierher zu bringen. Waren Drogen im Spiel?"

„Auf den ersten Blick kann ich keine Injektionsstellen oder auffälligen Färbungen feststellen. Aber das ist auch kein Wunder bei der Vielzahl von Hämatomen. Wenn er über längere Zeit Drogen konsumiert hätte, könnte ich das zum Beispiel mit einer Haar-, Finger- oder Zehen-nägel-Analyse nachweisen. Aber wenn die Täter ihm das Zeug nur gegeben hat, um ihn außer Gefecht zu setzen, dann wird es schwer. Die meisten Stoffe dürften mittlerweile vom Körper abgebaut worden sein. Lass uns erst mal das toxikologische Gutachten abwarten. Dann wissen wir mehr. Aber du kannst dich schon mal auf eine längere Wartezeit einstellen."

„Was meinst du mit länger?"

„Bei Amy Winehouse hat es über zwei Monate gedauert, bis die toxikologischen Untersuchungen abgeschlossen waren. Zunächst ist man auf Grund ihres Lebenswandels davon ausgegangen, dass sie an einer Überdosis gestorben ist. Aber in Wahrheit starb sie an einer Alkoholvergiftung. Sie hatte über vier Promille im Blut."

Ilka zog die Stirn in Falten.

„Zwei Monate, um die tatsächliche Todesursache festzustellen?"

„Ja, schwierig wird's vor allem dann, wenn mehre Gifte im Blut festgestellt werden."

„Na toll!", entfuhr es Ilka. „Dann hoffen wir mal, dass es in unserem Fall keine zwei Monate dauert. Trotzdem Danke, Anna."

Ilka stand auf und ging ein paar Schritte in Richtung Straße. Dann schaute sie wieder zu der Stelle, wo der Tote lag. Täglich fuhren hier Tausende von Autos vorbei, aber selbst aus Ilkas Position wäre die Leiche nur schwer zu entdecken gewesen. Dann wandte sie sich wieder ihren Leuten zu.

„Wissen wir schon, wer ihn gefunden hat?"

Lisa Reinhardt meldete sich zu Wort.

„Es war reiner Zufall, dass die Leiche gefunden wurde. Wie ich schon sagte, haben zwei Arbeiter von der

Straßenmeisterei ihn heute früh entdeckt. Sie waren auf Kontrollfahrt entlang der B73 wegen des Sturms letzte Nacht."

„Danke Lisa, dann wären wir hier auch schon durch."

Ilka machte sich bereits wieder auf den Weg, als Cem Annas Stimme vernahm.

„Cem, kann ich dich mal kurz sprechen?"

„Klar, was gibt es?"

Anna stellte ihren Koffer ab und sah Cem direkt in die Augen. „Ich weiß, der Ort und der Zeitpunkt sind unpassend, aber ich möchte, dass du es direkt von mir erfährst."

Er kniff die Augen zusammen. „Und das wär?"

Anna senkte ihren Blick zu Boden. „Glaube mir, ich bin genauso traurig wie du, dass es mit uns nicht geklappt hat. Ich hätte es mir gewünscht, aber …"

Cem hob genervt die Hand. „Anna, bitte komm zur Sache."

Sie atmete einmal tief durch.

„Ich habe ein Angebot von der Universität Zürich bekommen. Sie haben mir einen Job im Institut für Rechtsmedizin angeboten."

„Und?" Sie warf ihm einen irritierten Blick zu.

„Was und?"

„Wirst du es annehmen?"

„So eine Chance bekommt man nicht oft im Leben", wich Anna aus. „Es ist eine der anerkanntesten Universitäten auf diesem Gebiet." Sie trat einen Schritt auf ihn zu, wollte seinen Arm berühren, doch er wich zurück.

„Du hast dich also schon entschieden."

„Cem, wir haben uns getrennt, schon vergessen?" Eine Windböe wirbelte ihr Haar durcheinander. Dunkle Haarsträhnen fielen ihr ins Gesicht. Mit einer raschen Bewegung schob sie sie wieder hinters Ohr. „Wenn ich das nicht mache, werde ich es vermutlich mein Leben lang bereuen. Verstehst du das nicht?"

„Hättest du es auch getan, wenn wir noch zusammen gewesen wären?"

Langsam verlor sie die Geduld. „Cem, das ist doch eine rein hypothetische Frage. Findest du nicht?" Er betrachtete eine ganze Weile den Boden vor seinen Füßen und sah dann wieder zu ihr auf.

„Wann fängst du an?"

„In 3 Wochen..."

* * *

Ilka fuhr direkt vom Fundort nach Hause. Sie brauchte dringend ein wenig Zeit für sich. Sie trat auf die Terrasse und warf einen Blick auf ihren Garten. Im letzten Sommer hatte sie zwei neue Rosenbeete angelegt, die von niedrigen Natursteinmauern eingegrenzt wurden. Obwohl sie mit ihrem Werk mehr als zufrieden war, konnte sich Ilka noch gut an die Knochenarbeit erinnern.

Jeden dieser unförmigen Steine hatte sie mit ihren eigenen Händen von der Grundstücksgrenze in den hinteren Teil des Gartens getragen. Einen kompletten Samstag hatte das gedauert und am Ende des Tages konnte sie jeden Muskel ihres Körpers spüren.

Ilka wägte kurz ab, ob sie den Tag auf der Couch oder mit einem Spaziergang durchs Auetal fortsetzen sollte. Sie entschied sich für Letzteres.

Sie zog ihre Winterjacke an, schlüpfte in ihre Stiefel und ging hinaus. Die Temperaturen waren noch ein paar Grad gefallen, aber mit Mütze, Handschuhen und Wollschal war es zu ertragen. Sie sah zu dem verwaschenen Himmel hinauf. Es sah nicht so aus, als würde sich die Sonne heute noch blicken lassen.

Weißer Nebel hatte sich über das Auetal gelegt und man konnte kaum noch die Waldgrenze erkennen. Auf einem der Holzstege blieb sie stehen. Sie hielt den Atem an und lauschte. Es war eine märchenhafte Landschaft, in der es unglaublich still war. Sie setzte ihren Weg über die Holzstege und Brücken fort, bevor sie wieder den Friedhof erreichte. Durch Zufall nahm sie eine ganz in schwarz gekleidete Frau wahr, die an einem der Gräber trauerte.

Ilka wartete einige Minuten, bis die Frau den Friedhof verlassen hatte und ging zu dem Grab. Sie musste schlucken, als sie sah, dass der Junge, der dort begraben wurde, gerade mal 19 Jahre alt geworden war. Ilka verließ den Friedhof und wollte sich gerade auf den Heimweg machen, als sie eine Stimme vernahm.

„Darf ich fragen, warum Sie am Grab meines Sohnes waren?" Ilka fuhr herum und sah die Frau auf einer der Holzbänke am Feldweg sitzen.

„Darf ich mich setzen?"

Die Frau nickte.

Ilka nahm neben ihr Platz und schaute in Augen, die jeglichen Glanz verloren hatten.

„Ich bin Ilka Hansen von der Kripo Stade. Ich habe Sie einige Male auf dem Friedhof gesehen. Es tut mir leid, wenn ich Sie verletzt habe."

„Schon gut", sagte sie und reichte Ilka die Hand. „Johanna Schaller." Mechanisch fuhr sie mit den Fingern durch ihr braunes, leicht gewelltes Haar. „Warum sind Sie hier?"

„Woran ist ihr Sohn gestorben?"

„Überdosis Heroin", erwiderte sie tonlos. „Niko war ein aufgeschlossener, hilfsbereiter Junge. Alle mochten ihn. Doch dann kam der Punkt, an dem er sich immer weiter zurückzog. Ich dachte anfangs, dass es nur eine

Phase ist, die vorübergeht, aber es wurde immer schlimmer. Irgendwann hat er sich von allen abgewendet, von mir, seinen Freunden, einfach von allem. Ich habe es nicht geschafft, an ihn heranzukommen. Irgendwann kommt der Moment, in dem man sich selbst hasst."

Sie presste ihre Lippen zusammen und ließ ihren leeren Blick über das Auetal schweifen.

„Wenn das eigene Kind vor einem geht, dann ist das so, als würde man selbst sterben. Es gibt nichts Schlimmeres für eine Mutter, als den Sohn zu verlieren. Es vergeht keine Sekunde, in der ich nicht an ihn denke. Meine Ehe ist daran kaputtgegangen. Wir haben uns ständig wegen Nichtigkeiten gestritten, nur weil wir mit unserem Leben nicht mehr klar kamen. Am Ende habe ich Schlaftabletten genommen, um wenigstens für ein paar Stunden Ruhe zu finden. Und irgendwann habe ich dann eine ganze Packung geschluckt. Ich wollte einfach nicht mehr leben."

„Aber Sie haben überlebt", warf Ilka ein.

„Ja, das habe ich. Aber nur, weil die alte Dame, die über mir wohnte, mal wieder vergessen hatte, Eier für ihren Kuchen einzukaufen. Als sie sich welche von mir leihen wollte, hat sie mich in der Küche auf dem Fußboden gefunden."

„Ich kenne den Fall Ihres Sohnes nicht, aber ich kann mich gern mal bei den Kollegen für Rauschgiftdelikte informieren."

„Danke, Frau Hansen, aber ich weiß nicht, was das bringen soll. Diese Typen hinterlassen keine Spuren. Sie sind skrupellos, aber nicht dumm. Wenn es Spuren oder Beweise gegeben hätte, haben sie die längst vernichtet."

Sie schaute hinab zu ihren Fingern, die sich nervös ineinander krampften. Es schien so, als würden die schrecklichen Erlebnisse wieder in ihr Bewusstsein dringen.

„Frau Schaller, ich weiß, es ist jetzt kein Trost, aber ich kann Ihnen versichern, dass die Kollegen damals alles versucht haben, um den Mörder Ihres Sohnes zu überführen. Aber leider gelingt das nicht immer."

„Verstehen Sie mich nicht falsch", sagte Johanna Schaller ohne aufzusehen. „Ich mache der Polizei keinen Vorwurf. Niemand kann diesen Drogensumpf trockenlegen. Doch ich weiß genau, was ich tun werde, wenn mir der Mörder meines Sohnes eines Tages gegenüber stehen würde. Ich werde ihn töten, egal wie und egal wo. Das bin ich meinem Sohn schuldig."

„Johanna, so etwas dürfen Sie nicht sagen, nicht einmal daran denken. Glauben Sie mir, es ist der falsche Weg, und er würde alles nur noch schlimmer machen."

Johanna stieß einen höhnischen Laut aus. „Mir ist klar, dass ich so etwas nicht sagen sollte und schon gar nicht in Anwesenheit einer Kripobeamtin, aber zeigen Sie mir eine Mutter, die anders handeln würde." Sie schaute Ilka direkt in die Augen. „Haben Sie Kinder?"

„Ja, eine Tochter, Sina. Sie ist fünfzehn."

„Passen Sie gut auf sie auf." Für eine Weile sahen sie schweigend über das friedlich vor ihnen liegende Auetal.

„Ich kannte mal ein Mädchen", begann Ilka leise. „Ich habe sie vor vielen Jahren getroffen. Ihr Name war Pia. Wir hatten während meines Studiums eine Wohngemeinschaft in Berlin. Wir waren so unterschiedlich wie Tag und Nacht, und sie hätte mich mit ihren Verrücktheiten beinahe in den Wahnsinn getrieben. Aber am Ende wurde wir doch gute Freunde."

„Was ist aus ihr geworden?" fragte Johanna.

„Sie ist tot. Ich habe später durch Zufall erfahren, dass

sie mit einer Überdosis Heroin auf einem öffentlichen Klo gefunden wurde."

„Das ist schrecklich", erwiderte Johanna und stand auf. „Ich muss jetzt leider gehen. Es hat gut getan, mal mit jemandem zu reden."

Ilka reichte ihr eine Visitenkarte. „Falls Sie mal wieder reden möchten, rufen Sie einfach an. Einverstanden?"

Johanna Schaller nahm die Karte an sich. „Einverstanden!"

Kapitel 7

Als Ilka am Samstagmorgen kurz nach Acht das Büro betrat, saßen Kai und Cem schon an ihrem Schreibtisch.

„Was ist denn mit euch los? Heizung ausgefallen?"

„Ich wäre gern in meinem warmem Bett geblieben", antwortete Cem. „Aber das Wochenende können wir eh vergessen, solange da draußen noch ein Mörder frei herum läuft."

Ilka nickte. „Dann sollten wir ihn so schnell wie möglich finden."

„Bist du jetzt bereit für die Neuigkeiten?", fragte Kai und wedelte mit seinem Notizblock in der Hand.

„Wenn's positive sind, immer."

„Ich denke schon", erwiderte Kai. „Der Abgleich der Fingerabdrücke in der Datenbank war ein Volltreffer. Es handelt sich um Björn Landau, 47 Jahre alt, verheiratet und Inhaber einer Umzugsspedition in Stade."

Ilka horchte auf. „Landau sagst du?"

„Ja."

„Der VW Polo, den wir am Waldrand gefunden haben, ist auf Jana Landau zugelassen."

„Das passt", bestätigte Kai. „Jana ist die Tochter aus Björn Landaus erster Ehe. Sie ist 18 Jahre alt und studiert gerade Betriebswirtschaft an der Uni Hamburg."

„Dann könnte der ausgebrannte Lieferwagen Björn Landau gehören", warf Cem ein.

„Ja, aber es kommt noch besser. Unser Opfer ist vorbestraft. Er saß dreieinhalb Jahre in der JVA Berlin-Tegel. Er wurde erwischt, als er Drogen über die tschechische Grenze nach Berlin schmuggeln wollte. Das Ganze ist allerdings schon 14 Jahre her. Ich habe die Akte bereits angefordert."

„Und danach hat er sich nichts mehr zu Schulden kommen lassen?"

„Jedenfalls ist er nicht wieder aktenkundig geworden. Interessant ist aber, dass die Spedition so gut wie pleite ist. Für mich ist Landau das perfekte Opfer, um für irgendwelche krummen Dinger angeheuert zu werden."

Ilka runzelte die Stirn. „Vielleicht hat er angesichts der Schulden keinen anderen Ausweg gesehen."

„Jeder Mensch ist käuflich", fügte Kai hinzu. „Es kommt nur auf den Preis an."

„Wie hoch wäre denn deiner?" fragte Ilka im Scherz, doch als sie bemerkte, dass Kai tatsächlich darüber nachzudenken schien, hob sie rasch die Hand.

„Schon gut! Als Kripobeamter solltest du darauf besser nicht antworten."

Kai grinste sie unverhohlen an. „Hätte ich auch nicht. Was denkst du von mir?"

Ilka ließ die Frage unkommentiert und zog es vor, sich wieder auf den Fall zu konzentrieren. „Nehmen wir mal an, es war so. Auf was hat er sich da eingelassen?"

„Naja, da würde mir schon einiges einfallen", antwortete Cem. „Er ist pleite, hat eine Spedition, die entsprechenden Lieferwagen... soll ich noch mehr aufzählen?" Ohne eine Antwort abzuwarten, fuhr Cem fort. „Ilka, seien wir doch mal ehrlich. Wenn es wirklich so war, dann sind solche armen Schweine wie Landau doch die perfekten Kandidaten. Denen steht das Wasser bis zum Hals und sind bereit, die Drecksarbeit zu machen. Insofern passt das."

Ilka warf die Akte in hohem Bogen auf ihren Schreibtisch.

„Okay, es sieht so aus, als wäre Landau da in etwas hineingeraten. Aber wir können nichts beweisen und dann wäre da noch Jana. Was hatte sie im Wald zu suchen? Und wo ist sie jetzt?"

Sie wandte sich wieder der Magnettafel zu und tippte mit dem Finger auf das Foto der grässlich zugerichteten Leiche von Björn Landau.

„Wer so etwas macht, ist zu allem fähig und würde es wieder tun, wenn's nötig ist!" Sie wechselte einen kurzen Blick mit Cem und Kai. „Es ist zwar Samstag, aber wir fahren jetzt trotzdem zur Spedition. Mal schauen, was wir dort erfahren!"

* * *

Als Ilka und Cem auf dem Gelände der Stader Spedition in der Altländer Straße parkten, wurden sie bereits von Doris Landau erwartet.

„Frau Landau?"

„Ja."

„Ich bin Ilka Hansen, Kripo Stade, und das ist mein Kollege Cem Kayaoğlu.

„Was ist mit meinem Mann? Haben Sie ihn gefunden?"

Ilka presste die Lippen zusammen. Wenn sie etwas an ihrem Job hasste, dann das. Sie schaute über den Hof der Spedition, zu den Angestellten, die so taten, als ob sie gerade wahnsinnig beschäftigt wären.

„Frau Landau, können wir uns irgendwo ungestört unterhalten?"

Sie sah Ilka flehend an. „Was ist mit meinem Mann, Frau Hansen? Bitte sagen Sie es mir!"

Ilka sah kurz zu Cem, um Zeit für die richtigen Worte zu finden.

„Ihr Mann wurde heute Morgen tot aufgefunden."

Sie senkte nur kurz ihren Blick und sagte dann: „Bitte kommen Sie."

Doris Landau führte Cem und Ilka ins Büro und bot den beiden einen Platz vor dem Schreibtisch an. Das Büro war ziemlich lieblos eingerichtet. Ein alter brauner Schreibtisch, ein Stuhl dahinter, zwei davor, ein Kopiergerät, daneben ein kleiner Kühlschrank, auf dem eine Kaffeemaschine und ein paar Tassen standen. Ansonsten waren die Wände mit Aktenschränken vollgestellt. Bilder oder Blumen, die einen Hauch von Gemütlichkeit bringen könnten, suchte man vergeblich. Durch die dreckigen Fensterscheiben drang nur schwaches Licht in den Raum, da die hohe Kastanie vor dem Haus das meiste Sonnenlicht schluckte.

„Das ist ja noch ungemütlicher als unser Büro", flüsterte Cem Ilka ins Ohr. Bevor Ilka etwas erwidern konnte, fragte Doris Landau: „Was ist passiert?" Eine Träne lief über ihre Wange hinab.

„Das wissen wir noch nicht. Wir sind gerade am Anfang unserer Ermittlungen." Ilka reichte ihr ein Taschentuch. „Ich weiß, es ist nicht einfach, aber darf ich Ihnen ein paar Fragen stellen?"

Sie wischte sich die Tränen aus den Augen.

„Ja, fragen Sie."

„Wann haben Sie Ihren Mann das letzte Mal gesehen?"

„Mittwochabend. Er sagte, dass er noch ein paar Besorgungen machen müsste. Dann ist er mit dem Lieferwagen losgefahren."

„Wissen Sie, wohin er wollte?"

„Hat er nicht gesagt."

„Ist er öfter einfach so weggefahren?"

Sie hielt das zerknüllte Taschentuch in ihren Händen und schaute Ilka irritiert an.

„Nein, ist er nicht. Normalerweise hat er mir immer erzählt, wo er hinfährt."

„Was meinen Sie mit ‚normalerweise'? Ist es doch schon mal vorgekommen?"

Doris Landau zuckte mit den Schultern. „Wenn's mal einen eiligen Auftrag gab, kam das schon mal vor. Aber wenn er dann wieder zuhause war, hat er mir immer gesagt, wo er war."

„Frau Landau", meldete sich Cem zu Wort. „Der Lieferwagen Ihres Mannes wurde ausgebrannt im Rüstjer Forst gefunden. Haben Sie eine Ahnung, was Ihr Mann dort wollte und warum er ausgerechnet dort hingefahren ist?"

„Ist mein Mann … ?"

„Nein", unterbrach Cem rasch. „Ihr Mann war nicht dort, als die Feuerwehr eintraf. Würden Sie jetzt bitte meine Frage beantworten?"

„Entschuldigung." Sie schnäuzte ins Taschentuch und warf es in den Papierkorb. „Nein, ich weiß nicht, was er da wollte."

„Frau Landau, Ihr Mann war im Gefängnis, in der JVA Tegel vor vierzehn Jahren. Was wissen Sie darüber?"

„Nicht viel!" antwortete Doris Landau, für Ilkas Empfinden ein wenig zu schnell. „Wir haben uns ja erst vor fünf Jahren kennengelernt."

„Was hat er Ihnen erzählt?"

„Dass er sich auf die falschen Typen eingelassen hat. Hören Sie, er hat einen Fehler gemacht und dafür dreieinhalb Jahre im Gefängnis gesessen. Seitdem hat er sich nichts mehr zu Schulden kommen lassen."

„Frau Landau, haben Sie in letzter Zeit irgendetwas Ungewöhnliches bemerkt? War Ihr Mann anders als sonst, wurde er bedroht oder gab es Ärger in der Spedition oder mit einem Angestellten?"

Doris Landau fuhr sich mit den Händen übers Gesicht.

„Ärger gab es nur mit Marek Wieczorek. Er war einer unserer Fahrer. Aber Björn musste ihn vor einigen Wochen entlassen, weil es immer wieder Beschwerden von Kunden gab."

„Welche Art von Beschwerden waren das?", wollte Ilka wissen.

Doris zuckte mit den Achseln. „Mal kam ein Notebook abhanden, dann mal eine Digitalkamera. Nachweisen konnten wir ihm das nicht, aber er war bei jeder Fahrt, bei der so etwas passierte, dabei. Björn konnte nicht anders handeln. Wenn sich das herumspricht, können wir den Laden gleich zumachen."

„Wie hat Wieczorek auf seine Entlassung reagiert?"

„Er hat alles abgestritten, aber Björn hat ihm nicht geglaubt und gesagt, dass er ihn nicht wieder sehen will."

„Wo können wir diesen Wieczorek finden?", wollte Cem wissen.

„Ich suche Ihnen die Adresse raus", sagte sie, während sie sich an den PC setzte. „Aber ich glaube nicht, dass er dort noch wohnt. Sonst wäre er mir bestimmt mal über den Weg gelaufen." Sie schrieb die Adresse auf und reichte Cem den Zettel.

„Frau Landau, wie sieht es finanziell um die Spedition aus?"

Doris Landau zuckte mit den Achseln. „Naja, im Moment nicht so gut. Wir mussten im letzten Jahr einen neuen Lieferwagen kaufen, zwei weitere reparieren und die Aufträge sind auch nicht so üppig, aber das wird schon wieder."

„Wirklich?", fragte Ilka nach.

„Ja, zusammen hätten wir das schon hinbekommen."

„Das glaube ich Ihnen nicht", widersprach Ilka. „Ihre Firma war finanziell am Ende, Frau Landau."

„Wir hätten das hinbekommen", erwiderte sie trotzig.

Ilka schürzte die Lippen. „Ihr Mann hat eine Tochter, Jana. Wissen Sie, wo wir sie finden können?"

„Ja, Jana stammt aus seiner ersten Ehe. Sie lebt in einer Wohngemeinschaft in Altona. Wegen ihres Studiums an der Uni."

„Das ist uns bekannt", bemerkte Ilka. „Aber ich hätte gern gewusst, wo sie jetzt gerade ist."

„Warum fragen Sie das?"

„Weil wir Janas roten VW Polo in der Nähe des ausgebrannten Lieferwagens gefunden haben. Und jetzt fragen wir uns natürlich, was sie dort wollte und wo sie jetzt ist. Wir müssen unbedingt mit ihr sprechen."

„Ich weiß nicht, wo sie ist und ich weiß auch nicht, was sie da wollte."

Ilka fragte sich allmählich, ob Doris Landau überhaupt etwas von ihrer Familie wusste. „War Jana eigentlich öfter hier?"

„Nein, eigentlich nicht. Nur ab und zu. Björn hat sie gebeten, sich den Webauftritt der Spedition anzusehen. Sie studiert Betriebswirtschaft und kennt sich sehr gut damit aus. Jedenfalls war sich Björn sicher, dass er mit einem professionellen Internetauftritt mehr Aufträge bekommen würde."

„Wann war sie das letzte Mal hier?"

„Dienstag oder Mittwoch. Genau weiß ich das nicht mehr."

„Gibt es eigentlich eine Rechnung oder einen Beleg über Janas Tätigkeiten?"

„Nein. Björn hat ihr ab und zu ein wenig Geld dafür gegeben. Als Studentin hat sie ja selbst nicht viel."

„Wie lange wohnt Jana schon in Hamburg?"

„Erst seit einem Jahr. Als Björn ins Gefängnis musste,

war Jana gerade mal vier. Seine Ex-Frau hat jeden Kontakt zu ihm abgebrochen und hat auch Jana von ihm ferngehalten."

„Was wissen Sie über die Ex-Frau ihres Mannes?"

„Wenig. Er hat nicht viel über sie geredet. Er hat sich einmal darüber aufgeregt, dass sie sich nicht für seine damalige Spedition interessiert hat. Sie stand lieber elegant gekleidet in ihrer Boutique, um teure Kleider zu verkaufen, während er zehn Stunden und mehr am Tag im Lieferwagen saß, um das Unternehmen seines Vaters über Wasser zu halten. Er hat alles dafür gegeben, Tag und Nacht dafür gearbeitet, aber irgendwie hat's nicht gereicht."

Ilka warf einen kurzen Blick zu Cem, aber mehr als ein kurzes Schulterzucken konnte er auch nicht bieten.

„Was haben Sie gedacht, als Jana plötzlich hier auftauchte? Sie waren doch sicherlich überrascht?"

„Sie wollte endlich ihren Vater kennen lernen", antwortete sie emotionslos. „Das ist doch verständlich, oder?"

„Für mich schon, aber haben Sie das auch so gesehen?"

„Ja."

„Wie war das Verhältnis zwischen Jana und ihrem Vater?"

„Gut, sehr gut sogar. Sie haben sich von Anfang an gut verstanden. Sie haben nächtelang geredet, manchmal bis in den frühen Morgen hinein."

„Und Sie? Wie kamen Sie mit Jana klar?"

„Was soll ich sagen? Sie war ja nicht so oft hier. Aber wir hatten ein ganz normales Verhältnis. Nicht mehr, aber auch nicht weniger. Wenn die beiden zusammen waren, dann habe ich mich immer im Hintergrund gehalten. Ich hätte bei ihren Unterhaltungen nur gestört."

„Wie viele Leute arbeiten für Sie?"

„Zur Zeit vier."

„Dann bräuchten wir noch die Namen und Adressen."

„Ja, ich schreibe sie Ihnen gleich auf."

„Frau Landau, Sie haben doch sicher nichts dagegen, wenn wir uns mal ein wenig in der Spedition umschauen."

Mit einem Mal veränderte sie ihre Gemütslage. Sie verschränkte ihre Arme vor der Brust und schüttelte energisch den Kopf.

„Doch habe ich. Ohne Durchsuchungsbeschluss werde ich das nicht zulassen."

„Ihr Mann wurde ermordet. Reicht das nicht als Begründung? Wollen Sie nicht wissen, wer das getan hat?"

Doris Landau blieb stur. „Ich möchte das trotzdem nicht."

Tiefe Trauer sieht irgendwie anders aus, dachte sich Ilka, als sie in das Gesicht von Doris Landau schaute. Sie wurde das Gefühl nicht los, dass das nur die halbe Wahrheit war.

„Gut", erwiderte Ilka. „Ich besorge den Beschluss und dann kommen wir wieder."

„Wonach suchen Sie eigentlich?", fragte Doris Landau in einem forschen Ton. „Warum versuchen Sie nicht einfach, den Mörder meines Mannes zu finden?"

Ilka verkniff sich einen bissigen Kommentar. „Das werden wir tun, Frau Landau, verlassen Sie sich darauf."

Sie wechselte einen raschen Blick mit Cem, der aber nur genervt mit den Augen rollte. Sie wussten beide, dass sie hier und jetzt nicht weiterkommen würden. Ilka beendete die Unterhaltung, indem sie Doris Landau ihre Karte gab.

„Halten Sie sich bitte zu unserer Verfügung, falls wir noch weitere Fragen haben."

Auf dem Weg zum Auto stieß Ilka beinahe mit einem der Fahrer zusammen, der gerade ins Büro gehen wollte.

Vor ihr stand ein dürrer Typ mit hohlwangigem Gesicht und nervös umher huschenden Augen.

„Ilka Hansen, Kripo Stade. Würden Sie mir Ihren Namen verraten?"

„Jochen Hübner."

„Herr Hübner, wo waren Sie gestern Abend so zwischen 18 und 22 Uhr?"

„Muss ich das sagen?"

„Wenn Sie keinen Ärger haben wollen, ja."

„Ich war zu Hause."

„Allein, nehme ich an."

„Ja, was dagegen?"

„Ja", entgegnete Ilka. „Hab' ich. Und ich habe keinen Bock, mir das länger anzuhören. Ich kann Sie auch mitnehmen. Das Frühstück in der U-Haft soll gar nicht so schlecht sein." Aus den Augenwinkeln bemerkte Ilka, wie Doris Landau vom Fenster ihres Büros zu ihnen herüber starrte. Ilka drehte sich provokativ zu ihr, worauf sie prompt vom Fenster wich.

„Also", fuhr Ilka fort. „Beantworten Sie jetzt vernünftig meine Frage. Oder wollen Sie mitkommen?"

Jochen Hübners Stimmung kippte plötzlich. Mit einem Mal war nichts mehr von dem sturen Auftritt zu spüren, den er zu Beginn des Gesprächs hingelegt hatte.

„Ich war wirklich zuhause", begann er kleinlaut. „Allein. Ich bin seit einem Jahr geschieden."

Geht doch, dachte sich Ilka und wollte wissen, ob er eine Ahnung haben könnte, worin Björn Landau verwickelt sein könnte.

„Nein, habe ich nicht. Ehrlich. Ich hatte nie Ärger mit dem Chef. Ich habe meinen Job gemacht und er war zufrieden damit."

„Danke, Herr Hübner. Das war's auch schon."

* * *

Ilka ließ den Motor an. „Kannst du mir mal sagen, warum man immer erst mit der U-Haft drohen muss, bevor man eine vernünftige Antwort bekommt?"

„Kann ich dir leider nicht sagen", sagte Cem. „Aber solange die U-Haft noch Wirkung zeigt, kann ich damit leben."

Ilka musste lächeln. „So kann man es natürlich auch sehen." Dann fragte sie Cem, ob er Lust habe, mit ihr auf den Harsefelder Winterzauber zu gehen.

„Ich könnte jetzt wirklich einen heißen Apfelsaft mit Calvados vertragen."

„Was ist mit Antonio? Hat er mal wieder keine Zeit?"

„An solchen Tagen noch weniger als sonst", erwiderte Ilka und versuchte, ihre Enttäuschung nicht allzu sehr durchklingen zu lassen. „Ich habe ihn gefragt, aber das Eiscafé ist um diese Zeit immer rappelvoll."

„Habt ihr schon mal daran gedacht zusammenzuziehen?"

„Nein, haben wir nicht." Sie bemühte sich, nicht allzu unhöflich zu klingen, aber sie hatte im Moment keine große Lust, darüber zu reden.

„Warum eigentlich nicht?", hakte Cem nach. „Ihr kennt euch doch schon eine ganze Weile. Dann hättet ihr wenigstens ein wenig mehr Zeit für euch."

Ilka warf ihm einen kurzen, verärgerten Blick zu und wechselte vorsichtshalber das Thema.

„Also, hast du heute Abend Lust, oder nicht?"

„Gut, gegen sechs am Glühweinstand?"

„Ja, bis dann."

* * *

73

Sie liebte den Harsefelder Winterzauber, die Feuershow, die Bratwurst im Brötchen und den Stand mit den italienischen Dips. Zugegeben, er war klein und beschaulich, aber dafür längst nicht so überlaufen wie die Hamburger Märkte. Mit Grauen dachte sie an einen Besuch des Weihnachtsmarkts am Rathaus. Sie hatte bei weitem keine Phobie gegen Menschenansammlungen, aber sie hätte sich doch gern selbstständig bewegt, statt inmitten eines Menschenstroms durch die Gänge geschoben zu werden.

Im Gegensatz dazu gab es auf dem Harsefelder Winterzauber natürlich nicht Käthe Wohlfahrts Weihnachtsstand und auch keinen fliegenden Weihnachtsmann, der mit seinem Schlitten über den Markt schwebte, aber diese Dinge brauchte sie nicht wirklich. Ilka wollte sich gerade einen heißen Apfelsaft mit Calvados bestellen, als sie eine Hand auf ihrer Schulter spürte.

„Ciao Bella. Darf ich dir Gesellschaft leisten?" Ilka fuhr herum und sah in Antonios große Augen. „Hey, was machst du denn hier? Ich dachte, im Eiscafé ist die Hölle los?"

„Ja, das ist auch so, aber ich wollte dich einfach mal wiedersehen, cara mia! Und da du mir am Telefon gesagt hast, dass du hier bist, habe ich mir für heute frei genommen. Meine Leute kriegen das auch mal ohne mich hin."

Sie gab ihm einen dicken Kuss direkt auf die Lippen. „Schön, dass du da bist."

„Ich störe doch nicht, oder?"

„Nein. Ganz und gar nicht."

„Gut, dann besorge ich uns mal zwei Apfelsaft mit Calvados. Ti amo!"

„Ich liebe dich auch!"

Sie stellten sich zu einer Gruppe von Leuten unter einen der großen Schirme. Es sah wieder einmal nach

Regen aus. Ilka warf einen kurzen Blick auf ihr Handy und bemerkte, dass sie zwei Anrufe von Cem nicht mitbekommen hatte.

„Probleme?"

„Cem wollte eigentlich kommen, aber ihm ist wohl mal wieder etwas dazwischen gekommen."

„Ja, ich weiß", sagte Antonio. „Er hat mich angerufen und gesagt, dass du hier bist. Da musste ich einfach kommen."

Ilka zog die Augenbrauen zusammen. „Es kam mir gleich seltsam vor, dass du hier auf einmal auftauchst."

Antonio drückte ihr einen Kuss auf die Lippen. „Ich fand es ganz okay von Cem."

Ilka lächelte, aber es gelang ihr nicht so recht. Antonio bemerkte sofort, dass Ilka etwas bedrückte. Selbst wenn sie sich bemühte, ihm ihr überzeugendstes Lächeln zu zeigen, wusste er, ob es echt oder erzwungen war.

„Woran denkst du? An euren neuen Fall?"

Ilka zuckte mit den Achseln. „Irgendwie beschäftigt einen das immer. Ob man will oder nicht. Aber lass uns lieber über etwas anderes reden. Ich habe jetzt Feierabend."

Ilka schaute auf die Uhr, dann zu Antonio. „Die Feuershow geht gleich los. Die würde ich mir gern noch anschauen."

Antonio lächelte sie an. „Dann lass uns gehen, Tesoro!"

Das Feld vor der Kirche, auf dem die Feuershow stattfand, war bereits von dichten Rauchschwaden eingehüllt, als sie einen der letzten freien Plätze auf den Stufen ergattern konnten. Jetzt, wo sie den Schutz der Buden und des Amtshofs verlassen hatten, spürten sie erst den eisigen Wind, der über die freie Fläche fegte.

Ilka zog Antonio fest an sich und bestaunte ein Paar, das sich mit ihren Feuerpois ineinander drehte und sich wieder löste. Sie sah kurz zu Antonio, der ein wenig verkrampft neben ihr stand.

„Alles gut?"

„Es könnte ein wenig wärmer sein", erwiderte er, während vier junge Frauen ihre Feuerfächer anzündeten. Dann ertönte auch schon das obligatorische ‚Pirates of the Caribbean'. Ilka gab Antonio einen Kuss. Selbst seine Lippen fühlten sich eisig an.

„Die Fächer schauen wir uns noch an und dann gehen wir, okay?"

„Sí, Tesoro!"

Kapitel 8

„Hallo Ilka."

„Hi."

„Setz dich bitte." Ralf Seidel deutete auf einen der vier schwarzen Ledersessel, die um einen runden Glastisch standen.

„Wie geht es dir?", fragte er, nachdem sie Platz genommen hatte.

„Ich habe darüber nachgedacht", sagte sie ausweichend. „Über das, was du beim letzten Mal gesagt hast." Sie griff zu der Karaffe, die bei jeder Sitzung auf dem Tisch stand, und goss sich ein Glas Wasser ein.

„Und zu welchem Ergebnis bis du gekommen?"

Sie lächelte ihn an. „Das weißt du doch längst."

Seidel erwiderte ihr Lächeln. „Mag sein, aber ich würde es gern von dir persönlich hören."

Ilka nippte kurz an ihrem Wasserglas, stellte es vor sich auf den Tisch und ließ sich in den Sessel zurückfallen.

„Du hast Recht gehabt mit allem, was du gesagt hast. Ja, ich habe Angst vor dem Moment, in dem ich wieder in so eine Situation gerate. Und ja, ich weiß nicht, wie ich dann reagieren werde. Aber es ist verdammt noch mal meine Pflicht in diesem entscheidenden Moment zu funktionieren. Sonst wäre ich als Kripobeamtin nicht länger tragbar."

Ilka schnappte kurz nach Luft. Sie war selbst ein wenig erschrocken, dass sie es in dieser Offenheit ausgesprochen hatte. Sie mochte nicht daran denken, was geschehen würde, wenn durch ihre Versagen jemand zu Schaden käme. Sie war verantwortlich für ihr Team und sie durfte sich nicht den geringsten Fehler erlauben. Sie sah Ralf Seidel direkt in die Augen.

„Das wolltest du doch hören, oder nicht?"

Seidel stützte seine Ellenbogen auf die Sessellehnen und schob seine Hände ineinander.

„Es geht nicht darum, was ich hören möchte, Ilka", erwiderte er mit einem Nachdruck in der Stimme, den sie so nicht von ihm gewohnt war. „Ich will dir helfen, aber das geht nur, wenn du dazu bereit bist. Und dazu gehört auch, dass du dir selbst deine Ängste eingestehst."

„Habe ich das nicht eben gerade getan?"

„Du hast begonnen, dich damit auseinanderzusetzen", antwortete Seidel in ruhigem Ton. „Das ist der erste Schritt, vielleicht sogar der wichtigste."

„Was glaubst du? Wie lange wird es dauern, bis ich das alles hinter mir habe?"

Sie verfluchte ihre Ungeduld. Aber was hatte sie eigentlich erwartet? Ein paar vorgeschriebene Sitzungen mit dem Polizeiphysiologen und dann wäre alles wieder wie früher? Nein, sie wusste, dass es so nicht funktionieren würde, aber es waren am Anfang viele Sitzungen nötig, um es sich selber einzugestehen. Sie versuchte sich wieder auf die Worte von Seidel zu konzentrieren.

„Das liegt ganz bei dir", antwortete Seidel. „Aber hoffe lieber nicht darauf, dass du wegen guter Führung frühzeitig entlassen wirst. Wir werden schon eine Weile brauchen."

„Und was ist mit meinem Job?"

Ralf Seidel schaute sie für einige Sekunden schweigend an, bevor er antwortete: „Sag du es mir."

Als Ilka nichts erwiderte, ergriff er erneut das Wort. „Du glaubst, dass du bereit bist, aber du bist dir nicht sicher. Und genau da liegt dein Problem. Willst du das wirklich riskieren?"

Ilka zog unschlüssig die Schultern in die Höhe. „Ich weiß es nicht."

„Wenn du die Angst zulässt, wirst du scheitern."

„Und was kann ich dagegen tun?"

Ralf Seidel lächelte. „Wenn ich darauf die finale Antwort hätte, wäre ich kein Therapeut, sondern ein reicher Mann. Es gibt keinen anderen Weg als darüber zu reden. Und zwar so lange, bis du mit diesem Teil deines Lebens abgeschlossen hast. Wann das sein wird, liegt ganz allein in deiner Hand."

Er hielt kurz inne, als wollte er seinen Worte Nachdruck verleihen, dann fügte er hinzu: „Ich werde dir dabei helfen, wenn du dazu bereit bist."

Ilka atmete tief durch. „Okay Ralf, wenn das so ist, dann bin ich bereit."

* * *

Kaum zurück im Büro, bekam Ilka einen Anruf von Kai. Er hatte sich einen Virus eingefangen.

„Wie schlimm ist es?"

„Mich hat's voll erwischt", nuschelte er in den Hörer. „Diese Woche wird es auf keinen Fall mehr was."

Sie wünschte ihm gute Besserung und legte genervt auf.

„So ein Mist", fluchte sie. „Ausgerechnet jetzt."

„Was ist los", fragte Cem, der seitlich am Monitor vorbei zu ihr schaute. „Mit Kai brauchen wir in den nächsten Tagen nicht rechnen. Grippe. Dabei sind wir ohnehin schon unterbesetzt."

„Haben wir eine Chance auf Ersatz?"

„Ich kann's ja mal versuchen", erwiderte Ilka wenig überzeugend. „Aber so wie ich unseren Chef kenne, wird das nichts."

Cem trat hinter seinem Schreibtisch hervor und kam ein paar Schritte auf Ilka zu.

„Wie geht's eigentlich mit deinem Dr. Seidel voran?"

„Gut. Warum fragst du?"

Cem schaute sie von der Seite an. „Weil ich mir Sorgen um dich mache. Wir sind Partner. Schon vergessen?"

„Mir geht's gut, Cem. Es ist alles okay."

„Wirklich?"

„Ja, wirklich. Und jetzt lass uns über etwas anderes sprechen. Okay?"

Ilka lief im Büro auf und ab. Er sah ihr eine Weile dabei zu, bis es ihm langsam auf die Nerven ging.

„Kannst du dich bitte mal hinsetzten? Du machst mich ganz nervös."

„Und mich macht es nervös, wenn ich einfach nur rumsitze."

Sie tat Cem dann doch den Gefallen und setzte sich.

„Besser so?"

„Ja, deutlich besser."

Sie kaute nachdenklich auf ihrer Unterlippe herum. „Irgendetwas stimmt hier nicht."

„Wie meinst du das?"

„Doris Landau hat uns zwar von finanziellen Problemen erzählt und das Verhältnis zu Björn Landaus Tochter als normal bezeichnet, aber das nehme ich ihr so nicht ab. Irgendetwas verschweigt sie uns. Da bin ich mir ziemlich sicher. Hast du schon die Adresse von diesem Marek Wieczorek überprüft?"

„Fehlanzeige. Dort wohnt seit einem halbem Jahr eine alleinerziehende Mutter mit ihrem sechsjährigen Jungen. Bisher haben wir keine Spur von Wieczorek! Der Typ ist nicht gerade ein Heiliger. Er hat mehrere Vorstrafen wegen Körperverletzung und Drogenbesitz. Die letzte Verurteilung war vor zwei Jahren. Die Polizei hat ihn völlig zugedröhnt hinter dem Steuer erwischt. Seitdem ist er seinen Lappen los."

Ilka versuchte, die Fakten zu sortieren. „Aber das hört sich für mich eher wie das Leben eines Kleinkriminellen an, als das eines Mörders."

„Um das zu beweisen, müssten wir ihn erstmal finden", warf Cem ein. „Soll ich eine Fahndung rausgeben?"

„Ja, mach das. Und was ist mit Jana Landau?"

„Leider auch Fehlanzeige. Sie war weder Freitag noch heute an der Uni. Ich habe mit den Hamburger Kollegen gesprochen. Sie ist auch seit Freitag nicht mehr in der Wohngemeinschaft gewesen."

„Dann gib Jana auch gleich in die Fahndung. Und wenn du das erledigt hast, kümmere dich bitte um die Angestellten der Spedition. Die Liste hast du ja. Mit dem Jochen Hübner brauchst du nicht mehr zu sprechen. Der ist mir schon über den Weg gelaufen."

Ilka trat ans Fenster und schaute auf den Parkplatz hinab.

„Wo ich da gerade deine Schrottkarre sehe. Was macht eigentlich dein Autokaufprojekt?"

„Ist in Arbeit", entgegnete Cem kurz angebunden. „Auch einen Tee?"

„Nein, danke." Sie drehte sich zu ihm. „Lass dir nicht zu viel Zeit. Beim letzten Mal war's schon ziemlich gefährlich, als du direkt auf der Kreuzung stehen geblieben bist."

„Dabei war er erst vor kurzem in der Werkstatt", verteidigte sich Cem. „Die haben gesagt, dass alles in Ordnung ist und dann stand ich an der Ampel, es wurde grün und als ich losfahren wollte, ging gar nichts mehr. Wahrscheinlich das Getriebe. Es hat über eine Stunde gedauert, bis Alim da war."

„Alim?" Ilka traute ihren Ohren nicht. „Du hast dich von deinem Gemüsehändler abschleppen lassen?"

„Klar. Ich konnte die Kiste doch nicht einfach da stehen lassen. Und ein normaler Abschleppdienst ist wesentlich teurer und auch nicht schneller."

Ilka konnte es einfach nicht mehr hören.

„Cem, wie oft habe ich dir schon gesagt, dass du diesen Schrotthaufen entsorgen und dir endlich ein vernünftiges Auto kaufen sollst! Du kannst von Glück sagen, dass wir gerade keinen Einsatz hatten, sonst hätte das Konsequenzen für dich gehabt." Cem senkte den Blick wie ein kleiner Schuljunge, der gerade etwas angestellt hatte.

„Völlig klar. Ich kümmere mich gleich nach Dienstschluss darum."

„Wieso hast du eigentlich keine Kohle, um dir ein vernünftiges Auto zu kaufen? Zugegeben, als Kripobeamter wird man nicht reich, aber trotzdem dürfte das doch kein Problem sein, oder?"

Cem stieß hörbar Luft aus. „Das sagst du so einfach. Die Mieten in der Stader Innenstadt sind nicht gerade günstig. Außerdem muss ich mich auch um meine Eltern kümmern. Das, was sie haben, reicht kaum zum Überleben." Er nippte an seinem Tee. „Aber ich kriege das hin. Alim kennt da jemanden aus seiner Verwandtschaft, der günstig Autos verkauft."

„Habe ich das richtig verstanden? Dein Alim schleppt nicht nur dein Auto ab, sondern kennt da auch einen, der rein zufällig mit Gebrauchtwagen handelt?"

„So ist es."

Ilka sah in scharf an. „Und du bist dir sicher, dass er das richtige Fahrzeug für dich hat? Und damit meine ich ein zuverlässiges Gefährt, das morgens problemlos anspringt und nicht irgendwo mitten auf der Kreuzung liegenbleibt?"

„Ja."

„Und das ganz legal, hoffe ich."

„Natürlich. Was denkst du von mir?"

Ilka zog die Augenbrauen zusammen. „Was nennt Alim günstig?"

„2000 zum Beispiel."

„2000 Euro? Na klasse! Dann kannst du ja gleich deinen alten Golf behalten."

Cem verkniff sich einen Kommentar und wechselte rasch das Thema. „Wenn wir keinen Ersatz für Kai kriegen, wird es eng. Wir beide allein halten das nicht lange durch."

„Ich weiß, Cem. Sobald ich unseren Chef sehe, frage ich ihn. Und jetzt kümmere dich bitte um die Angestellten! Mit den Alibis werden wir uns wohl schwer tun. Doris Landau hat ihren Mann am Mittwochabend das letzte Mal gesehen, am Freitagmorgen haben wir ihn tot aufgefunden. Aber schau trotzdem mal, was du herausbekommst. Ich habe die Kollegin Reinhardt angefordert. Sie wird dich begleiten. Und benehmt euch, klar?"

Auch wenn sie genau wusste, wie sehr er sich über seine charmante Begleitung freute, ließ er sich zu Ilkas Überraschung nichts anmerken.

„Ja, natürlich. Bin schon unterwegs."

* * *

Kaum war Cem verschwunden, erschien auch schon Patrick Dannenberg in der Tür. Er hielt ihr seine leere Tasse entgegen.

„Hast du mal einen Kaffee für mich? Der Automat ist schon wieder defekt." Ilka deutete auf die Thermoskanne neben der Kaffeemaschine.

„Hast Glück gehabt. Gerade frisch gekocht."

Patrick füllte sich eine Tasse ein und kam auf Ilka zu. „Was Neues im Fall Landau?"

Ilka schob ihm die Akte entgegen. Er schlug sie auf und überflog kurz die Zeilen.

„Und was bedeutet das jetzt?"

„Das kann ich dir noch nicht sagen. Aber uns läuft die Zeit davon. Wir fahnden gerade nach diesem Marek Wieczorek und Landaus Tochter Jana. Im Moment haben wir nicht die geringste Ahnung, wo sie sein könnten. Die Aussagen seiner Frau bringen uns nicht weiter. Außerdem sind die sichergestellten Spuren nicht gerade hilfreich. Aber wir müssen Jana Landau finden, bevor es zu spät ist."

„Das klingt nicht gut", gab Dannenberg zurück. „Gar nicht gut."

„Ja, und zu allem Überfluss hat sich auch noch Kai krank abgemeldet." Ilka nutzte die Chance, um Dannenberg um einen zusätzlichen Mitarbeiter zu bitten.

Er schaute sie über den Rand seiner Brille hinweg an.

„Wie stellst du dir das vor? Wo soll ich auf die Schnelle einen Kollegen herbekommen?"

Sein leicht genervter Tonfall riet ihr, ein wenig diplomatischer vorzugehen, als sie es eigentlich vorhatte. Sie kannte seine ablehnende Haltung gegen alles, was ihm Schwierigkeiten einbringen könnte, aber in diesem Fall blieb ihr keine andere Wahl.

„Nur vorübergehend, Patrick. Cem und ich können das unmöglich alleine schaffen."

„Ilka, ich verstehe dich voll und ganz, aber dir ist schon klar, dass so etwas nicht von heute auf morgen geht. Du weißt doch, wie das bei uns läuft."

„Ja, sehr langsam, ist mir schon bewusst. Klar ist aber auch, dass wir jemanden brauchen."

Dannenberg nickte. „Ja, da gebe ich dir Recht. Selbst wenn ich die Brisanz des Falls als Grund nenne, um das Team aufzustocken, dann ..."

„Du stockst doch nichts auf", fuhr sie ihm ins Wort. „Es ist nur ein Ersatz für Kai und sonst nichts. Wir brauchen das ja nicht an die große Glocke zu hängen. Wie wäre es mit einer internen Lösung?"

„Und die interne Lösung wäre ... ?"

„Lisa Reinhardt", erwiderte Ilka ohne Zögern, obwohl ihr klar war, dass sie diesbezüglich noch ein ernstes Wort mit Cem reden müsste.

„Und warum gerade sie?"

„Weil ich sie für kompetent und zuverlässig halte", erwiderte Ilka. „Bisher konnte ich mich immer auf sie verlassen. Was hältst du davon?"

„Gut", erwiderte Dannenberg ohne zu Zögern. „In Anbetracht der Umstände sollte das machbar sein."

Ilka sah ihren Vorgesetzten verblüfft an. Normalerweise hatte sie mit mehr Widerstand gerechnet. Aber sie sah davon ab, nach dem Grund seiner spontanen Bereitwilligkeit zu fragen.

Erst jetzt fiel ihr auf, dass er statt im grauen Standard-Anzug und dem stets gebügelten Oberhemd im legeren Polo-Shirt und Jeans vor ihr stand. Sie warf ihm einen amüsierten Blick zu.

„Sind dir die Anzüge ausgegangen?"

„Eigentlich wollte ich mich zuhause auf meine morgige Tagung in Hamburg vorbereiten. Aber ich habe noch ein paar Unterlagen vergessen, die ich morgen brauche. Deswegen bin ich hier. Ich hatte einfach keine Lust, mich noch einmal umzuziehen."

Sie deutete auf den Stuhl an ihrer Seite und bat ihn, sich zu setzen.

„Wo du gerade da bist. Ich brauche einen Durchsuchungsbeschluss für die Spedition und die Privaträume der Landaus."

Dannenberg lehnte sich zurück und stieß hörbar Luft aus.

„Und aus welchem Grund?"

„Gefahr im Verzug!"

„Und um welche Gefahr handelt es sich genau? Besteht ein dringender Tatverdacht, dass Doris Landau oder einer der Mitarbeiter an der Straftat beteiligt waren?"

„Patrick, du willst Fakten und ich werde sie dir liefern. Aber dafür brauche ich diesen verdammten Beschluss. Der Ehemann ist tot, grausam gefoltert und seine Tochter verschwunden." Ilkas Blicke schienen ihn zu durchbohren. „Die beiden Gründe müssten doch eigentlich reichen."

„Was glaubst du eigentlich bei der Durchsuchung zu finden, Ilka?"

„Wir müssen wissen, was Landau an diesem Abend vorhatte. Warum war er im Rüstjer Forst? Mit wem hat er sich getroffen? Was wollte Jana dort? Vielleicht finden wir irgendeinen Hinweis darauf in der Spedition."

Patrick runzelte nachdenklich die Stirn, schaute einige Sekunden an ihr vorbei aus dem Fenster, erst dann sagte er:

„Gut, sobald ich in Hamburg bin, versuche ich, den zuständigen Richter ans Telefon zu bekommen. Ich weiß zwar nicht, ob das so schnell geht, aber bisher ist mir immer etwas eingefallen."

„Danke, Patrick."

„Ich muss jetzt los. Morgen früh um 9 Uhr geht die Tagung schon los." Er stand auf, ging ein paar Schritte auf die Tür zu und drehte sich dann noch einmal um. „Wie weit bist du eigentlich mit deinen Sitzungen?"

Ilka verzog leicht den Mund, denn sie hatte gehofft, dass er dieses Thema nicht ansprechen würde.

„Läuft ganz gut soweit."

Patrick bedachte sie mit einem missbilligenden Blick. „Ilka, jetzt hör mir mal zu. Ich weiß, dass du diese psychologische Betreuung für überflüssig hältst, aber das ist sie absolut nicht." Er kam wieder näher und versuchte ihren Blick aufzufangen. „Ich habe von vielen gehört, die das Erlebte nicht verarbeiten konnten und daran zerbrochen sind, obwohl sie felsenfest davon überzeugt waren, es zu schaffen. Aber am Ende war es schlicht und einfach eine falsche Einschätzung. Und ich will verdammt noch mal nicht, dass du die Nächste bist."

„Mir geht es gut, Patrick."

„Das glaubst du."

„Es ist alles okay mit mir. Wirklich."

Er dachte eine Weile nach; es dauerte für Ilkas Empfinden endlos lange, bis er antwortete.

„Und wenn du morgen oder übermorgen in eine ähnliche Situation gerätst, was dann? Bist du dir absolut sicher, dass dann immer noch alles okay ist?"

„Du hörst dich an wie mein Psychologe."

Dannenberg ging nicht auf ihren Kommentar ein. „Also, bist du dir sicher, oder nicht?"

Er wusste genau, dass sie keine Antwort darauf geben konnte.

„Bitte denke noch einmal darüber nach, Ilka. Versprichst du mir das?"

Ilka nickte, wenn auch zögernd. „Ja, versprochen."

Patrick nickte und wollte gerade das Büro verlassen, als er wieder diesen stechenden Schmerz spürte. Er verzog das Gesicht, während er mit einer Hand seine Bandscheibe abtastete.

„Hast du immer noch keinen Termin?", fragte Ilka in einem Ton, als wären sie seit 25 Jahren verheiratet.

„Morgen!"

„Morgen? Auf deiner Tagung?"

„Dann eben übermorgen", verbesserte Dannenberg zerknirscht.

„Okay", sagte sie mit einem Lächeln. „Ich gehe zu meinem Psychologen und du zum Arzt. Das ist doch ein Deal, oder? Und wenn du nicht zum Arzt gehst, besorge ich mir die Nummer von deiner Frau!"

Kapitel 9

Als Ilka am Nachmittag die Rechtsmedizin betrat, war Anna Beringer gerade dabei, ihre Untersuchungsergebnisse ins Diktiergerät zu sprechen.

„Hallo. Störe ich?"

Anna zog genervt die Augenbrauen hoch. „Ich bin mit der Obduktion noch nicht fertig. Ich habe die Anordnung vom Richter erst vor zwei Stunden bekommen."

„Aber du hast doch sicherlich schon ein paar Infos für mich, oder?"

Anna schien an diesem Nachmittag alles andere als gut gelaunt zu sein. Sie verschränkte ihre Arme vor der Brust und sah Ilka scharf an.

„Weißt du eigentlich, dass ich laut Gesetz immer alle drei Körperhöhlen öffnen muss, auch wenn die Todesursache eindeutig ist? Ich muss jedes Organ entnehmen, beschreiben, vermessen, wiegen, fotografieren und alles auf Band diktieren. Dann muss ich alles wieder zurücklegen und zunähen. Das dauert halt seine Zeit." Anna holte tief Luft, als hätte sie sich gerade ihren ganzen Frust von der Seele geredet.

Ilka trat vorsichtig einen Schritt auf die Rechtsmedizinerin zu. „Bist du jetzt fertig?"

„Ja", erwiderte Anna deutlich leiser. „Tut mir leid, aber das musste einfach mal raus." Sie trat an den Seziertisch und zog das Laken vom Oberkörper des Toten.

„Hatte Cem mal wieder keinen Bock auf die heiligen Hallen der Rechtsmedizin?"

„Das ist nicht sein Ding, das weißt du doch. Außerdem geht ihr euch ja ohnehin in letzter Zeit aus dem Weg."

Als Anna nichts darauf erwiderte, fuhr sie fort: „Okay, geht mich ja auch nichts an. Hauptsache, ihr kommt damit klar." Ilka deutete mit dem Kopf zum Seziertisch, auf dem Björn Landau lag.

„Also, was hast du für mich?"

„Einen schmerzhafteren Tod kann ich mir kaum vorstellen." Sie zeigte auf die unzähligen Brandwunden auf der Brust und an den Armen. „Der Kern einer brennenden Zigarette kann bis zu 750 bis 800 Grad erreichen. Die Haut ist fast vollständig verbrannt. Er muss wahnsinnig gelitten haben, bis er das Bewusstsein verloren hat."

Ilka schüttelte den Kopf. „Ich werde nie begreifen, wie man das einem Menschen antun kann."

„Was ich bisher feststellen konnte: ein gebrochener Kiefer, ein Nasenbeinbruch und zwei gebrochene Rippen. Es gibt mehrere Blutergüsse am Kopf- und Bauchbereich, vermutlich durch eine Vielzahl von Schlägen. Und die Abschürfungen an den Hand- und Fußgelenken stammen von einem Seil, mit dem er gefesselt wurde. Die Faserspuren, die ich in den Wunden gefunden habe, deuten auf ein braunes Naturseil aus Kokosfasern hin. Ich habe auch Baumwollfasern im Mund und im Rachenbereich sichergestellt. Und da wir ihn barfuß angetroffen haben, gehe ich mal davon aus, dass man ihm seine eigenen Socken in den Mund gestopft hat."

„Danke, Anna, war's das?"

„Nein, das war's leider noch nicht. Ich konnte noch geringe Mengen von Gamma-Hydroxybuttersäure in seinem Urin nachweisen. Wenn ich die Zeitspanne von seinem Tod bis zur Obduktion betrachte, dann hat man ihm eine sehr hohe Dosis injiziert. Bei GHB – auch K.O.-Tropfen genannt – ist der Nachweis sehr schwierig, weil das Gift innerhalb weniger Stunden, spätestens nach zwölf Stunden vollständig vom Körper abgebaut wird. Das macht es generell für Frauen sehr schwierig, nachzuweisen, dass sie mit dieser Art von Drogen gefügig gemacht worden sind. Deshalb muss ich den Todeszeitpunkt auch leicht revidieren. Er ist nicht zwischen 18 und 20 Uhr gestorben, sondern zwei, vielleicht sogar drei Stunden später! Ich kann es leider nicht genauer bestimmen, weil ich dazu wissen müsste, wie lange er schon da draußen lag."

„Warum ging das dieses Mal so schnell?", fragte Ilka verwundert. „Du hast mir doch gesagt, dass es Tage, wenn nicht sogar Wochen dauern kann, bis die Analyse beendet ist."

„Es ging schneller, weil ich den Kollegen geraten habe, gezielt nach der GHB-Substanz zu suchen", erklärte Anna. „Es war nur so eine Vermutung. Generell ist das Verfahren zum Nachweis von Giften und ähnlichen Substanzen sehr aufwendig. Erst recht, wenn du nicht weißt, wonach du suchen musst. Jede nur erdenkliche Substanz benötigt ein eigenes Verfahren, um sie auszuschließen. Es gibt leider keine Generalanalyse, die dir am Ende alle Substanzen mit der entsprechenden Dosis aufzeigt. Einige Substanzen kann man auf Grund der festgestellten Symptome mehr oder weniger ausschließen, aber es bleiben dann immer noch genügend Gifte übrig, die man einwandfrei identifizieren muss. Leider sind viele von ihnen nur sehr schwer nachzuweisen. Erst recht, wenn einige Zeit nach der Einnahme vergangen ist."

„Okay, aber warum haben sie ihm das Zeug überhaupt gegeben? Er war doch schon so gut wie tot!"

Anna zuckte mit den Schultern. „Vielleicht wollten sie ihn ruhigstellen, um ihn unauffällig wegzubringen."

„Können diese K.O.-Tropfen überhaupt zum Tod führen?", wollte Ilka wissen.

„Klar", erwiderte Anna. „Ich habe dir ja vorhin schon erzählt, dass ich es bei ihm nur noch nachweisen konnte, weil er eine sehr hohe Dosis bekommen hat. Geringe Mengen können entspannend, beruhigend, euphorisierend und sexuell anregend wirken. Aber der Unterschied zwischen der Dosis, die den gewünschten Effekt bringt, und der Dosis, die zum toxischen Koma führt, ist nicht allzu groß. Bei Björn Landau deutet alles auf ein solches toxisches Koma hin. Deshalb ist es auch sehr schwer zu dosieren. Es ist zwar verschreibungspflichtig, aber heutzutage bekommst du über das Internet oder andere dunkle Kanäle fast alles, was du haben willst. Aber gestorben ist er nicht daran, sondern an einer Hirnblutung. Verursacht durch die zahlreichen Schläge im Kopfbereich."

Anna deckte den Leichnam wieder zu und versuchte, Ilkas Blick aufzufangen.

„Früher haben wir uns öfter mal auf einen Cappuccino getroffen, aber in letzter Zeit eher seltener. Soviel zu tun?"

Ilka nahm auf einem Stuhl neben den Seziertisch Platz. „Höre ich da einen leichten Vorwurf?"

Anna hob beschwichtigend die Hände. „Nein, so war das nicht gemeint. Wirklich nicht."

Ilka legte ihren Kopf in den Nacken und starrte für einen Moment an die Decke.

„Anna, Cem ist total durch den Wind, seid ihr euch getrennt habt. Was ist passiert?"

Anna zuckte mit den Schultern. „Wir haben eben unterschiedliche Ansichten in Bezug auf unsere gemeinsame Lebensplanung."

„Kannst du ein wenig deutlicher werden?"

„Ich hätte gern Kinder, Cem dagegen konnte sich mit dem Gedanken einfach nicht anfreunden." Anna legte das Aufnahmegerät beiseite. „Wir haben lange geredet, das kannst du mir glauben, manchmal stundenlang, aber wir sind nicht auf einen Nenner gekommen. Er ist ein toller Mann, Ilka, und er ist mir weiß Gott nicht gleichgültig. Vielleicht liebe ich ihn immer noch auf eine gewisse Art, aber es reicht eben nicht. Irgendwie hat's am Ende zwischen uns nicht mehr gepasst."

„Und nun?"

„Was nun? Wir haben uns getrennt. Fertig! Aus! Und ich habe mich entschieden, nach Zürich zu gehen. Und Cem weiß das auch."

* * *

Auf dem Weg nach Hause wollte Ilka noch kurz bei Antonio vorbeischauen. Sie sehnte sich nach ihm, aber entweder war er beschäftigt oder ihr kam irgendetwas dazwischen. Doch auf halber Strecke fiel ihr wieder ein, dass er für einen Tag nach Hamburg gefahren war, um alte Freunde zu besuchen.

Der Harsefelder Ortskern im Feierabendverkehr war zu einer reinen Nervensache geworden. Meistens ging auf der Friedrich-Huth-Straße Richtung Bahnhof gar nichts mehr.

Eigentlich hatte sich Ilka am Ende dieses Tages auf ein heißes Bad gefreut, danach ein Glas Rotwein vor dem Kamin und vielleicht noch einen kitschigen Liebesfilm als Zugabe.

Doch kaum war sie zuhause, hatte sie keine Lust mehr, das Badewasser einlaufen zu lassen. Sie entschied sich für eine kurze Dusche und nach einem kurzen Zappen durch die Programme fiel auch der Film aus.

Ilka legte sich auf die Couch, schob ein Kissen unter den Kopf und flüchtete sich in Gedanken nach Berlin-Kreuzberg zurück. Es war die Zeit, in der sie unzählige

Tage und Nächte auf Streife war. Gleich in ihrem ersten Jahr bei der Kripo hatte sie vieles erlebt: Straßenkinder, Drogenabhängige und herumlungernde Kerle, deren Hemmschwelle zur Gewalt beängstigend weit nach unten gerutscht war.

Es gibt eine Menge Plätze, wo die Kinder auf dem Spielplatz zuschauen können, wie es die Prostituierten mit ihren Freiern treiben oder wie sich ein Junkie einen Schuss setzt.

All das hatte sie Dr. Seidel anvertraut, so als wäre er ein guter, alter Freund. Sie hatte ihm vom Görlitzer Platz in Berlin erzählt, von ihrer Hilflosigkeit, als drei Kerle über eine junge Frau herfielen, von ihrem ersten Einsatz als Kripobeamtin. Oder von ihrem ersten Fall in Kreuzberg: Der Junge war gerade mal 17 Jahre alt gewesen, als er tot aufgefunden wurde. Er hatte die Entwicklung von einem intelligenten Schüler, der sein ganzes Leben noch vor sich hatte, zu einem drogenabhängigen Junkie innerhalb nur eines Jahres hinter sich gebracht. Am Ende hatten sie ihm das Gift direkt in die Venen gejagt, weil er seine eigenen Dealer erpressen wollte.

Und dann war da noch Pia gewesen, mit der Ilka in ihrer Zeit an der Fachhochschule für Wirtschaft und Recht in einer WG gelebt hatte. Sie hatten verrückte Sachen unternommen und auf ihren Betten über Gott und die Welt geredet, doch eines Tages war sie tot. Auch sie starb an einer Überdosis, auch sie starb jung, ohne auch nur in die Nähe all ihrer Träume zu kommen.

Sie musste zugeben, dass Dr. Seidel sehr geschickt vorging. Manchmal hatte er sie einfach ohne Unterbrechung reden lassen, was ungewollt dazu führte, dass sie ihm mehr offenbarte, als sie sich vorgenommen hatte. Die Worte sprudelten nur so aus ihr heraus, ohne dass sie großartig darüber nachdachte, was sie preisgab.

Die plötzlichen Erinnerungen an diese extremen Ereignisse können zu spontanen Angstzuständen füh- ren, hatte er ihr mal erklärt und, dass es im schlimmsten Fall zu unkontrollierten Panikattacken und Herzrasen kommen würde. Sie hatte ihn gefragt, wie sie dagegen ankämpfen könnte, doch eine für sie greifbare Lösung konnte er ihr nicht geben. Es ist nur ein Teil der Aufarbei- tung, damit keine Narben auf der Seele zurückbleiben. Ein toller Satz, den Dr. Seidel da von sich gegeben hatte.

Im Moment allerdings hatte sie nicht nur eine Narbe auf der Seele, sondern auch eine über ihrer Brust.

Kapitel 10

An diesem Morgen lag die Landschaft wieder einmal unter einem trostlosen grauen Schleier. Die Konturen der Bäume waren kaum noch zu erkennen. Es war ein Morgen zum Liegenbleiben, wäre da nicht ihr Job, der wie so oft all ihre Zeit in Anspruch nahm. Es kam in diesen Tagen wieder viel zu oft vor, dass sie bis weit in den Abend hinein Akten studierte oder vor der Magnettafel verweilte, um alle Fakten, Fotos und Abläufe in sich aufzunehmen.

Im Laufe ihrer Jahre bei der Kripo hatte sie gelernt, alle privaten Gedanken zu verdrängen und sich voll auf den Fall zu konzentrieren. Persönliche Probleme führen dazu, die Konzentration auf das Wesentliche zu verlieren. Und das war das Letzte, was sie wollte.

Nach einer kurzen Dusche zog sie sich an. Die schwarzen Jeans, das passende T-Shirt und das schwarz-rot karierte Baumwollhemd waren jetzt nicht besonders originell und sexy schon gar nicht, aber es war das, was sie am liebsten trug. Sie griff sich die Regenjacke, nahm den Autoschlüssel vom Küchentresen und machte sich auf den Weg ins Büro.

* * *

Ilka kam es sehr gelegen, dass Cem an diesem Morgen als Erster im Büro war. Sie musste unbedingt eine Sache klären, bevor sie von ihm und Lisa wissen wollte, was die beiden in der Spedition herausgefunden hatten.

„Cem, kann ich dich kurz sprechen, bevor Lisa da ist?"

„Klar."

„Ich habe unseren Chef um Ersatz für Kai gebeten."

„Lass mich raten – abgelehnt."

„Nee, bewilligt!"

„Echt? Hätte ich jetzt nicht gedacht. Weißt du schon, wer es ist?"

„Ja. Deshalb möchte ich ja kurz mit dir reden."

Er zog eine Augenbraue hoch. „Du machst es aber spannend."

„Ich habe Lisa Reinhardt vorgeschlagen. Und zwar nicht, um dir einen Gefallen zu tun, sondern weil ich sie für ein sehr gute Polizistin halte."

„Du willst Lisa in unser Team holen?" Als sie seine hoch erfreute Stimme hörte, war sie sich für einen Moment nicht sicher, ob es nicht doch ein Fehler war.

Ilka sah ihm fest in die Augen.

„Cem, ich muss mich darauf verlassen können, dass ihr beide professionell damit umgeht. Was ihr privat macht, ist mir egal, aber sobald ihr im Dienst seid, erwarte ich ein entsprechendes Verhalten. Ich hoffe, du hältst dich daran."

„Ja, natürlich", erwiderte Cem, etwas irritiert über Ilkas forschen Tonfall.

Eine Weile herrschte Schweigen im Büro. Sie starrten gemeinsam auf die Magnettafel, ohne genau zu wissen, wonach sie eigentlich suchten. Dann hatte sich Cem wieder gefangen.

„Wann fängt sie an?"

„Sobald ich das Okay von Patrick habe."

Kurz danach betrat Lisa Reinhardt mit einem fröhlichen „Guten Morgen" das Büro. Sie versprühte schon früh am Tag eine überschäumende Energie, die für Cem als bekennender Morgenmuffel nur schwer zu ertragen sein dürfte. Cem hatte es zuvor bei einem knappen

„Hallo" belassen. Ilka bot Lisa Kais Platz an.

„Möchtest du einen Kaffee?"

Lisa schüttelte den Kopf. „Danke nein. Ich trinke liebe Tee." Na, perfekt, dachte sich Ilka im Stillen. Da wäre sie ja bei Cem in den besten Händen.

„Okay, für den Tee in diesem Büro ist Cem zuständig", erklärte Ilka. „Also, was habt ihr in der Spedition rausgefunden?"

Während Cem sich bereitwillig um den Tee kümmerte, schlug Lisa Reinhardt ihren Notizblock auf.

„Also, so richtig traurig über Landaus Tod ist nur die Sekretärin Susanne Theis. Ist aber meine ganz persönliche Meinung. Aber so wie sie über ihn gesprochen hat, würde es mich nicht wundern, wenn da was zwischen ihnen war."

„Wenn das so wäre, dann könnte es doch sein, dass Landau ihr etwas anvertraut hat."

„Soll ich sie vorladen?", fragte Lisa.

„Ja, ich denke schon. Was hast du noch?""

„Da wäre noch Robert Kreuzer. Ein ziemlich arroganter Vogel. Ich habe ihn mit Doris Landau beobachtet, als wir uns mit den beiden anderen Fahrern unterhalten haben. Er und Doris wirkten ziemlich vertraut. Auch vorladen?"

„Nein, jedenfalls jetzt noch nicht", entschied Ilka. „Aber heile Welt sieht irgendwie anders aus."

„Ja, das denke ich auch", bestätigte Cem. „Allerdings traue ich keinem von ihnen den Mord zu. Die hatten ihren Chef nicht besonders lieb, aber Mord und dann auf so grausame Art? Nee, das glaube ich nicht."

„Außerdem hatten alle vier Fahrer am Freitag noch Touren", ergänzte Lisa. „Aber das muss ich noch überprüfen."

„Sehr gut, Lisa", lobte Ilka. „Cem, hat die Fahndung nach Jana Landau schon was gebracht?"

„Nein. Bisher war nicht ein brauchbarer Hinweis dabei."

„Und was ist mit Marek Wieczorek?"

„Auch nichts. Spurlos verschwunden."

Ilka stieß einen Seufzer aus. „Wir wissen bisher nur, dass Björn Landau am Mittwochabend das letzte Mal gesehen wurde. Sein Lieferwagen brannte abends im Rüstjer Forst ab, und seine Leiche wurde am Freitagmorgen gefunden. Wir müssen herausfinden, was in den Stunden passiert ist und wo seine Tochter Jana ist. Sonst kommen wir keinen Schritt weiter. Was hatte sie im Wald zu suchen? Ist sie ihrem Vater vielleicht heimlich gefolgt? Wollte sie herausfinden, in welche krummen Geschäfte ihr Vater verwickelt war?"

„Für mich klingt das ziemlich plausibel", fand Lisa. „Sonst wäre sie doch niemals spät abends in den Wald gefahren. Für ein Rendezvous fallen mir deutlich interessantere Plätze ein."

Cem konnte sich ein freches Grinsen nicht verkneifen.

„Welche wären das deiner Meinung nach?"

Lisa knuffte ihn leicht in die Seite. „War klar, dass du das wissen willst."

Cem hob die Hände in die Höhe. „Reine Neugierde. Mehr nicht."

„Vielleicht erzähle ich es dir ein anderes Mal."

Ilka tippte beiden auf die Schulter. „Wenn ich störe, dann sagt es ruhig."

„Nein, alles gut." Lisa trat einen Schritt von Cem weg. „Wo waren wir stehen geblieben?"

„Bei Jana im Wald. Gehen wir mal davon aus, dass sie ihrem Vater nachgefahren ist, dann stellt sich die Frage, wie sie ohne Auto von dort weg gekommen ist. Mit ihrem eigenen definitiv nicht."

„Was wissen wir bisher?", begann Cem seine Überlegungen. „Wir wissen, dass noch ein anderes Fahrzeug dort gewesen sein muss. Und wahrscheinlich gehörte es demjenigen, der den Lieferwagen in Brand gesteckt hat. Wenn wir davon ausgehen, dass Jana nicht zu Fuß weg gegangen ist, dann kann sie nur mit dem unbekannten Fahrzeug den Ort verlassen haben. Und das würde bedeuten, dass sie den Typen begegnet ist, die vermutlich auch Björn Landau gefoltert haben. Was haltet ihr von dieser Theorie?"

„Gewagt", war das einzige, was Ilka dazu einfiel. „Aber durchaus nachvollziehbar. Das würde allerdings bedeuten, dass sich Jana in großer Gefahr befindet."

„Ja", stimmte Cem zu. „Das denke ich. Wo machen wir jetzt weiter?"

„Wir müssen als nächstes mit Landaus Ex-Frau sprechen. Vielleicht kann sie uns sagen, was damals tatsächlich passiert ist. Soviel ich weiß, besitzt Jutta Landau eine Modeboutique in der Friedrichstraße, eine der besten Einkaufsmeilen Berlins."

„Du willst sie doch nicht 350 Kilometer anreisen lassen, nur um mit ihr zu reden?", fragte Lisa.

„Nein, das können wir nicht machen. Aber ich kenne noch ein paar Kollegen aus meiner Berliner Zeit. Und einen davon werde ich jetzt anrufen."

Ilka suchte kurz in den Handykontakten nach der Nummer und rief dann Moritz Krämer an.

„Hi Moritz. Ich bin's, Ilka."

„Mensch Ilka! Von dir habe ich ja schon seit Ewigkeiten nichts mehr gehört. Wie geht's dir auf dem Dorf? Wohnst du immer noch in… wie heißt das noch mal?"

Ilka musste lächeln. Typisch Moritz. Er hatte es nie verstanden, warum sie das pulsierende Leben in Berlin aufgegeben hatte.

„Harsefeld", half ihm Ilka auf die Sprünge. „Und ja, mir geht es gut."

„Schön zu hören. Aber du rufst sicher nicht an, um dich nach dem Befinden alter Kollegen zu erkundigen. Also, was kann ich für dich tun?"

Ilka schilderte ihm in kurzen Sätzen den Grund ihres Anrufs.

„Björn Landau saß dreieinhalb Jahre in der JVA Berlin-Tegel. Man hat ihn an der tschechischen Grenze mit einem Lieferwagen voller Drogen erwischt. Moritz, ich werde das Gefühl nicht los, dass die Ereignisse von damals etwas mit unserem jetzigen Fall zu tun haben. Spedition vor dem Bankrott, der ausgebrannte Lieferwagen, die Art, wie Landau ums Leben kam, das alles deutet darauf hin. Vielleicht weiß seine Ex-Frau noch etwas, was nicht in den Akten steht."

Moritz Krämer stieß einen hörbaren Seufzer aus. „Weißt du, was mein erster Gedanke war, als du anriefst?"

„Nein, erzähle es mir."

„Das zu meinem Berg an Überstunden noch ein paar dazukommen werden."

„Tut mir leid, Moritz."

„Schon gut. Für dich tue ich doch fast alles. Ich besorge mir die Akte und dann fahre ich zu Landaus Ex-Frau."

„Danke Moritz. Du hast was gut bei mir."

Moritz Krämer lachte kurz auf. „Du kannst es ja gutmachen, wenn du mal wieder in Berlin bist."

„Oder du kommst nach Harsefeld. Für dich habe ich immer ein Gästezimmer frei."

„Ich denke darüber nach. Bis später."

Ilka trat an die Magnettafel und schob die Fotos von Björn und Jana Landau zusammen. Cem und Lisa kamen dazu und alle drei starrten schweigend auf die Tafel. In ihre Gedanken hinein klingelte Ilkas Handy. Es war Patrick Dannenberg.

„Ehrlich…? Das ging aber schnell. Danke, Patrick. Du hast was gut bei mir." Sie beendete das Gespräch und wandte sich Cem und Lisa zu, die immer noch vor der Tafel verharrten.

„Das war unser Chef. Wir haben endlich den Durchsuchungsbeschluss für die Spedition. Cem, ruf die Kollegen der Spurensicherung an. Sie sollen gleich hinfahren."

„Dann hätten wir ja gleich dableiben können", warf Lisa lächelnd ein. „Die werden sich bestimmt tierisch freuen, dass wir so schnell wiederkommen."

„Ja, das denke ich auch", sagte Ilka. „Ach, eine Sache habe ich noch."

Cem und Lisa schauten sie an.

„Und die wäre?"

„Patrick hat mir eben bestätigt, dass wir ab sofort ein neues Teammitglied haben. Also herzlich willkommen, Lisa!"

Lisa sah erst ein wenig ungläubig zu Cem, als könnte sie es nicht glauben.

„Überrascht?", fragte Ilka.

„Ein wenig schon", gestand die junge Polizistin. „Klar, man hat mich gefragt, ob ich eventuell bereit wäre, einzuspringen, aber dass es so schnell geht, hätte ich nicht gedacht."

„Bedanke dich bei unserem Chef, wenn er wieder aus Hamburg zurück ist", sagte Ilka. „Manchmal dauert es, bis man ihn von etwas überzeugt hat, aber dieses Mal hat er selbst mich überrascht."

Ilka warf einen kurzen Blick zu Cem, der lange nichts gesagt hatte. Er vermied es, Lisa direkt um den Hals zu fallen und sagte nur: „Auch von mir natürlich: Willkommen im Team." Obwohl seine Freude unübersehbar war, wusste er, was Ilka von ihm und Lisa erwartete.

„Danke Cem", erwiderte sie und strahlte über das ganze Gesicht. „Ich werde euch nicht enttäuschen. Versprochen."

„Davon gehe ich aus", erwiderte Ilka mit einem Lächeln. „Und jetzt lasst uns zur Spedition fahren."

* * *

Ilka wartete, bis sich alle an der Einfahrt zur Spedition versammelt hatten. „Kollegen, hört bitte kurz zu. Wir haben einen Toten, eine Vermisste und dazu einen ausgebrannten Lieferwagen. Im Moment wissen wir leider noch nicht, wie das alles zusammenhängt. Wir wissen nur, dass Björn Landau vor vierzehn Jahren als Drogenkurier gearbeitet hat und verurteilt wurde. Also sucht bitte nach Fingerabdrücken, Faserresten, irgendwelchen Aufzeichnungen oder auffällige Aufträge. Ganz egal, was es ist, findet es, okay?" Alle nickten.

„Gut, aber beeilt euch. Uns läuft die Zeit davon."

„Wir werden alle Unterlagen, Spuren inklusive Firmen- und Privat-Laptops sicherstellen. Bis wir das alles gesichtet haben, werden aber Tage vergehen."

„Ich weiß, Thomas. Aber das sind in unserem Fall verlorene Tage. Wir kommen einfach nicht weiter, wenn wir nichts Konkretes in der Hand haben."

„An was denkst du da?"

„Erinnerst du dich noch an unseren letzten Fall, an den Toten in der Kfz-Werkstatt? Da haben wir 15.000

Euro in einem Umschlag gefunden. An so etwas hatte ich gedacht."

Thomas Leitner holte tief Luft. „Ilka, hör zu. Wir alle wollen, dass der Mörder gefasst wird. Und wir werden alles tun, was wir können."

Ilka presste die Lippen fest aufeinander, schloss für Sekunden die Augen.

„Ich weiß, Thomas", sagte sie dann. „War nicht so gemeint."

„Ilka, wir werden alles finden, was in unserer Macht steht. Und dann werden wir es bis ins kleinste Detail auswerten und dir die Ergebnisse auf den Tisch legen. Ist das okay für dich?"

Ilka nickte nur. Sie wusste auch so, dass sie ihre Frustration an der falschen Person ausgelassen hatte. Thomas konnte schließlich nichts dafür, dass sie mit sich selbst und dem Fall nicht so recht weiterkam.

Während Cem und Lisa zusammen mit den Kollegen der Spurensicherung ausschwärmten, kümmerte sich Ilka um Doris Landau.

„Frau Landau, können wir uns irgendwo ungestört unterhalten?"

„Wieso? Ich habe Ihnen doch schon alles gesagt."

„Haben Sie das wirklich, Frau Landau?"

Sie zögerte kurz, bevor sie Ilka bat, ihr zu folgen.

Doris Landau führte sie in ein ziemlich spartanisch eingerichtetes Zimmer, das nur aus vier Stühlen, einem Tisch und einem Regal voller Ordner bestand. An der Wand hing nur ein Bild; eine Schwarz-weiß-Aufnahme von der Queen Mary 2, als sie auf dem Weg in den Hamburger Hafen war.

Sie bot Ilka einen Platz an und setzte sich ihr gegenüber.

„Was wollen Sie von mir, Frau Hansen? Reicht es nicht, dass mein Mann umgebracht wurde?"

Ilka ging nicht auf ihre provozierende Frage ein.

„Wie war Ihre Beziehung zu Jana Landau?"

„Warum fragen Sie? Ich habe Ihnen doch schon beim letzten Mal gesagt, dass wir ein ganz normales Verhältnis hatten."

„Sie ist die Tochter aus der ersten Ehe Ihres Mannes und dann taucht sie hier nach vielen Jahren plötzlich auf, um ihren Vater endlich näher kennenzulernen. Ich kann mir nicht vorstellen, dass es keine Spannungen zwischen Ihnen gab."

„Natürlich kam es auch mal zu Spannungen", gab Doris schließlich zu. „Aber das lag zum größten Teil an Jana. Sie hat mich von Anfang an spüren lassen, dass sie gegen unsere Beziehung ist. Sie liebte ihre Mutter über alles und konnte nicht akzeptieren, dass sich ihre Eltern getrennt haben."

„Haben Sie nie versucht, mit ihr darüber zu reden?"

Doris Landau stieß einen undefinierbaren Laut aus.

„Na klar habe ich das und nicht nur einmal. Aber sie hat mich immer nur als Fremdkörper gesehen, als jemanden, der sich in ihre Familie geschlichen hat. Und sie hat mich diese Ablehnung spüren lassen, wann immer sich eine Gelegenheit dazu bot."

„Und dann haben Sie auch auf stur geschaltet. Richtig?"

Doris nickte stumm.

Bevor Ilka etwas erwiderte, steckte Cem den Kopf durch die Tür. „Ilka, kommst du bitte mal kurz?"

Ilka folgte Cem auf den Flur und schloss die Tür hinter sich. „Schieß los, Cem."

„Also Fakt ist, dass die Spedition pleite ist. Björn Landau hat sich bei der Modernisierung seines Fuhrparks komplett übernommen. Wir haben auch diverse Antwortschreiben von Sparkassen und Banken gefunden, die allesamt seine Kreditanfragen abgelehnt haben. Und noch etwas. Wir haben in den Privaträumen der Landaus einen USB-Stick sichergestellt. Er war noch nicht mal durch ein Passwort geschützt."

„Was ist drauf? Mach's nicht so spannend."

„Auf diesem Stick befinden sich unterschriftsreife Kaufverträge für das gesamte Inventar inklusive Fuhrpark und dem Grund und Boden. Sie belegen eindeutig, dass Doris Landau und Robert Kreuzer hinter dem Rücken des Toten den Firmenverkauf vorbereitet haben."

Ilka versuchte, dass Gehörte zusammenzufassen. „Wenn Björn Landau davon erfahren und die beiden zur Rede gestellt hätte, wäre das ein super Mordmotiv. Aber warum foltern sie ihn, bevor sie ihn umbringen? Das ergibt doch keinen Sinn."

„Klar, es macht keinen Sinn, aber es wäre interessant zu erfahren, wie sie darauf reagiert."

„Ja, das auf alle Fälle. Also gehe ich wieder zu ihr und frage sie." Ilka fasste ihn an den Arm. „Gute Arbeit, Cem! Und sag bitte Lisa, dass sie für morgen Robert Kreuzer vorladen soll. Sie kann dann auch gleich die Vernehmung durchführen."

Kaum hatte Ilka gegenüber von Doris Landau Platz genommen, kam sie auch schon direkt auf den Punkt.

„Frau Landau, wie ist Ihr Verhältnis zu Robert Kreuzer?"

„Er ist einer unserer Fahrer. Was soll die Frage?"

„Nicht mehr?"

Doris Landau rollte die Augen. „Okay, wir hatten mal was miteinander. Aber das war nur eine kurze Episode.

Was spielt das für eine Rolle?"

Ilka erinnerte sich an Lisas Aussage, dass sich die beiden scheinbar viel näher kannten, als Doris zugab.

„Wir haben unterschriftsreife Kaufverträge gefunden, und zwar für das gesamte Inventar inklusive Fuhrpark und allem Drum und Dran. Sie hatten vor, zusammen mit Robert Kreuzer alles zu verkaufen. Bei der ersten Befragung haben Sie mir noch erzählt, dass Sie es zusammen schon hinbekommen würden. Wie hat ihr Mann eigentlich darauf reagiert?"

„Er hat sich natürlich geweigert, zu verkaufen. Was denn sonst."

Ilka war der ironische Unterton in ihrer Stimme nicht entgangen. „Aber Sie sehen das vermutlich völlig anders."

„Ja!" Es war nur ein Wort, aber die Verbitterung war unüberhörbar. „Für mich war die Spedition nicht mehr zu retten. Wir konnten zwar das eine oder andere Fahrzeug ersetzen, aber der Fuhrpark ist nicht groß genug, um konkurrenzfähig zu sein. Er hatte bereits seine ganzen Ersparnisse in den Laden gesteckt und nichts ist besser geworden."

„Aber er wollte nicht aufgeben und auf keinen Fall verkaufen. Habe ich recht?"

„Wir sind bankrott", fuhr sie Ilka an. „So einfach ist das. Aber er wollte es nicht wahrhaben. Er hat praktisch alles verloren."

„Wusste er von Ihnen und Robert Kreuzer?"

Doris starrte für einen Moment vor sich hin, bevor sie auf Ilkas Frage antwortete.

„Nein! Hören Sie, Frau Hansen. Sie können mich für eine geldgierige Frau halten, die obendrein ihren Mann betrogen hat, aber was den Verkauf der Spedition betrifft, halte ich es für die einzig akzeptable Lösung. Alles andere würde uns in den Ruin treiben. Und genau das habe ich Björn immer wieder gesagt."

Ohne auf Doris Landaus Worte einzugehen, fragte Ilka: „Und wie geht es jetzt weiter? Werden Sie verkaufen?"

„Wenn ich es könnte, sofort. Aber es hängt alles davon ab, was Björn seiner Tochter und seiner Ex-Frau vermacht hat. Ohne sie werde ich wohl nichts unternehmen können."

„Was ich nicht verstehe ist, warum Sie beide überhaupt noch zusammen waren. Sie waren unterschiedlicher Meinung, was die Zukunft der Spedition betrifft, und Sie verstehen sich nicht im Geringsten mit seiner Tochter Jana. Außerdem habe ich nicht den Eindruck, dass Ihnen der Tod Ihres Mannes besonders nahe geht."

„Was wollen Sie damit andeuten?"

„Sagen Sie es mir?"

Doris Landau presste die Lippen zusammen und wandte ihr Gesicht von Ilka ab. „Wir haben uns in letzter Zeit nicht mehr so gut verstanden. Ja, das gebe ich zu. Wir beide haben uns das auch anders vorgestellt. Aber es hat irgendwie nicht funktioniert. Wir haben uns heftig gestritten, was die Zukunft der Spedition betraf. Aber ich habe meinen Mann weder umgebracht, noch ist mir sein Tod egal. Und Janas Verschwinden lässt mich auch nicht kalt, auch wenn Sie mir das nicht glauben. Wir werden vermutlich nie eine innige Beziehung aufbauen können, aber sie ist und bleibt Björns Tochter." Doris Landau atmete tief durch.

„Klar war ich nicht begeistert, als sie hier nach so vielen Jahren plötzlich vor der Tür stand. Aber wir hätten uns arrangiert. Das müssen Sie mir glauben."

Obwohl ihr Doris Landaus Gefühlsschwankungen nach wie vor seltsam vorkamen, war Ilka drauf und dran, ihr tatsächlich ihre Geschichte abzunehmen. Warum um alles in der Welt sollte sie ihren Mann auf diese schreckliche Weise foltern?

Ilka wollte gerade mit Cem die Spedition verlassen, als sie einen Mann bemerkte, der abseits des Geschehens an der Mauer lehnte. Er trug eine schlabberige Cordhose, ein rotschwarzkariertes Holzfällerhemd und eine ärmellose Daunenweste, die an einigen Stellen mit grobem Garn geflickt war. Er war von kräftiger Statur und mindestens einen Kopf größer als sie. Sie ging auf den Mann zu.

„Ilka Hansen von der Kripo Stade. Haben sie mal fünf Minuten für mich?"

„Ja, aber ich kann Ihnen nicht weiterhelfen." Er presste die Lippen zusammen und schaute zur Lagerhalle. Vielleicht begriff er in diesem Augenblick, wie dämlich seine Antwort gewesen war.

„Sie wissen doch noch gar nicht, was ich fragen will."

„Okay, was wollen Sie wissen?"

„Fangen wir mal mit Ihrem Namen an."

„Pawel Novak. Ich bin einer der Fahrer hier." Ilka wusste nicht genau, was sie von ihm halten sollte. Er war unrasiert, nicht gerade vorteilhaft gekleidet und hatte sein braunes, viel zu langes Haar mit einem schlichten Gummiband zusammengebunden. Es passte zu diesem verwegenen Typ, obwohl er nicht zu den Männern gehörte, in deren Nähe sie sich wohl fühlte. Die Farbe seiner Augen war das einzige, was sie an ihm faszinierte. Sie hatte noch nie so ein klares Blau gesehen, zumindest nicht bei einem Mann.

„Wie war Herr Landau eigentlich als Chef?"

„Gut. Warum wollen Sie das wissen?"

„Anscheinend ist hier niemand so wirklich traurig über Björn Landaus Tod. Täusche ich mich da?"

Er zuckte mit den Achseln. „Keine Ahnung. Für mich war er der Chef, nicht mehr und nicht weniger."

„Wo waren Sie Freitagabend zwischen 18 und 22 Uhr?"

„Im Fiedlers Green mit ein paar Freunden. Ich bin so gegen Eins nach Hause gegangen. Das können Sie gern überprüfen."

„Das werde ich, Herr Novak", versicherte Ilka. „Würden Sie uns eine Speichelprobe geben?"

„Warum?" Er regte sich so auf, dass einzelne Adern an seinem Hals hervortraten. „Warum ich? Ich habe ein Alibi."

„Beruhigen Sie sich, Herr Novak. Ein DNA-Abgleich ist nicht nur dazu da, um jemanden zu überführen. Er kann Sie auch als Täter ausschließen. Sehen Sie es doch mal so rum."

Er kniff die Augen zusammen. „Können Sie mich dazu zwingen?"

„Nein, das kann ich nicht, aber es wäre trotzdem hilfreich, wenn Sie mit uns kooperieren würden." Er krampfte seine Finger ineinander, dachte kurz nach und nickte dann.

„Danke Herr Novak. Ein Kollege kommt gleich zu Ihnen."

Aus reiner Gewohnheit gab sie ihm ihre Karte, obwohl sie wusste, dass er sich niemals von allein melden würde.

„Rufen Sie mich an, wenn Ihnen noch etwas in den Sinn kommt. Schönen Abend noch!" Mit diesen Worten kehrte sie ihm den Rücken und ging wieder auf Cem zu.

„Wer war das denn?"

„Einer der Fahrer. Pawel Novak."

„Skurriler Typ", murmelte Cem.

Ilka grinste. „Mag sein, aber schöne Augen hat er!"

* * *

Ilka hatte gerade ihren perfekten Espresso mit leckerem Cantuccini genossen, als Sina mit heruntergezogenen Mundwinkeln und einem Zettel in der Hand die Treppen herunter kam. Ihr Gesichtsausdruck passte zu dem gelben Smiley auf ihrem schwarzen T-Shirt. Ilka schob sich das letzte Stück des leckeren Mandelgebäcks in den Mund. „Du siehst nicht gerade glücklich aus. Was hast du auf dem Herzen?"

„Ich kapier das nicht", sagte sie frustriert und legte den Zettel mit den Matheaufgaben vor Ilka auf den Küchentresen. „Ich werde das nie begreifen, Mama." Dass es sich um eine quadratische Gleichung handelte, konnte Ilka gerade noch erkennen, aber viel mehr auch nicht.

„Wozu muss ich so etwas lernen, Mama? Das braucht man doch nie wieder."

Ilka hatte das Gefühl, als würde sie sich selbst hören. Sie nahm ihre Tochter in den Arm. „So habe ich früher auch gedacht, Sina. Was glaubst du, wie oft ich mich gefragt habe, wann ich das je in meinem Leben wieder brauchen werde. Aber wenn ich das nicht brauche, heißt das ja nicht, dass es alle anderen auch nicht brauchen."

Sina tippte auf die Formel. „Ich kann es trotzdem nicht."

„Ich leider auch nicht", antwortete Ilka schulterzuckend. „Aber ich kenne jemanden, der uns helfen kann." Sie stieß einen leisen Seufzer aus, griff zum Handy und wählte die Nummer von ihrem Ex-Mann Tobias.

„Hi Tobias, Ilka hier. Wir brauchen dringend einen Mathe-Experten."

„Na, dann lasst mal hören."

„Ich stell dich mal auf laut. Sina ist bei mir."

„Hallo Sina. Alles gut bei dir?"

„Ja Papa, bis auf diese blöden Mathearbeiten natürlich."

„Das kriegen wir schon hin."

Sina rollte mit den Augen. „Du vielleicht, aber ich?"

Ilka gab ihm die Gleichung durch, die für sie nur eine Aneinanderreihung von Zahlen und Zeichen waren. Sie brauchte nicht lange zu warten bis Tobias die Lösung präsentierte. „L={-2;0,5}. Aber es müssen die geschweiften Klammern sein, nicht die Runden. Den Lösungsweg kann ich ihr am besten zeigen, wenn sie mal wieder bei mir ist. Am Telefon ist es schlecht."

Ilka wandte sich kurz an ihre Tochter. „Sina, kann ich mal kurz mit deinem Vater allein reden?"

„Bin schon weg." Sie nahm den Zettel, gab Ilka ein Kuss auf die Wange und lief die Treppen hinauf. Ilka stellte das Telefon wieder auf leise.

„So, wir sind wieder unter uns."

„Ist sie schon wieder auf ihrem Zimmer?"

„Warum fragst du?"

„Es ist kurz vor sieben!"

Ilka schaute kurz auf ihre Uhr. „Dann bist du ja auch informiert. Pünktlich um sieben loggt sie sich bei Skype ein."

„Dann kann es sich nur um diesen Ricco handeln", bestätigte Tobias. „Sie hat das ganze Wochenende gar nicht aufgehört, von ihm zu schwärmen."

Ilka seufzte. „Ich dachte, die Schwärmerei ist irgendwann vorbei, aber da habe ich mich wohl getäuscht."

„Eine Jugendliebe kann ziemlich intensiv sein", antwortete Tobias. „Bei uns war es doch auch nicht anders, falls du dich noch erinnerst."

„Natürlich erinnere ich mich." Eine leichte Verlegenheit mischte sich in ihre Worte. „Wir hatten damals eine tolle Zeit, auch wenn's am Ende nicht mehr gereicht hat."

Für einen Moment schwiegen sie sich beide an, bevor Ilka wieder zum Thema zurückkam. „Aber im Moment habe ich ein ganz anderes Problem."

„Ihr habt mal wieder eine Leiche gefunden, stimmt's?"

„Ja, leider. Und ich möchte Sina ungern so oft allein lassen."

Ilka hatte keine andere Wahl, als Tobias zu bitten. Ihre Mutter Elfie war mal wieder mit einem der Aida-Schiffe unterwegs. Diese Mal hatte sie sich die Karibik ausgewählt und würde frühestens am Donnerstag wieder zurück sein. Antonio hatte selbst alle Hände voll zu tun, seit zwei seiner besten Servicekräfte mit einer Grippe ausgefallen waren. Obwohl sie sich vorgenommen hatte, Tobias nur in Ausnahmefällen zu bieten, gab es dieses Mal keine Alternative.

„Dinge ändern sich", hatte ihre Mutter einmal gesagt. „Und Veränderungen gehören zum Leben."

Ihre Mutter hatte mal wieder Recht. Das mit Tobias war vorbei. Selbst wenn er jetzt wieder in Hamburg war, wird es zwischen ihnen nie wieder dasselbe sein. Aber Sina war auch seine Tochter und sie hatte verstanden, dass es falsch wäre, Sina von ihm fernzuhalten.

„Wir haben leider einen Ausfall im Team. Könntest du Sina eine Weile zu dir nehmen, bis wir diesen Fall abgeschlossen haben?"

„In dieser Woche sieht's schlecht aus. Ich habe selbst viel um die Ohren, und bei Marina sieht es ähnlich aus."

„Marina?"

„Sie ist eine der Krankenschwestern in meinem Team", erwiderte Tobias. „Hat dir Sina nichts gesagt?"

„Nein, hat sie nicht." Ilka war für einen Moment irritiert. „Ist das deine neue Flamme?"

114

„Wir verstehen uns ganz gut", wich Tobias aus. „Wir müssen mal schauen, was draus wird. Es stört dich doch nicht, oder?"

„Warum sollte es?" Ilka versuchte so gleichgültig wie möglich zu klingen. „Wir sind geschieden und du kannst machen, was du willst."

„Gut, aber noch mal zurück zu Sina. Ich könnte sie Freitagnachmittag holen und am Montag fange ich erst später an. Da könnte ich sie zur Schule bringen. Aber für den Rest der Woche müsste sie wieder bei dir bleiben. Wäre das okay für dich?"

„Ja, ist es", sagte sie schließlich. „Danke, Tobias."

Kapitel 11

Sophie Degenhardt fuhr ihren Laptop hoch und gab das Passwort ein, um ihn zu entsperren. Danach öffnete sie das Word-Dokument und las den Artikel noch einmal Wort für Wort durch. Bis spät in die Nacht hinein hatte sie daran gearbeitet und nach ein paar Stunden Schlaf fuhr sie dort fort, wo sie aufgehört hatte. Sie hatte nicht einmal die Zeit gefunden, sich umzuziehen. Sie trug noch immer ihr weißes Nachthemd aus feiner Seide, dass sie sich erst vor ein paar Tagen gekauft hatte.

Sie blies eine feine Strähne ihres blonden Haars aus dem Gesicht. Sie wollte unbedingt Journalistin werden. Nicht eine von diesen Klatschjournalisten, die nur auf Effekthascherei aus waren, um einen Platz in der Boulevardpresse zu ergattern. Nein, sie wollte zu jenen gehören, die sich ernsthaft mit den Problemen dieser Welt auseinandersetzen. Aber dazu gehörte auch, die ganze Wahrheit ans Licht zu bringen und nicht aufzugeben, auch wenn es unangenehm werden könnte.

Sie wusste, dass sie sich auf dünnem Eis bewegte, dass es nicht ohne Risiko war, diese Story zu veröffentlichen, wenn es überhaupt eine Chance gab, sie zu veröffentlichen. Sie bezweifelte, dass sie eine Zeitung finden würde, die den Mut aufbrachte, darüber zu berichten. Welcher Redakteur vertraute schon einer jungen Frau, die gerade erst mit einem Fernstudium für Journalismus begonnen hatte. Aber sie hatte einen Plan B und sie war drauf und dran, einen Weg zu finden, um ihr Ziel zu erreichen. Und wenn sich ihr Bauchgefühl nicht täuschte, dann würde sie bald einen Anruf bekommen, der alles entscheidend verändern würde.

Es kam ihr nur kurz in den Sinn, die Sache zu beenden, bevor alles eskalieren würde. Aber sie konnte es nicht.

Dafür war es längst zu spät. Dank Marek hatte sie bereits alle notwendigen Informationen zusammengetragen. Allein die Fotos, die er ihr überlassen hatte, waren Beweis genug für ihre Anschuldigungen.

Sophie hatte ihn schon seit Tagen nicht mehr gesehen. Warum auch? Er hatte ihr alles gesagt, was sie wissen wollte, um die große Story zu schreiben. Jetzt war er nutzlos für sie. Was ihn betraf, würde ihr schon noch etwas einfallen. Es war so einfach gewesen, ihn um den Finger zu wickeln.

Er war von Anfang an verschossen in sie. Sie brauchte ihm noch nicht einmal zu drohen, zur Polizei zu gehen, weil sie ihn heimlich beim Dealen vor einer Schule fotografiert hatte. Sie musste zugeben, dass der Sex mit ihm gut war. Es hatte ihr sogar gefallen, aber es war eben nur Sex ohne jegliches Gefühl. Es war ihre Eintrittskarte für alles, was sie von ihm erfahren wollte.

„Ich liebe dich!", hatte sie ihm ins Ohr geflüstert. Immer und immer wieder, bis er ihr völlig hörig war. An einem dieser Abende hatte er sich wieder mal einen Joint reingezogen. Danach hatte er geplaudert wie ein kleines Kind. Marek hatte ihr von dem Typen aus der Spedition erzählt, wie leicht es war, dort einzubrechen und die beiden Kartons zu stehlen. Und dann sprach er von einem Telefonat, das er zufällig mitbekommen hatte, als er seine nächste Ware abholte. Er hatte nur Bruchstücke mitbekommen, aber immerhin so viel, dass sie diesen Landau in die Mangel nehmen würden, weil ein Teil der Ware fehlen würde und dass sie seine Tochter hätten, um ihn zum Reden zu bringen. Spätestens jetzt wusste sie, dass diese Typen zu allem fähig sein würden, und das sie äußerst vorsichtig sein musste, um nicht selbst ins Visier zu geraten.

Sie wusste natürlich, dass Marek nur ein kleines Licht in diesem Geschäft war. Sie hatte nie ein Interesse an ihm gehabt, sondern an den Kerlen, die im Hintergrund die Fäden zogen. Und einen der ganz Großen hatte sie jetzt am Haken. Endlich!

Marek, dieser verliebte Trottel, hatte ihr alles geglaubt. Sie hatte ihm mit einem treuen Dackelblick gesagt, dass sie ein wenig Zeit für sich bräuchte und sich bei ihm melden würde, sobald sie ihr Leben neu geordnet hätte. Und er hatte es einfach so hingenommen und saß vermutlich irgendwo in der Nähe eines Telefons und hoffte darauf, dass sie anrufen würde. Darauf kann er lange warten, dachte sie sich und lächelte. Sie brauchte ihn nicht mehr. Er hatte seine Schuldigkeit getan.

* * *

Sophie warf einen kurzen Blick auf ihr Smartphone und musste enttäuscht feststellen, dass noch immer keine SMS angekommen war. Sie schaute zum x-ten Mal auf das Ultraschallbild, das vor ihr auf dem Schreibtisch lag. Sie war schwanger, in der 12. Woche! Sie hatte geheult vor Wut, als sie es erfahren hatte. Sie war vor allem wütend auf sich selbst, dass sie nicht besser aufgepasst hatte.

Ein Kind war das Letzte, was sie jetzt gebrauchen konnte. Das war in ihrer Lebensplanung nicht vorgesehen. Wie sollte das funktionieren? Das Fernstudium, die Recherchen und all die Pläne, die sie sich in ihren Träumen zurechtgelegt hatte und das alles mit einem Kind? Ihr erster Gedanke war, das Kind abtreiben zu lassen, aber nach dem Termin auf der Beratungsstelle, war sie hin und her gerissen. Sie hatte nicht mehr viel Zeit, eine Entscheidung zu treffen und es gab auch niemandem in ihrem Leben, dem sie sich hätte anvertrauen können.

Zu allem Übel konnte sie noch nicht einmal mit Sicherheit sagen, wer der Vater war. Sie schwankte zwischen ihrem Ex-Freund Stefan und ihrem jetzigen Lover, nur Marek konnte sie definitiv ausschließen, weil sie sich erst viel später kennengelernt hatten. Was für eine Scheißsituation!

Sie befand sich ohnehin gerade in einer Phase, in der sie mehr durchs Leben taumelte. Das Deprimierende daran war, dass sie nicht einmal sagen konnte, wie sie es hätte ändern können. Alles begann mit Nikos Tod vor einem Jahr, der es ihr unmöglich machte, ihr Leben wieder in den Griff zu bekommen.

Es war eine Art Seelenverwandtschaft, die sie verband. Er war der Einzige gewesen, der sie wirklich verstanden hatte, jedenfalls solange, wie er sich von den Drogen fern gehalten hatte. Niko konnte ihr stundenlang zuhören. In seiner Nähe war sie so glücklich gewesen, dass sie seine schleichende Veränderung nicht mit bekommen hatte. Er wurde immer launischer und unruhiger, doch als sie ihn einmal darauf ansprach, hatte er nur ihr Gesicht in beide Hände genommen und sie geküsst. Danach schien alles wieder gut zu sein, aber das war es nicht. Als sie begriffen hatte, was tatsächlich mit ihm los war, war es längst zu spät.

Eines Abends hatte sie ihn dabei überrascht, wie er die Nadelspitze auf seine Haut setzte und die Augen in der Erwartung schloss, endlich wieder dieses wohlige Gefühl zu spüren. Dann hatte er sich die Spitze in die dickste Vene, die er finden konnte, gedrückt und das Gift in sich hineinfließen lassen. Sie hatte ihn angeschrien, warum er so einen Scheiß mache, doch er hatte sie nur mit glasigen, völlig entrückten Augen angesehen und gelächelt.

Nach Nikos Tod fühlte sie sich plötzlich allein, und jetzt konnte sie nur noch dem Club alleinerziehender junger Mütter beitreten und hoffen, dass sie ihr Leben irgendwie auf die Reihe kriegen würde.

Von ihren Eltern jedenfalls hatte sie nichts zu erwarten. Sie hatten sich entschieden, ihren Lebensmittelpunkt in die Schweiz zu verlegen. Ihre Mutter hatte die Rolle als Gattin eines wohlhabenden Mannes übernommen und ihr Vater war ein erfolgreicher Geschäftsmann und Weltenbummler.

Warum glaubten eigentlich alle Väter, dass ihre Kinder in ihre Fußstapfen treten wollen? Wie oft hatte es ihr Vater heruntergeleiert. Sie konnte es kaum noch zählen. Er wollte es nicht wahrhaben, dass sie absolut kein Interesse hatte, in seine Firma einzusteigen. Sie wollte ihren eigenen Weg gehen und nicht den, den ihr Vater für sie vorgesehen hatte. Vielleicht hatte er es endlich eingesehen, denn er hatte schon lange keinen Versuch mehr gestartet, sie doch noch zu überreden.

Obwohl Sophie ihnen noch nichts über die Schwangerschaft erzählt hatte, war ohnehin klar, dass die beiden keine Zeit hatten, um sich um ihre Tochter zu kümmern. Mal abgesehen von den monatlichen Überweisungen von 500 Euro, mit denen sie sich ein reines Gewissen erkaufen wollten. Auf bedrückende Weise wurde ihr klar, dass ihr die eigenen Eltern fremd geworden waren.

Plötzlich klingelte es an der Haustür. Sie schaute verunsichert zur Tür, weil sie niemanden erwartete.

Sie speicherte rasch den Artikel und klappte den Laptop zu. Sie schaute aus dem Wohnzimmerfenster auf die Straße, aber sie konnte nichts Auffälliges entdecken; nur eine alte Frau mit Hund und ein junges Pärchen, das eng umschlungen an ihrem Fenster vorbei ging, sonst nichts.

Es klingelte wieder. Rasch zog sie einen Bademantel über und öffnete die Tür.

„Was willst du?", fragte sie, als ihr Ex-Freund Stefan Gruber vor ihr stand.

„Mit dir reden."

„Hör zu! Verschwinde aus meinem Leben! Ich will dich nicht mehr sehen!"

„Sophie …"

„Hau endlich ab!" Sie wollte ihm die Tür vor der Nase zuschlagen, doch er hielt den Fuß dazwischen.

„Bitte Sophie..."

Sie hatte am Beginn ihrer Beziehung seine Feinfühligkeit bewundert. Er hatte ihr jeden Wunsch von den Lippen abgelesen, und es gab scheinbar nichts, was er nicht für sie getan hätte. Vielleicht hatte sie zu spät erkannt, dass er wie eine Klette an ihr hing und ihr keine Luft zum Atmen ließ. Es gab einfach keinen Platz mehr in ihrem Leben für Stefan! Es kam ihr so vor, als wäre sie in eine Sackgasse geraten, eine Art Endstation – sowohl beruflich als auch privat.

„Sophie, ich möchte doch nur mit dir reden. Dann gehe ich. Versprochen!"

Für einen Moment hatte Sophie daran gedacht, die Polizei zu rufen, doch dann verwarf sie den Gedanken so schnell, wie er gekommen war. Sie wollte einfach wieder frei sein, selbst entscheiden, wann und wo sie sich mit jemandem traf.

„Gut, aber nur kurz. Und dann gehst du! Klar?"

Als er nickte, ließ sie ihn herein. Ihr Blick fiel auf die Telefonnummer auf dem Notizblock, der auf ihrem Schreibtisch lag. Ein kurzes Lächeln huschte ihr übers Gesicht. Sie klappte den Block zu und wandte sich wieder Stefan zu.

„Also, worüber willst du mit mir reden?"

„Du weißt, worüber."

„Ich schreibe die Story, Stefan. Egal, ob ich damit irgendwelchen Typen auf die Füße trete oder nicht. Ich will nicht Journalistin werden, um dann Schweinereien zu vertuschen."

Er rollte genervt mit den Augen. „Sophie, ich habe doch nicht gesagt, dass du Dinge verschweigen sollst. Du sollst nur vorsichtig sein."

„Das bin ich", fauchte sie zurück. „Und jetzt geh bitte."

Er warf ihr noch einen letzten verzweifelten Blick zu und dann verließ er die Wohnung.

* * *

Nur eine halbe Stunde später klingelte es erneut. Erst dachte sie daran, dass Stefan zurückgekehrt war. Sie schaute durch den Spion und als sie sah, wer vor ihrer Tür stand, blieb ihr beinahe das Herz stehen. Woher wusste er, wo sie wohnte? Was um Himmelswillen wollte er von ihr?

Sophie gab keinen Laut von sich. Sie lehnte sich mit dem Rücken an die Tür und schloss die Augen. Sie dachte angestrengt darüber nach, woher er ihre Adresse haben könnte, aber sie hatte keine Erklärung dafür. Jetzt klopfte es heftig an die Tür. Vielleicht hoffte er, dass es mehr bringen würde als das Klingeln, aber sie hatte sich fest vorgenommen, sich nicht einschüchtern zu lassen. Sie dachte nicht im Traum daran, so kurz vor dem Ziel alles aufzugeben. Dann vernahm sie seine Stimme.

„Sophie, ich weiß, dass Sie da sind. Ich habe Ihren Freund weggehen sehen." Er zögerte kurz, bevor er fortfuhr: „Ich habe etwas, dass Sie interessieren wird. Sehr sogar!"

Sophie zuckte kurz zurück, dann drehte sie sich um und öffnete die Tür.

Kapitel 12

<u>Mittwoch, 13. Dezember</u>

Ilka war gerade auf dem Weg in die Küche, als ihr Handy klingelte. Sie betrachte kurz die Nummer auf dem Display und drücke sie dann weg. Auf ein Gespräch mit ihrem Ex-Mann hatte sie jetzt absolut keine Lust. Und schon gar nicht morgens um halb acht. Vermutlich wollte er ohnehin nur fragen, ob Sina noch einer weitere Nacht bei ihm bleiben könnte.

Sie hatte kaum die Kaffeemaschine erreicht, als es erneut klingelte. Sie war schon drauf und dran, das Gespräch erneut abzulehnen, als sie Cems Nummer sah.

„Hi Cem, was gibt's?"

„Was soll es schon geben, wenn ich dich um diese Zeit anrufe?", hörte sie ihn sagen. „Wir haben schon wieder eine Leiche. Dieses Mal eine junge Frau, nicht älter als zwanzig."

„Wo soll ich hinkommen?"

„In die Salzstraße in Stade. Ist ganz in der Nähe vom Hafen."

„Gut, dann bis gleich."

* * *

Bevor Ilka die Wohnung betrat, schlüpfte sie in den weißen Overall und zog die Latexhandschuhe über. Sie warf einen kurzen Blick auf das Klingelschild: Sophie Degenhardt. Ilka ging durch das Wohnzimmer direkt in das Schlafzimmer, wo Udo Berthold ihr auch gleich ein forsches Handzeichen gab, stehenzubleiben.

„Warte kurz", hörte sie den Fotografen sagen. Kaum hatte er es ausgesprochen, löste er auch schon das grellweiße Blitzlicht seiner Kamera aus. Für diesen einen Moment wirkte das Gesicht der Toten wie das einer wunderschönen Puppe. Es wirkte künstlich mit deutlich mehr Lidschatten und Lippenstift, als nötig gewesen wäre.

„Jetzt bist du dran. Ich habe alles im Kasten", sagte Berthold, und fuhr sich wie immer, wenn sie sich an Tatorten trafen, mit einem Stofftaschentuch über die feucht glänzende Glatze. Dann nahm er das Nummerntäfelchen wieder an sich, legte es zurück in den Koffer und nickte ihr zum Abschied zu.

In den Gesichtern der meisten Toten lag das pure Entsetzen, die Todesangst in den letzten Sekunden ihres Lebens, der starre, leere Blick ihrer Augen. Meistens war es so, nur dieses Mal nicht. Die junge Frau auf dem Bett sah aus, als würde sie schlafen. Ihre Augen waren geschlossen und die blonden Haare, die sich in sanften Wellen um ihr feingeschnittenes Gesicht gelegt hatten, verliehen ihr ein geradezu engelhaftes Aussehen. Sie trug ein weißes Nachthemd aus Seide und hatte die Beine an den Körper gezogen. Nichts war zerwühlt, weder das Kissen noch die Bettdecke.

„Mein Gott", stieß Cem hervor. „Sie ist gerade mal zwanzig, wenn überhaupt."

„Das Beschissene an unserem Job ist, dass wir meistens erst kommen, wenn es zu spät ist", sagte Ilka.

„Anna, kannst du uns schon etwas sagen?"

„Nicht viel. Bisher deutet nichts auf einen gewaltsamen Tod hin. Sie hat keine äußeren Verletzungen, keine Abwehrspuren oder sichtbaren Spuren unter den Fingernägeln. Alles Weitere werden die toxikologischen Untersuchungen ergeben. Dann wird sich zeigen, ob sie Medikamente oder Drogen zu sich genommen hat und woran sie wirklich gestorben ist. Aber ich sage euch gleich, dass es eine Weile dauern wird, bis der Befund da ist."

Ilka schüttelte frustriert den Kopf.

„So eine junge Frau stirbt doch nicht einfach so im Bett. Wenn ich 90 bin und morgens nicht mehr aufwache, okay, aber ein zwanzigjähriges Mädchen? Und wenn es wirklich irgendein Gift war?"

„Möglich, aber dazu müssen erst eine Reihe von toxikologischen Tests gemacht werden", erklärte Anna. „Aber eine Sache habe ich noch."

„Und das wäre?"

„Komm mal näher." Anna schaltete ihre Stabtaschenlampe an und schob ein Augenlid der Toten nach oben. „Siehst du das?"

„Um ehrlich zu sein, nein."

„Die kleinen, punktförmigen Blutungen an den Augenbindehäuten und am Augapfel."

Ilka warf Anna einen ratlosen Blick zu. „Und was bedeutet das jetzt?"

„Diese Blutungen nennt man Petechien. Und die treten unter anderem bei einem Tod durch Ersticken auf. Es gibt zwar noch ein paar andere Ursachen, deshalb muss ich das natürlich noch prüfen, aber das würde zu der Theorie passen, dass unser Opfer erst betäubt und dann gewaltsam erstickt wurde. Und ich kann dir auch sagen, warum ich das vermute"

„So kenne ich dich ja gar nicht", entgegnete Ilka einigermaßen verblüfft. „Du hältst dich doch sonst grundsätzlich nur an Fakten."

„Ich bin Rechtsmedizinerin und ich muss mich an unumstößliche Fakten halten. Und die können mir nur die Obduktion, die toxikologischen Untersuchungen und die Laborergebnisse bringen." Anna sah Ilka direkt in die Augen.

„Es sind bis jetzt alles nur Vermutungen und ich bitte dich, das vorerst für dich zu behalten, aber wenn sie erstickt wurde, dann wurde sie vorher auch mit irgendeinem Gift betäubt."

„Wegen der fehlenden Abwehrspuren?", fragte Ilka vorsichtig.

„Genau. Es ist ohnehin sehr schwer, einen Menschen zu ersticken, auch wenn manche Krimis im Fernsehen uns das vorgaukeln wollen. Das würde vielleicht bei älteren Menschen oder Kindern funktionieren, aber bei jungen Menschen, so wie unsere Sophie hier, ist es ohne Abwehrspuren nicht denkbar. Durch die erhöhte Blutzufuhr in Stress- oder Gefahrenmomenten ist das Opfer durchaus in der Lage, den Angreifer für eine, vielleicht sogar zwei Minuten massiv zu attackieren. Selbst wenn der Täter es schafft, das Opfer zu ersticken, müsste man Spuren dieses Kampfes an ihr feststellen. Und das ist eben nicht der Fall."

Thomas Leitner gesellte sich zu ihnen. „Darf ich kurz stören?"

„Ich bin hier ohnehin fertig", antwortete Anna und schloss ihren Koffer. „Ilka, ich melde mich, wenn ich etwas habe."

„Danke Anna", sagte Ilka. „Und jetzt bist du dran, Thomas."

„Es gibt auch keine Anzeichen eines gewaltsamen Eindringens in die Wohnung. Es deutet alles darauf hin, dass sie ihren Mörder gekannt hat. Sie hat ihn hereingelassen, sie kamen sich nahe und dann ..."

„Was, und dann?" hakte Ilka nach.

„Das weiß ich doch nicht", konterte Thomas trotzig. „Ich kümmere mich um die Spuren, alles andere ist eure

Sache. Wir haben übrigens bis jetzt nichts gefunden, was sie identifizieren würde. Kein Ausweis, kein Handy, nicht einmal ein Ring am Finger. Aber wir suchen die Gegend nochmal gründlich ab. Vielleicht hat der Täter die Sachen mitgehen lassen. Bisher haben wir jedenfalls nur ein benutztes Glas gefunden. Schaut zwar nicht so aus, als würden wir viele brauchbare Fingerabdrücke darauf finden, vielleicht reicht es für einen Teilabdruck. Aber wir werden sicher noch etwas finden. Und wenn wir sie dann durch die Datenbank jagen, haben wir vielleicht einen Treffer.

Übrigens haben wir auf dem Schreibtisch Unterlagen und Studienhefte eines Fernstudiums für Journalismus mit Bachelor-Abschluss gefunden. Und dann haben wir noch einen Schreibblock sichergestellt. Es sind Durchdrücke von einer Notiz zu erkennen, die jetzt verschwunden ist. Wir werden versuchen, die ursprüngliche Notiz wieder sichtbar zu machen." Thomas machte eine kurze Pause, bevor er fortfuhr: „Aber es kommt leider noch schlimmer, Kollegen." Er reichte Ilka ein Ultraschallbild. „Das habe ich im Papierkorb gefunden. Damit dürfte es sich bei der Toten tatsächlich um Sophie Degenhardt handeln."

Sie warf einen kurzen Blick auf das Ultraschallbild. „Auch das noch", stöhnte sie auf. „Manchmal ist unser Job echt zum Kotzen."

„Sie war ungefähr in der zehnten bis zwölften Woche", erklärte Thomas. „Ab der 12. Wochen sind die Wirbelsäule, die Augen, Füße und das Herz deutlich zu erkennen."

„Woher weißt du das?", fragte Ilka irritiert. „Du hast doch gar keine Kinder."

„Zum einen kann das mit den Kindern ja noch kommen und zum anderen war unsere hoch geschätzte

Rechtsmedizinerin gerade in der Nähe, als ich das Bild gefunden habe."

Ilka warf ihm ein Lächeln zu. „Gut, das erklärt Einiges." Ilka reichte die Aufnahme an Lisa weiter.

„Das Bild wurde vor zwei Tagen aufgenommen. Lisa, fahr bitte mal zur Praxis und versuche herauszufinden, wie Sophie die Nachricht ihrer Schwangerschaft aufgenommen hat."

„Und dann habe ich noch das hier gefunden", ergänzte Thomas und reichte ihr die Notiz. „Das ist ein Termin bei der Konfliktberatungsstelle."

„Dann wollte sie das Kind gar nicht?"

„Sieht so aus. Jedenfalls darf ein Arzt keinen Schwangerschaftsabbruch durchführen, ohne dass die Patientin diese Beratung in Anspruch genommen hat und eine entsprechende Bescheinigung vorweisen kann."

„Der Termin war vorgestern", stellte Ilka fest. „Lisa, dann überprüfe bitte auch gleich, ob sie wirklich da war."

Während Lisa nach einem kurzen Kopfnicken die Wohnung verließ, warf Ilka einen letzten Blick auf die Leiche der jungen Frau.

„Warum sollte sich jemand die Mühe machen, das Mädchen so aufwendig abzulegen? Das sieht mir eher wie eine Inszenierung aus. Auf jeden Fall kannte sie Ihren Mörder und zwar sehr gut." Sie schaute zu Kai. „Gibt es Zeugen?"

„Nicht wirklich", gestand Kai. „Wir haben die Aussage einer alten Dame. Sie hat die Polizei verständigt, weil Sophie heute Morgen nicht bei ihr gewesen ist."

Sie hat ausgesagt, dass Sophie zweimal in der Woche Besorgungen für sie gemacht hat. Immer montags und freitags. Als Sophie heute Morgen nicht kam, hat sie sich Sorgen gemacht und die Polizei angerufen."

„Hat sie irgendjemanden gesehen, der Sophie besucht hat?"

„Gesehen hat sie niemanden, aber ab und zu stand ein schwarzes Auto vor der Tür. An die Marke kann sie sich leider nicht erinnern, nur dass es ein nobler Schlitten war."

Ilka nickte und steuerte direkt auf Cem zu, der sich gerade die wenigen eingerahmten Fotos an der Wand anschaute.

„Na, Herr Kollege? Wie sieht es aus?"

„Um ehrlich zu sein, habe ich noch nie so eine saubere und aufgeräumte Wohnung gesehen." Ilka konnte sich ein Grinsen nicht verkneifen. „Wenn du jetzt vom Zustand deiner Wohnung ausgehst, glaube ich dir das gern!"

„Sehr witzig", kam es prompt zurück. „Aber jetzt mal ernsthaft. Wenn hier nicht einer ganz akribisch alles aufgeräumt und saubergemacht hat, dann weiß ich es auch nicht."

„Vermutlich hast du recht", pflichtete Ilka ihm bei. Aber Thomas wird schon was finden. Vielleicht war sie ja auch gar nicht so oft hier. Es wirkt auf mich sehr steril und nicht sonderlich gemütlich. Eigentlich ungewöhnlich für eine Zwanzigjährige."

„Naja, auf jeden Fall war sie zweimal die Woche hier, wenn man der alten Dame Glauben schenken darf."

„Okay. Versuche bitte alles über Sophie Degenhardt in Erfahrung zu bringen. Wir treffen uns dann morgen früh im Büro."

„Darf ich fragen, was du jetzt vorhast?"

„Termin bei meinem Psychologen. Wollen wir tauschen?"

„Nein danke", winkte Cem ab und wollte sich gerade auf den Weg nach draußen machen, als Ilka ihn am Arm packte.

„Was ist los mit dir? Warum bist du eigentlich in letzter Zeit so mies drauf?"

„Bin ich das?"

„Ja."

„Anna geht weg", sagte er mehr zu sich selbst. „Sie hat in Zürich einen Job angenommen." Ilka war nicht entgangen, dass sich Anna und Cem während der ganzen Zeit keines Blickes würdigten und nicht ein Wort miteinander wechselten.

„Sie nimmt einfach einen neuen Job an. So etwas bespricht man doch, oder?" Ilka legte ihre Hand auf seine Schulter. „Cem, ihr habt euch getrennt."

„Trotzdem geht man nicht einfach so weg."

Ilka zog ihn auf den Flur, damit niemand etwas von ihrem Gespräch mitbekam.

„Cem, du kannst privat machen, was du willst, und Anna sowieso. Aber wenn ihr dienstlich miteinander zu tun habt, dann verhaltet euch bitte professionell. Können wir uns darauf einigen?"

„Ich werde es versuchen", gab Cem kleinlaut zurück.

„Nein, Cem." Ilka stemmte ihre Hände in die Hüften und sah ihn scharf an. „Nicht nur versuchen, sondern auch machen. Was ihr privat miteinander habt, ist mir egal, aber ich möchte nicht, dass unsere Arbeit darunter leidet. Ist das klar?"

Cem nickte kurz. „Ist klar."

* * *

Zurück im Büro wartete bereits Robert Kreuzer auf Lisa. Schon beim Betreten des Raums ahnte Lisa, dass es schwierig werden würde, etwas Brauchbares aus Robert Kreuzer herauszubekommen. Er saß da, mit vor der Brust verschränkten Armen und schaute sie argwöhnisch an. Sie warf einen kurzen Blick auf seine beige Anglerweste, die er über einem langärmligen T-Shirt trug, dann erst schaute sie ihn direkt an.

„Herr Kreuzer, schön, dass Sie gekommen sind."

„Hatte ich eine andere Wahl?"

Sie lächelte. „Nein, nicht wirklich."

„Würden Sie mir bitte erklären, warum ich hier bin?"

Lisa ließ seine Frage unbeantwortet. Sie setzte sich ihm gegenüber und schaute sich in aller Ruhe die Akte an.

„Herr Kreuzer", sagte sie nach einer gefühlten Ewigkeit. „Wie ist Ihr Verhältnis zu Doris Landau?"

„Das wissen Sie doch längst", antwortete er in einem bissigen Tonfall.

„Ich möchte es aber von Ihnen hören."

„Ja, wir haben ein Verhältnis. Seit ungefähr einem Jahr. Zufrieden?"

„Hat Björn Landau davon gewusst?"

„Glaube ich nicht. Er war ja so gut wie nie da. Und wenn doch, hat er sich mehr um die Sekretärin Susanne Theis gekümmert, als um alles andere."

Lisa blätterte zu der Stelle in der Akte, wo die Dinge aufgelistet waren, die bei der Durchsuchung in der Spedition sichergestellt wurden.

„Herr Kreuzer, stimmt es, dass Sie hinter Landaus Rücken den Verkauf der Spedition vorbereitet haben?"

„Das ist totaler Blödsinn", giftete er zurück. „Ich kann gar nichts verkaufen, weil mir nichts gehört. Und Doris hätte es ohne Björns Zustimmung auch nicht machen können. Das Unternehmen gehört den beiden zu gleichen Anteilen. Ich habe Doris lediglich dabei unterstützt, einen potenziellen Käufer zu finden. Nicht mehr und nicht weniger."

„Wie hat Landau darauf reagiert?"

„Er war ein elender Sturkopf. Er hat es strikt abgelehnt, obwohl das Angebot sehr gut war."

„Und was hat seine Frau dazu gesagt", wollte Lisa wissen.

„Sie war stocksauer auf ihn, weil er sich das Angebot nicht einmal angehört hat. Er ist mittendrin einfach aufgestanden und hat das Büro verlassen."

Lisa klappte die Akte zu und sah Kreuzer scharf an.

„Jetzt ist Björn Landau tot. Rein theoretisch wäre der Weg für einen Verkauf der Spedition jetzt frei."

Er richtete sich auf und kniff die Augen zu schmalen Schlitzen zusammen. „Was wollen Sie damit andeuten?"

„Nichts", antwortete Lisa. „Es ist eine reine Feststellung. Und warum sollten Sie und Doris Landau jetzt von einem Verkauf abrücken?"

„Da müssen Sie schon Doris selbst fragen. Und da wäre ja auch noch seine Tochter Jana. Kann ich jetzt gehen? Ich habe heute noch eine Tour auf dem Zettel."

„Ja, sie können gehen."

Lisa blieb noch ein paar Sekunden an der Tür stehen, bevor sie ins Büro zurückkehrte. Sie sah, wie Robert Kreuzer über den Flur Richtung Treppe schlurfte. Sie mochte ihn nicht, daran hatte sich auch während der Vernehmung nichts geändert und doch glaubte sie ihm.

* * *

Ilka trat nah an die Magnettafel und befestigte Sophie Degenhardts Foto neben dem von Björn Landau.

„Landau wurde mit glühenden Zigaretten gefoltert und zu Tode geprügelt und Sophie Degenhardt wie ein schlafender Engel ins Bett gelegt."

Cem reichte Ilka eine Tasse Kaffee. „Zucker?"

Ilka schüttelte den Kopf und trank einen Schluck. Ein Becher voll mit heißem und vor allem starkem Kaffee war genau das, was sie jetzt brauchte. Es sah mal wieder danach aus, als würde es ein langer Tag werden.

„Was haltet ihr von Doris Landau und ihrem Liebhaber?"

„Sie waren es nicht", erwiderte Cem ohne zu zögern. „Wenn Doris ihren Mann loswerden wollte, hätte sie ihn auf normale Weise umgebracht. Aber sie hätte ihn nie gefoltert. Das ergibt keinen Sinn. Mag sein, dass sie und ihr Geliebter einen miesen Charakter haben, aber wie Psychopathen wirken die auf mich auch nicht."

Ilka wandte sich an Lisa. „Deine Einschätzung?"

„Ich sehe das genauso wie Cem. Man foltert nur jemanden, um aus ihm etwas herauszubekommen. Aber das wollten die beiden doch gar nicht. Sie wollten ihn hintergehen und, wenn sie aufgeflogen wären, dann hätten sie ihn einfach umgebracht. Aber vorher foltern? Wieso?"

Ilka wandte sich wieder den Fotos der Opfer zu. „Auf der einen Seite blanker Hass und Gewalt und dann ein gerade liebevoller Umgang mit dem Opfer. Wie soll das zusammenpassen?"

Cem machte eine bedauernde Geste. „Darauf habe ich jetzt spontan auch keine Antwort parat."

In diesem Moment vibrierte Ilkas Handy.

„Hi Moritz, dass ging ja schnell."

„Man tut, was man kann", sagte er. „Aber höre dir erstmal an, was ich für dich habe."

„Warte. Ich stell dich mal eben auf laut, damit meine Kollegen mithören können. Okay, schieß los."

„Jutta Landau war nicht gerade erfreut, als ich bei ihr auftauchte. Und besonders traurig über den Tod ihres Ex-

Mannes war sie auch nicht. Damals nach seiner Haftentlassung hat er noch ein paar Mal versucht, Kontakt zu ihr aufzunehmen, doch sie hat sich geweigert, ihn wiederzusehen. Schließlich hat sie ihm auch noch per Gericht verboten, auch nur in die Nähe seiner Tochter zu kommen. Ein halbes Jahr später hat er dann Berlin verlassen."

„Und Jana?", hakte Ilka nach.

„Jana war vier, als ihr Vater ins Gefängnis musste. Jutta Landau hat sie all die Jahre von ihrem Vater ferngehalten. Aber an ihrem 18. Geburtstag hat Jana ihr dann gesagt, dass sie nach Hamburg ziehen würde, um an der Uni Betriebswirtschaft zu studieren."

„Und um in der Nähe ihres Vaters zu sein", schlussfolgerte Ilka.

„Ja, das war vielleicht sogar der Hauptgrund, warum sie Hamburg ausgewählt hat."

„Hat sie sonst noch was gesagt? Warum hat er das getan?"

„Sie sagt, dass er es wegen des Geldes getan hat. Auch die Spedition in Berlin war am Rand der Pleite und der Fuhrpark in einem katastrophalen Zustand. Als man ihn an der tschechischen Grenze erwischt hat, fuhr er einen alten VW T3 mit kaputten Stoßdämpfern und mit knapp 250.000 Kilometern auf der Uhr."

Ilka wollte es einfach nicht glauben, dass jemand so bescheuert war und zweimal den gleichen Scheiß machen würde. „Moritz, ich verstehe das nicht. Warum hat er die Spedition nicht einfach verkauft? Er hätte doch merken müssen, dass das alles keinen Sinn mehr macht."

„Vielleicht hatte er das sogar vor, Ilka", warf Moritz ein. „Ich habe mit zwei Kollegen gesprochen, die damals mit im Einsatz waren. Landau hat damals geschworen, dass er erpresst wurde. Sie sollen ihm gedroht haben, seiner

Tochter etwas anzutun, wenn er nicht mitmachen würde. Dazu kommt noch, dass man bei der Durchsuchung seines Büros Dokumente gefunden hat, die belegen, dass er sich eindeutig mit dem Verkauf der Spedition beschäftigt hat. Aber es hat ihm niemand geglaubt. Es gab keinerlei Beweise für eine Erpressung und es gab damals auch niemanden, der seine Aussage hätte bestätigen können."

„Dann würde alles wieder einen Sinn ergeben", meinte Ilka. „Lass uns das mal weiter durchspielen. Er kommt nach Stade, macht die nächste Spedition auf und dann geht es wieder bergab. Was hättest du an seiner Stelle getan?"

„Ich hätte sie verkauft, bevor es zu spät ist", antwortete Moritz ohne zu überlegen. „Er hat dreieinhalb Jahre im Gefängnis gesessen, weil er versucht hat, sich Geld für die marode Spedition seines Vaters zu beschaffen. Das ging bekanntlich schief. Da lässt er sich doch nicht schon wieder auf so einen Mist ein. Nein, so blöd kann niemand sein."

„Sehe ich genauso, Moritz", stimmte Ilka zu. „Es sei denn, sie haben ihn übers Internet ausfindig gemacht und erneut gedroht, seiner Tochter etwas anzutun, wenn er sich weigert. Vierzehn Jahre passiert nichts. Dann steht plötzlich seine Tochter vor der Tür und prompt fängt er wieder als Drogenkurier an. Das kann doch kein Zufall sein."

„Glaube ich auch nicht", erwiderte Moritz. „Aber ich muss dich jetzt leider aus der Leitung schmeißen. Melde dich, wenn du noch was brauchst."

„Mach ich. Danke für die Hilfe, Moritz. Wir sehen uns, egal wo. Okay?"

„Okay! Mach es gut!"

Nachdem Ilka das Gespräch beendet hatte, wandte sie sich wieder an ihr Team. „Viel schlauer sind wir jetzt zwar immer noch nicht, aber wir haben immerhin eine Vermutung, warum er das getan haben könnte."

„Aus welchem Grund wird jemand gefoltert?", dachte Lisa laut nach. „Doch nur, um aus ihm etwas herauszubekommen, was er nicht preisgeben will."

„Oder", ergänzte Cem. „Er kann es nicht preisgeben, weil er es tatsächlich nicht weiß. Aber das glaubt ihm natürlich keiner."

Ilka meldete sich wieder zu Wort. „Hört sich plausibel an, was ihr da erzählt, aber wir haben nach wie vor keine Beweise für die Theorie. Und was hat Landaus Tochter Jana damit zu tun? Wo ist sie?"

„Vielleicht haben die Täter sie entführt, um ein zusätzliches Druckmittel gegen Landau zu haben", spekulierte Cem weiter.

„Aber Landau ist jetzt tot", ergänzte Ilka. „Wenn es so war, wie du vermutest, dann ist sie jetzt wertlos für die Täter."

Ilka mochte gar nicht daran denken, was das bedeuten würde. „Was ist, wenn die beiden Fälle tatsächlich nichts miteinander zu tun haben. Was ist, wenn Landaus und Sophie Degenhardts Tod rein zufällig im selben Zeitraum passierten?" Cem folgte Ilkas Blick zu den Fotos an der Magnettafel.

„Das würde bedeuten, dass wir es mit zwei verschiedenen Tätern zu tun haben. Was unsere Ermittlungen nicht gerade einfacher machen."

„Ich werde jetzt erst mal schauen, ob ich etwas über Sophie Degenhardt herausbekomme", meldete sich Lisa zu Wort, während sie den Laptop einschaltete.

Cem vergrub seine Hände tief in den Hosentaschen.

„Nehmen wir mal an, Sophie ist bei der Recherche zu einem ihrer Artikel auf eine große Story gestoßen. Und dabei ist sie jemandem zu nahe gekommen. Das wäre immerhin eine Möglichkeit."

„Sehe ich auch so", stimmte Ilka zu. „Also müssen wir so schnell wie möglich herausfinden, an was sie dran war."

„Auf jeden Fall muss die Story so brisant gewesen sein, dass jemand dafür getötet hat. Aber was könnte das gewesen sein?"

„Es geht doch nichts über das Internet", rief Lisa dazwischen. „Also, Sophie Degenhardt hat tatsächlich vor ein paar Wochen ein Fernstudium für Journalismus mit Bachelor-Abschluss begonnen und arbeitete nebenbei als freie Mitarbeiterin für das Stader Tageblatt und für das Hamburger Abendblatt. Ich habe ein paar Artikel gefunden. Meistens geht es da um Ungerechtigkeiten in der Gesellschaft, das Leid der Obdachlosen und Asylbewerber, Gewalt und Drogen an den Schulen, Armut im Alter und ähnliches. Darin scheint sie richtig gut gewesen zu sein."

„Ja. So gut, dass sie jetzt tot ist", murmelte Cem vor sich hin. „Wissen wir schon etwas über die Eltern?"

„Den Aufenthaltsort von Ellen und Jochen Degenhardt konnte ich noch nicht ausfindig machen. Aber da bleibe ich dran."

Völlig unerwartet platzte Thomas Leitner von der Spurensicherung ins Büro.

„Hallo zusammmen. Habt ihr kurz Zeit?"

„Für dich immer", entgegnete Ilka. „Einen Kaffee?"

„Gern. In der Zwischenzeit kann ich ja schon mal anfangen. Ich habe die Kleidung des Opfers untersucht und die Faserspuren analysiert. Neben der DNA von Landau selbst und seiner Frau Doris wurden auch eine DNA festgestellt, die noch nicht zugeordnet werden konnte. Vielleicht ist es die DNA seines Mörders. Aber um das sicherzustellen, müsstet ihr mir erstmal den Täter liefern."

„Gut, machen wir", sagte Ilka mit einem schmalen Lächeln und reichte ihm einen Becher Kaffee. „Sonst noch was?"

„Ich habe die Erdreste unter seinen Schuhen analysiert. Sie sind nicht identisch mit denen am Fundort. Aber das Beste kommt ja bekanntlich immer zum Schluss. Wir konnten die Durchdrücke auf dem Notizblock wieder sichtbar machen. Auf dem fehlenden Blatt stand der Name ‚Felix' und eine Handynummer. Die Nummer gehört Felix Krohn, verheiratet, zwei Kinder. Er ist Abgeordneter im Stader Kreistag und, wenn man den Gerüchten glauben darf, auf dem Sprung in den niedersächsischen Landtag. Warum sollte sich Sophie seine Nummer notiert haben? Spontan fällt mir da nur ein Grund ein."

„Mal angenommen, es wäre so, wie du vermutest und seine Affäre mit Sophie Degenhardt wäre in die Öffentlichkeit geraten, dann..."

„Dann wäre seine Ehe und gleichzeitig auch seine Karriere im Arsch", ergänzte Lisa. „Wenn das kein handfestes Motiv ist, dann weiß ich es auch nicht."

„Ja, dann macht euch mal auf die Suche. Ich muss jetzt los. Danke für den Kaffee." Kaum hatte Thomas Leitner das Büro verlassen, wandte sich Ilka wieder ihrem Team zu.

„Cem, du kümmerst dich zusammen mit Lisa um das Umfeld von Sophie Degenhardt. Bitte befragt den Chefredakteur des Tageblatts und schaut euch alle veröffentlichten Artikel von Sophie genau an. Vielleicht gibt es da einen Hinweis, auf was sie gestoßen sein könnte. Außerdem brauchen wir sämtliche Verbindungsnachweise und

Kontobewegungen von der Spedition, den Landaus privat und Sophie Degenhardt."

Ilka griff zum Handy und Autoschlüssel.

„Ach, und dann möchte ich diesen Felix Krohn morgen im Büro sprechen. Ich würde gern von unserem lieben Politiker wissen, wie sein Name und Handynummer auf den Block in Sophies Wohnung kam. Ich werde mich jetzt mal mit dem Kollegen Christian Levers vom Dezernat für Rauschgiftdelikte unterhalten. Wenn Björns Tod tatsächlich etwas mit Drogen zu tun hat, dann weiß er vielleicht etwas. Und jetzt los."

* * *

Ilka wollte gerade das Büro verlassen, als Susanne Theis vor ihr stand.

„Ich sollte mich hier melden", sagte sie und stand da wie ein schüchternes Schulmädchen.

„Ja, das ist richtig", sagte Ilka und bedeutete Cem, sie in den Vernehmungsraum zu bringen.

„Ich bin gleich bei Ihnen, Frau Theis." Sie wählte die Nummer des Drogendezernats.

„Christian, ich bin's, Ilka. Ich komme eine Stunde später. Ich habe hier noch was zu erledigen."

„Okay, ich bin im Büro. Bis nachher."

Ilka goss sich noch rasch einen Kaffee ein, bevor sie den Vernehmungsraum betrat.

„Tut mir leid, dass es einen Moment gedauert hat, Frau Theis. Deswegen würde ich gern gleich zur Sache kommen."

„Ja. Was wollen Sie wissen?"

Susanne Theis war eine Frau, die auch ohne Make-up eine Schönheit war. Ihre kastanienfarbenen Haare hatte sie zu einem Pferdeschwanz gebunden. Cem brauchte einen Moment, um seinen Blick von ihren grasgrünen Augen und dem Muttermal über dem rechten Mundwinkel zu lösen.

„Frau Theis", begann Ilka. „Wie lange arbeiten Sie schon für Herrn Landau?"

„Seit vier Jahren."

Ilka beugte sich leicht über den Tisch. „Frau Theis, ich frage Sie jetzt einfach mal direkt. Hatten Sie ein Verhältnis mit Björn Landau?"

Susanne Theis schaute Ilka unsicher an. „Björn hat alles versucht, seine Ehe zu retten. Ich habe für ihn Blumensträuße und Kinokarten besorgt, Tische in Restaurants reserviert und noch vieles mehr. Er hat immer wieder versucht, seine Ehe zu retten, aber diese Doris passte einfach nicht zu ihm."

„Seit wann lief das zwischen Ihnen?", fragte Cem.

„Seit gut einem Jahr. Es kam ein großer Auftrag rein, kurz vor Feierabend. Björn wollte diesen Auftrag unbedingt annehmen, aber wir brauchten dringend noch einen Fahrer, um den Auftrag ausführen zu können. Wir haben zusammen gesessen und herum telefoniert, um noch eine Aushilfe zu bekommen. Irgendwann haben wir es geschafft und dann haben wir ein Glas Wein getrunken. Wir wollten es beide nicht, aber dann ist es doch passiert."

„Herr Landau war mehr als 25 Jahre älter als Sie. Haben Sie kein Problem damit?"

Susanne Theis funkelte sie wütend an.

„Nein", antwortete sie beinahe trotzig. „Außerdem ist 47 doch keine Alter für einen Mann, oder? Ich verstehe nicht, warum das ein Problem sein soll. Wissen Sie eigentlich, wie viele Paare es gibt, wo der Mann deutlich älter ist als die Frau?"

„Ja, das weiß ich", sagte Ilka in einem entschuldigenden Ton. „Tut mir leid, wenn das falsch rüber kam." Ilka schlug die Akte zu und schob sie ein Stück beiseite. „Frau Theis, können Sie mir sagen, warum er mit dem Lieferwagen in den Wald gefahren ist? Was wollte er dort?"

„Vor etwa zwei Monaten hat er einen Anruf bekommen. Danach rannte er völlig verstört an mir vorbei und ist mit dem Lieferwagen davon gefahren."

„Haben Sie gehört, worüber gesprochen wurde?"

„Nein."

„Frau Theis, kann es sein, dass Björn Landau erpresst wurde? Das man ihn gezwungen hat, wieder als Drogenkurier zu arbeiten?"

Sie wandte ihren Blick von Ilka ab und starrte an die Decke. Tränen schossen aus ihren Augen. Es schien so, als würde sie erst jetzt realisieren, dass Björn Landau tot ist.

„Ja, freiwillig hätte er es nie gemacht." Ihre Stimme stockte. „Nie im Leben hätte er das getan."

Ilka wartete, bis Susanne Theis den Raum verlassen hatte.

„Was denkst du, Cem?"

„Ihre Aussage passt zu dem, was uns Moritz Krämer erzählt hat. Wenn Landau damals erpresst wurde, um beim Drogenhandel mitzumachen, dann könnte es dieses Mal auch so sein."

„Dann müssen wir herausfinden, wer ihn erpresst hat", sagte Ilka. „Ich muss jetzt los. Wir sehen uns morgen früh!"

Kapitel 13

Als Ilka die Abteilung für Rauschgiftdelikte betrat, wurde sie bereits von Christian Levers erwartet. Er sah auf den ersten Blick aus wie der Türsteher einer schmuddeligen Bar auf der Reeperbahn. Er hatte ein beinahe kreisrundes Gesicht, Glatze und Oberarme, die an Mike Tysons Glanzzeit erinnerten.

„Was kann ich für dich tun, Ilka?"

„Wir haben einen aktuellen Mordfall. Björn Landau, Besitzer einer Spedition, wurde gefoltert und dann getötet. Sein Unternehmen war so gut wie pleite und keine Bank hat ihm einen neuen Kredit gegeben. Er saß vor gut 15 Jahren für dreieinhalb Jahre in der JVA Berlin-Tegel. Er hat damals Drogen über die tschechische Grenze geschmuggelt."

Levers bot Ilka einen Platz an und setzte sich dann ihr gegenüber hinter den Schreibtisch.

„Es ist bekannt, dass fast täglich irgendwelche Drogen über die Grenzen geschmuggelt werden, aber die Kollegen in den Grenzgebieten können nicht jeden Feld- oder Waldweg kontrollieren. Das ist leider so. Es ist ein anonymes, skrupelloses Geschäft. Die großen Fische treten so gut wie nie in Erscheinung. Die Ware wird über Mittelsmänner an die eigentlichen Dealer verteilt. Und die bringen die Drogen dann unter das Volk. Das sind oft nur die armen Schweine, die selbst ihre besten Kunden sind. An die Drahtzieher kommen wir so gut wie nie ran. Wir können Ihnen wehtun, indem wir die eine oder andere Lieferung abfangen, aber das war's auch schon."

Als sie das hörte, tauchten wieder die Bilder der Tage in Kreuzberg vor ihrem inneren Auge auf. Es war grausam gewesen, mit ansehen zu müssen, wie Teenager dahinsiechen, und zu wissen, dass manche von ihnen dem siche-ren Tod geweiht waren. Levers spürte, dass sie mit den Gedanken woanders war.

„Ilka?"

„Ja?"

„Wenn du das alles zu nah an dich heran lässt, macht dich der Job kaputt. Es mag vielleicht gefühllos klingen, aber du brauchst eine gewisse Distanz, um damit klarzukommen."

Levers deutete auf die Kaffeekanne.

„Auch einen?"

„Ja, warum nicht."

Er reichte ihr eine Tasse.

„So wie es ausschaut, war dieser Landau ein dankbares Opfer. Für ein bisschen Geld tun die alles."

Sie trank einen Schluck Kaffee. „Nein Christian, ich glaube nicht, dass er es wegen des Geldes gemacht hat."

„Weswegen dann?"

„Im Moment gehen wir davon aus, dass er erpresst wurde. Ich habe mit einem Kollegen in Berlin gespro-chen. Es spricht alles dafür, dass er gezwungen wurde, dass zu tun. Damals hat ihm keiner geglaubt. Deshalb musste er ins Gefängnis. Seine Sekretärin, mit der er ein Verhältnis hatte, erzählte bei der Vernehmung, dass er vor gut zwei Monaten einen Anruf bekam, der ihn komplett verändert hat. Irgendetwas ist da passiert, was ihn völlig aus der Bahn geworfen hat."

Er sah sie ein wenig ungläubig an. „Und du glaubst tat-sächlich, dass sich die Geschichte wiederholt hat? 15 Jahre später… an einem anderen Ort?"

„Ich kann es noch nicht beweisen, aber es deutet vie-les darauf hin, dass es so war. Was ich von dir eigentlich wissen wollte, ist, ob es im Landkreis Stade irgendwelche auffälligen Drogenaktivitäten gibt?"

„Nein, ist mir nicht bekannt."

„Welche Art von Drogen sind denn hier im Umlauf?"

„Bei uns hält sich das bisher im Rahmen", antwortete Levers.

„Im Landkreis sind Cannabisprodukte wie Marihuana am meisten verbreitet. Die härteren Sachen wie Heroin, Liquid Ecstasy oder Crystal-Meth eher selten."

„Aber vor einem Jahr ging es doch um Heroin."

„Du meinst sicher diesen Jungen, wie heißt er noch gleich?"

„Niko Schaller."

„Ja, Niko. Das war eine schlimme Sache." Levers zog den Laptop etwas weiter zu sich und tippte den Namen des Jungen ein. „So, hier haben wir es. Er starb an einer Überdosis Heroin."

Er dachte kurz nach, als wollte er die Ereignisse von damals wieder in Erinnerung rufen. „Seine Mutter hat ausgesagt, dass er schon Wochen vor seinem Tod niemanden mehr an sich herangelassen hat."

„Es ist schwer, einem Menschen zu helfen, der sich nicht helfen lassen will", meinte Ilka.

„Oder man nimmt nicht mehr wahr, dass man Hilfe benötigt", fügte Levers hinzu. „Ich denke, bei Niko war es eher das Letztere."

„Und jetzt liegt er auf dem Friedhof am Ehrenberg." Ilka sah ihn mit einem verzweifelten Blick an. „Er ist gerade mal 19 geworden. Christian, was ist damals genau passiert?"

„Er hatte eine tödliche Dosis Heroin in seinem Blutsystem und mehrere intravenöse Einstichstellen in beiden Armen. Er war definitiv drogenabhängig."

Er druckte für Ilka den Bericht aus und klappte den Laptop zu.

„Heroin ist eine sehr stark abhängig machende Droge. Am Anfang hat es eine betäubende und zugleich euphorisierende Wirkung. Danach wechseln sich wache und schläfrige Phasen ab, später folgen Depressionen. Immer höhere Dosen in kürzeren Zeitabständen, immer stärkere Entzugserscheinungen, und die Hemmschwelle sinkt auf ein Minimum. Dazu kommt noch, dass das auf dem Markt erhältliche Heroin leider oft miserable Qualität hat und die Spritzen sind oft nicht steril, was das Ganze noch gefährlicher macht, als es ohnehin schon ist. Dadurch kommt es leider dann häufig auch zu HIV- oder Hepatitis-Erkrankungen. Später kommt dann auch der körperliche Verfall dazu. Am Ende steht dann die Beschaffungskriminalität und Prostitution, um die Sucht irgendwie zu finanzieren." Levers deutete auf Ilkas leere Tasse.

„Noch einen Kaffee?" Ilka schüttelte den Kopf.

„Danke, aber ich habe nicht so viel Zeit. Nur noch eine Frage. Hat er sich die Überdosis selbst gespritzt?"

„Nein, das konnten wir mit ziemlicher Sicherheit ausschließen. Einer der Einstiche war noch ziemlich frisch. Und da damals keine Nadel, oder ähnliches in seiner Nähe gefunden wurde, sind wir davon ausgegangen, dass ihm das Zeug mit Absicht injiziert wurde. Solch eine hohe Dosis, wenn sie direkt in den Blutkreislauf gespritzt wird, setzt jemanden sofort außer Gefecht und führt innerhalb von Sekunden zu einem komaähnlichen Zustand und dann zum Tod."

„Sie haben ihm diesen Dreck direkt in die Venen gespritzt, nur um einen lästigen Zeugen loszuwerden? Einfach so?"

„Keine Ahnung, ob das einfach so war. Wahrscheinlich ist er jemandem zu nahe gekommen, oder wurde jemandem zu gefährlich. Leider haben wir am Tatort keine

148

verwertbaren Spuren gefunden. Schließlich mussten wir die Ermittlungen einstellen." Ilka zog die Augenbrauen zusammen.

„Du hast vorhin gesagt, dass die härteren Sachen bei uns eher selten sind."

„Ja, Marihuana ist am häufigsten vertreten."

„Selten heißt nicht nie", widersprach Ilka. „Björn Landau wurde mit brennenden Zigaretten gequält und dann zu Tode geprügelt. Und das für ein bisschen Marihuana? Das glaube ich nicht." Levers stand auf und goss sich einen Kaffee ein.

„Ein bisschen Marihuana, sagst du? Ein Kilo Marihuana kann durchaus einen Marktwert von 3000 Euro erzielen. Wenn's gut ist, sogar noch mehr."

„Woher kommt eigentlich das Zeug?"

„Das Gras stammt oft aus Holland, aber teilweise werden die Hanfpflanzen auch bei uns in sogenannten Indoor-Plantagen angepflanzt und die Ernte dann im Landkreis verkauft."

„Noch einmal zurück zu unserem Mordfall. Dir ist also keine Aktion oder größere Sache bekannt, in die Björn Landau verwickelt gewesen sein könnte?"

Levers strich sich mit der flachen Hand über die Glatze.

„Nein, aktuell nicht. Aber das muss ja nichts heißen." Er räusperte sich. „Und du bist dir sicher, dass sein Tod mit Drogen zu tun hat?"

Ilka hob unschlüssig die Schultern. „Landau ist wegen dieser Sache vorbestraft. Er wurde mit glühenden Zigaretten gefoltert, seinen Lieferwagen haben wir ausgebrannt im Rüstjer Forst gefunden und seine Tochter Jana ist seit Tagen spurlos verschwunden. Außerdem haben wir mehrere Fingerabdrücke in der Wohnung unseres zweiten Opfers Sophie Degenhardt gefunden. Sie gehören einem gewissen Marek Wieczorek. Er war früher einer der Fahrer von Landau, bis er fristlos entlassen wurde."

„Warum?"

„Angeblich hat er während seiner Arbeit Wertgegenstände mitgehen lassen. Aber bewiesen ist das nicht. Also hast du schon mal mit ihm zu tun gehabt?"

Christian tippt auch diesen Namen in den Laptop.

„Meine Leute haben ihn mal wegen Drogenbesitz festgenommen. Deutlich über Eigenbedarf. Das letzte Mal haben wir ihn bekifft hinter dem Steuer seines Autos erwischt. Das ist jetzt zwei Jahre her. Seitdem ist er nicht mehr aktenkundig geworden. Das hilft dir nicht wirklich weiter, oder?"

„Nein, nicht besonders", gestand Ilka. „Denn wir haben noch andere Fingerabdrücke in Sophie Degenhardts Wohnung gefunden, die wir aber im Moment leider nicht zuordnen können."

Er dachte eine ganze Weile darüber nach.

„Okay, verstehe. Du hast gesagt, dass Landau pleite war. Was wäre, wenn er sich bei zwielichtigen Typen Geld geliehen hat und es nicht zurückzahlen konnte."

„Auch möglich", stimmte Ilka zu.

„Oder es geht gar nicht um klassische Drogen, sondern um Zigarettenschmuggel. Auf dem Schwarzmarkt kostet eine Stange Zigaretten durchschnittlich weniger als 15 Euro. Eine legal gekaufte Stange Zigaretten kostet um die 50 Euro. Das ist ebenfalls eine riesige Gewinnspanne."

Ilka lehnte sich mit einem Seufzer zurück. „Tja, viel weiter bringt mich das im Moment nicht." Sie stand auf und reichte ihm die Hand. „Trotzdem danke."

* * *

150

Als Jana die Augen aufschlug, lag sie in Embryo-Haltung auf dem feuchten Waldboden. Sie zitterte vor Kälte. Die Dämmerung hatte bereits eingesetzt und die Temperaturen lagen nicht mehr weit vom Gefrierpunkt entfernt. Jana sah an sich herab. Jeans, T-Shirt und die dünne Strickjacke waren vom Dauerregen vollkommen durchnässt.

Sie rieb sich mit den Fingern die Schläfen, in der Hoffnung, dass der stechende Schmerz nachlassen würde. Aber das Dröhnen im Kopf ließ nicht nach. Eine völlige Leere hatte sich in ihrem Kopf ausgebreitet. Sie versuchte, sich zu erinnern, was geschehen war. Warum war sie hier? Jana stützte sich auf einem mit Moos überzogenen Baumstumpf ab und stand auf.

Sie taumelte nach vorn. Erst als sich etwas Spitzes in ihre Fußsohlen bohrte, bemerkte sie, dass sie einen Schuh verloren hatte. Jana sank wieder zu Boden. Ihr Fuß tat höllisch weh, aber das war im Moment ihr geringstes Problem. Sie schaute hastig nach allen Seiten. In welche Richtung sollte sie laufen? Was ist, wenn sie sich für die falsche entschied und immer weiter in den Wald hinein lief?

Sie warf einen gehetzten Blick zurück, als würde sie jemand verfolgen. Sie spürte, dass ihre Kräfte allmählich nachließen. Mit letzter Kraft stemmte sie sich hoch, doch es gelang ihr kaum, sich auf den Beinen zu halten. Sie taumelte unkontrolliert von einem Baum zum anderen.

Die Kopfschmerzen wurden schlimmer. Sie stützte sich mit den Händen an einem Baum ab und versuchte, wieder zu Atem zu kommen, die letzten Kräfte zu bündeln.

Vereinzelte Strähnen klebten an ihrem Gesicht, auf dem sich eine Mischung aus Schweiß und Regen gelegt hatte. Sie wischte sich mit den Händen übers Gesicht und bemerkte erst jetzt den Harz, der überall an ihren Fingern klebte.

„Scheiße", fluchte sie leise vor sich hin. „Scheiße, Scheiße, Scheiße!" Sie schrie ihre Angst hinaus, so laut sie nur konnte. Sie schrie solange, bis ihre Stimme versagte. Tränen rollten ihr über die Wangen. Eine lähmende Kälte kroch immer weiter durch ihren Körper.

Plötzlich kehrten die Erinnerungen zurück. Sein ekelhaftes Grinsen, seine Hand auf ihrer Brust und die Spritze, die er ihr in die Vene stach. Sie rappelte sich mit letzter Kraft auf, lief ein paar Schritte Richtung Straße und verlor erneut das Gleichgewicht. Sie stolperte über eine aus dem Boden ragende Wurzel, stürzte und schlug mit dem Gesicht auf den Boden. Sie stieß einen leisen Schrei aus und tastete sich das Gesicht ab. Blut lief ihr aus der Nase. Sie wollte nicht aufgeben, nicht jetzt!

Plötzlich vernahm sie ein Geräusch, das sie im ersten Moment nicht zuordnen konnte. Dann wusste sie, was es war: ein Auto! Die Straße musste also ganz in der Nähe sein und sie musste es irgendwie schaffen, dorthin zu kommen. Sie hatte nicht den schrecklichen Keller überlebt, um jetzt in einem finsteren Wald zu sterben.

* * *

Dichter Nebel verhüllte die Gegend und ließ die Wiesen und Felder neben der Landstraße nur noch erahnen. Heiner Ratjens verlangsamte noch einmal die Fahrt. Mehr als Tempo 50 war wirklich nicht drin. Er blickte in den Seitenspiegel seines Mercedes und sah so gut wie nichts. Die reinste Waschküche, stöhnte er und wählte über die Freisprechanlage die Nummer seiner Frau.

„Hallo mein Schatz. Wie geht's dir?"

„Gut, Darling. Wo bist du?"

„Kurz vor Stade. In gut zwanzig Minuten bin ich bei dir!" Er beendete das Gespräch und konzentrierte sich wieder auf die Straße. Plötzlich zuckte er zusammen. Unmittelbar vor ihm tauchte eine Gestalt aus dem Dunst auf und taumelte am Seitenstreifen entlang. Plötzlich drehte sie sich um. Sie starrte in das Scheinwerferlicht und trat auf die Straße. Nur einen Bruchteil einer Sekunde später trat er voll auf die Bremse. Die Reifen quietschten.

Sein Herz raste, als er ausstieg. Im ersten Moment konnte er die Frau nirgends entdecken. Wo war sie? Obwohl er hätte schwören können, die Frau nicht berührt zu haben, lief er einmal ums Auto, um absolut sicher zu gehen. Er ging einige Meter zurück und suchte den mit Unkraut überwucherten Seitenstreifen ab. Plötzlich entdeckte er sie im Gras.

Er betrachtete einen Augenblick ihren reglosen Körper.

„Mein Gott", stammelte er vor sich hin. „Was mach ich jetzt?" Er kniete sich neben sie und tastete nach ihrem Puls. Als er ihn fühle, atmete er auf. Sie war noch am Leben.

Ohne den Blick von dem Gesicht der Frau zu nehmen, zog er sein Handy aus der Hosentasche und wählte mit zitternden Händen die Nummer des Rettungsdienstes.

Kapitel 14

Als Cem gegen acht das Büro betrat, hatte Lisa bereits eine Kanne Tee zubereitet. Er zog sein Sakko aus und hängte es über seinen Stuhl.

„Hast du etwas von Ilka gehört?"

„Sie hat angerufen. Sie kommt etwas später."

Sie goss ihm eine Tasse ein und reichte sie ihm.

„Cem, wir kennen uns doch schon eine ganze Weile, oder?"

„Ja, warum?"

„Darf ich dich mal was fragen?"

Cem warf seiner Kollegin einen skeptischen Seitenblick zu. „Klar, nur zu."

„Anna und du wart für mich das perfekte Paar und ich hätte ein Monatsge-halt darauf gewettet, dass es für immer so bleibt. Warum ist es schiefgegangen?"

Cem setzte sich und stellte die Tasse vor sich auf den Tisch. „Warum interessiert ihr euch eigentlich alle für mein Privatleben?"

„Weil ich denke, dass wir mittlerweile nicht nur Kollegen, sondern auch Freunde geworden sind."

Statt darauf zu antworten, sagte Cem: „Ich hätte gern noch ein Stück Zucker."

Kommentarlos holte Lisa den Zucker und ließ ihn in den Tee fallen. „Jetzt bist du aber dran."

Cem verschränkte die Arme vor der Brust. „Du gibst einfach keine Ruhe."

„Wenn du es mir erzählst, schon."

Cem stieß einen unüberhörbaren Seufzer aus. „Okay, du Nervensäge. Wir haben einfach eine unterschiedliche Auffassung, wie unsere gemeinsame Zukunft aussehen könnte."

154

„Und das heißt jetzt was?"

„Anna wird in ein paar Wochen vierunddreißig. In dem Alter ist es normal, dass sich eine Frau Gedanken macht."

„Über Familienzuwachs, nehme ich an."

„Ja."

„Das ist doch verständlich, oder?"

Cem trank einen Schluck. „Ich bin ja gar nicht gegen ein Kind. Aber wie soll das funktionieren? Ich bin bei der Mordkommission und Anna ist eine anerkannte Rechtsmedizinerin."

Lisa schüttelte den Kopf. „Da komme ich jetzt nicht mit, Cem. Tausende von Paaren schaffen das. Sie alle haben eine Lösung gefunden. Warum ihr nicht?"

Cem war heilfroh, dass Ilka mit einem alten Bekannten das Büro betrat und er das Thema beenden konnte.

„Schaut mal, wen ich auf dem Flur aufgegriffen habe?"

„Da bin ich wieder", rief Kai gut gelaunt in den Raum, doch als er Lisa auf seinem Platz vor dem Laptop sitzen sah, blieb er abrupt stehen.

„Das ging ja schnell. Da ist man mal ein paar Tage krank und schon ist der Schreibtisch futsch!"

Ilka trat an seine Seite und berührte ihn am Arm.

„Tut mir leid, Kai. Aber wir brauchten dringend Verstärkung. Der Fall hier frisst uns alle auf und allein hätten es Cem und ich nicht geschafft. Und Lisa kennst du ja."

Ilka und Cem fingen Lisas hilfesuchenden Blick auf. Es war offensichtlich, dass ihr die Situation unangenehm war.

„Könnt ihr euch für ein paar Tage einen Tisch teilen oder zerfetzt ihr euch gegenseitig?"

Kai hatte sich offensichtlich wieder gefangen.

„Kriegen wir hin, Lisa, oder?"

„Klar, kriegen wir das hin", gab Lisa prompt zurück und wandte sich an Ilka. „Ich habe etwas über die Mutter des toten Jungen herausgefunden, mit der du am Friedhof gesprochen hast. Sie heißt Johanna Schaller, 42, geschieden. Sie wohnt in einer Mietswohnung in der Herrenstraße und kommt gerade so über die Runden. Tagsüber sitzt sie an der Kasse eines Supermarkts und zweimal in der Woche putzt sie abends in einem Rechtsanwaltsbüro."

„Was ist mit ihrem Mann?"

Lisa zuckte mit den Schultern. „Der zahlt offenbar nichts. Der lebt selber von Harz IV. Die Ehe ging nach dem Tod ihres Sohnes Niko in die Brüche."

„Woran ist er gestorben?", fragte Kai, der noch nichts von Ilkas Treffen mit der Frau mitbekommen hatte.

„Überdosis mit gerade mal 19 Jahren."

„Scheiße."

„Ja, du sagst es."

„Wieviel kann ein Mensch aushalten, bevor er durchdreht?", fragte Cem in den Raum hinein. „Ich denke, bei Johanna Schaller ist die Grenze längst überschritten."

„Mag sein", sagte Ilka. „Aber mit unseren Fällen kann sie nichts zu tun haben. Eine Frau wie Johanna wäre nicht im Stande, einen Menschen zu Tode zu quälen. Sie würde den Mörder ihres Sohnes im Affekt erschießen, erschlagen oder sonst was tun, aber foltern … nein, das könnte sie nicht."

Lisa hob kurz die Hand, um zu Wort zu kommen.

„Ich glaube, ihr solltet euch jetzt erst mal um Felix Krohn kümmern. Der wartet schon eine ganze Weile im Vernehmungsraum." Ilka nickte. Lisa hatte sie bereits per Telefon gewarnt, dass Krohn sehr ungehalten auf die Verzögerung reagiert hatte, aber daran konnte sie jetzt auch nichts ändern. Ein Wasserrohrbruch auf der Harsefelder

Straße hatte sie gezwungen, einen Umweg zu fahren, der sie direkt in das morgendliche Chaos des Berufsverkehrs der Stader Innenstadt führte.

Auf dem Weg in den Vernehmungsraum klingelte Ilkas Handy und als sie die Nummer auf dem Display erkannte, huschte ein Lächeln über ihr Gesicht.

„Hallo Mama, wieder im Lande?"

„Ja, bin vor einer Stunde angekommen. Ich habe erstmal den dicken Pullover und die Regenjacke aus dem Schrank geholt. Es ist ganz schön kalt bei euch."

„Willkommen in Harsefeld", erwiderte Ilka. Elfie war mit ihren 70 Jahren noch erstaunlich fit. Sie reiste um die Welt, fuhr jeden Tag Rad und war auch sonst auf dem besten Weg, uralt zu werden. Sie besaß eine kleine, aber feine Eigentumswohnung in der Nähe des Harsefelder Ortskerns. Und auch wenn die Bauernkate groß genug wäre, um mit ihr und Sina unter einem Dach zu leben, hatten sie nie darüber gesprochen.

„Wie war deine Reise?"

„Ein Traum, einfach nur ein Traum. Jamaika, Kaimaninseln, Bahamas... Am liebsten würde ich schon morgen wieder an Bord gehen. Und wie sieht es bei dir aus?"

„Wir sind mal wieder mitten in einem Fall. Es ist alles ein bisschen viel im Moment."

„Und mit Sina alles klar?"

„Ja, wir kriegen das schon hin. Am Wochenende ist sie bei Tobias."

„Dann versteht ihr euch wieder?"

„Ich sag es mal so: Wir haben uns arrangiert."

„Hör zu, wenn du nichts dagegen hast, könnte ich Sina nachher von der Schule abholen."

Ilka kam sich ein wenig schäbig vor, ihrer Mutter so kurz nach ihrem Urlaub schon wieder Sina zu überlassen.

Sie hätte sich auch nie getraut, darum zu bitten, aber da ihre Mutter es von sich aus angeboten hatte, konnte sie nicht nein sagen.

„Danke, Mama, das ist lieb. Sie wird sich riesig freuen, dich zu sehen."

„Pass auf dich auf, Ilka, bitte. Du weißt, wie knapp es beim letzten Mal war."

„Ja, Mama, ich weiß."

Ilka beendete das Gespräch, bevor es wieder in einer endlosen Diskussion enden würde. Ihre Mutter war schon immer dagegen gewesen, dass ihre Tochter sich für eine Karriere bei der Polizei entschieden hatte.

* * *

Felix Krohn sah genauso aus, wie sie es sich vorgestellt hatte: ein Mittvierziger mit leicht gewelltem Haaren, feiner schwarzer Anzug, weißes Hemd und eine schwarzblau gestreifte Krawatte.

„Hallo Herr Krohn. Schön, dass Sie gekommen sind."

„Wenn ich helfen kann, immer gern."

Ilka nahm ihm gegenüber Platz und schlug die Akte auf. „Herr Krohn, kennen Sie eine gewisse Sophie Degenhardt?"

„Nein", gab er viel zu schnell zurück. „Woher sollte ich sie kennen?" Seine teilnahmslose Miene verriet ihr, was er von der Sache hielt.

„Was für ein Auto fahren Sie, Herr Krohn?"

„Warum wollen Sie das wissen?"

„Herr Krohn, wollen wir uns darauf einigen, dass ich frage und Sie antworten. Das würde die Sache erheblich verkürzen. Also beantworten Sie einfach meine Frage."

„Mercedes E-Klasse."

„Farbe?"

„Schwarz."

„Und Sie behaupten weiterhin, dass Sie Sophie Degenhardt nicht kennen?"

„Habe ich Ihnen doch schon gesagt."

Ilka beugte sich über den Tisch und schaute ihm direkt ins Gesicht. In seinen Augen lag das pure Misstrauen, und es würde sie wundern, wenn er sich kooperativ verhalten würde.

„Ich kann Ihnen nicht weiterhelfen", sagte er zur Bestätigung von Ilkas Vermutung.

Ilka musste sich beherrschen, um ihn nicht anzuschreien. Was für ein arrogantes Arschloch. Sie nahm den Zettel mit seinem Namen und der Telefonnummer aus der Akte und schob ihn Felix Krohn entgegen.

„Wenn Sie die junge Frau nicht kennen, wie kann es dann sein, dass Ihr Name und Ihre Handynummer in Sophie Degenhardts Notizblock standen?"

Er wurde spürbar nervöser. Sein selbstgefälliges Grinsen war auf einmal verschwunden.

„Ja gut, wir haben uns ein paar Mal in ihrer Wohnung getroffen", presste er hervor. „Es ist halt passiert."

„Wie lange ging diese Beziehung schon?"

„Seit einem halben Jahr. Aber warum fragen Sie mich das alles? Warum bin ich überhaupt hier?"

„Sophie Degenhardt wurde am Mittwochabend tot in ihrer Wohnung aufgefunden", sagte Ilka. „Sie wurde ermordet."

„Sophie ist tot?" Er legte den Kopf in den Nacken und starrte sekundenlang an die Decke. „Wie ist das passiert?", fragte er so leise, dass Ilka ihn kaum verstand. „Wie?"

„Über laufende Ermittlungen kann ich Ihnen leider nichts sagen. Aber sagen Sie mir bitte, ob Sie am Mittwochabend in Sophie Degenhardts Wohnung waren."

Er nickte. „Ja, das war ich. Aber als ich ging, war sie putzmunter und gut gelaunt."

„Wann war das?"

„Gegen 22 Uhr."

„Und sie war happy und gut drauf, als Sie gingen?" Seine Gesichtszüge verhärteten sich.

„Ja, das habe ich Ihnen doch gesagt. Wieso fragen Sie?"

„Weil Sophie nur kurz danach ermordet wurde."

Er sah sie misstrauisch an. „Und das bedeutet jetzt was?"

„Wenn Sie es nicht waren, dann muss sie kurz danach ihrem Mörder begegnet sein."

Ein arrogantes Lächeln umspielte seine Mundwinkel. »Machen Sie es sich nicht ein wenig zu einfach?"

Ilka schüttelte den Kopf. „Nein, das mache ich nicht. Wo waren Sie am Mittwochabend zwischen 22 und 24 Uhr?"

Felix Krohn zog irritiert die Stirn in Falten.

„Ich bin direkt nach Hause gefahren."

„Und das kann Ihre Frau mit Sicherheit bestätigen, oder?"

„Nein, sie hat schon geschlafen, als ich kam."

„Ein perfektes Alibi klingt irgendwie anders."

Er starrte sie unverhohlen an.

„Mag sein, aber so war es."

Ilka entschied sich, dass Thema zu wechseln. „Was können Sie mir über Sophie Degenhardt erzählen?"

„Nicht viel. Sie war engagiert und hatte klare Vorstellungen von ihrem Leben. Sie hatte außergewöhnliches Talent, um eine hervorragende Journalistin zu werden."

„Wie haben Sie sich kennengelernt?"

„Sie bat um ein Interview für einen Artikels über den Umweltschutz im Landkreis."

„Ohne Zweifel ein wichtiges Thema", sagte Ilka. „Worüber wollte sie konkret schreiben?"

„Soweit ich mich erinnere, sollte der Artikel von Abfallentsorgung und Sonderabfallentsorgung handeln."

Ilka sah ihn scharf an. „Und?"

„Was und?"

„Gibt es irgendetwas, was für die Öffentlichkeit interessant sein könnte?"

Er zögerte, als wäre er unschlüssig, wieviel er von seinem Wissen preisgeben sollte.

„Was den Umweltschutz angeht, sind wir bei weitem nicht perfekt", begann er. „Aber wer ist das schon. Trotzdem denke ich, dass wir im Vergleich zu den anderen Landkreisen in Niedersachsen durchaus gut dastehen."

„Klingt gut", bemerkte Ilka. „Aber bei dem Artikel ist es ja nicht geblieben, oder?"

Krohn zog die Schultern hoch.

„Ich mochte sie. Deshalb habe ich sie zum Essen eingeladen. Sie ist auch gekommen, und wir haben uns von Anfang an sehr gut verstanden."

Als er Ilkas verachtenden Blick bemerkte, fügte er schnell hinzu: „Bitte halten Sie mich nicht für herzlos. Es ist schlimm, was passiert ist. Aber wenn man sich mit den falschen Typen anlegt, muss man damit rechnen, dass es schiefgehen könnte."

„Wie meinen Sie das?"

„Sie hat mir mal erzählt, dass sie an einer ganz großen Sache dran wäre. Ich habe sie gewarnt und gesagt, dass sie vorsichtig sein soll und dass sie das, was sie schreibt, auch beweisen muss. Aber sie hat nur gelächelt und gesagt, dass sie es beweisen könne, ganz sicher sogar."

„Wann war das?"

„Vor gut einer Woche." Er versuchte, seine Stimme so

neutral wie möglich klingen zu lassen, aber trotz allem konnte Ilka seine Anspannung förmlich spüren.

„Und sie hat Ihnen gegenüber keine Andeutungen gemacht, worum es ging?"

Felix Krohn schüttelte den Kopf.

„Gut, nächste Frage. Wusste Ihre Frau von der Affäre?"

„Nein, natürlich nicht."

„Sie werden zugeben müssen, dass es für Sie im Moment nicht so gut aussieht. Sie sind anscheinend der Letzte, der Sophie lebend gesehen hat."

Er rang sich ein Lächeln ab. „Ich war bei ihr, nicht mehr und nicht weniger. Alles andere ist nur eine Vermutung."

„Wirklich?"

Er zog die Augenbrauen hoch, als könnte er nicht glauben, dass Ilka seine Aussage in Frage stellte.

„Glauben Sie mir etwa nicht?"

„Falsche Frage", konterte Ilka bissig. „Mit dem Glauben kommen wir hier nicht weiter, Herr Krohn. Es ist immer schwierig, eine Affäre über längere Zeit geheim zu halten. Und gerade jemand wie Sie, ein Politiker mit besten Karriereaussichten, würde doch alles tun, damit diese Affäre nicht an die Öffentlichkeit kommt."

Ilkas forscher Antritt zeigte Wirkung.

„Überschätzen Sie sich nicht ein wenig?", fragte er provokativ.

„Warum sollte ich? Nur weil Sie ein paar einflussreiche Leute kennen, höre ich nicht auf, meine Arbeit zu machen. Und deshalb haben Sie doch sicher nichts dagegen, wenn wir Ihnen eine Speichelprobe entnehmen. Und Ihre Fingerabdrücke bräuchten wir natürlich auch noch."

„Wozu?"

„Um sicherzustellen, dass Sie nichts mit der Sache zu tun haben. Das ist doch auch in Ihrem Sinne, oder?"

162

Er richtete sich kerzengerade auf. „Treiben Sie es nicht zu weit, Frau Oberkommissarin. Sie könnten sich eine Menge Ärger einhandeln."

Ilka rang sich ein müdes Lächeln ab.

„Gut, ich fasse das mal als nein auf."

„Ich würde jetzt gern mit meinem Anwalt reden."

„Okay, wie Sie möchten. Aber solange bleiben Sie unser Gast."

Felix Krohn wollte gerade protestieren, doch Ilka kam ihm zuvor.

„Bevor Sie fragen. Ja, ich darf das! Ich kann Sie 48 Stunden ohne richterlichen Beschluss hier behalten. Und genau das werde ich auch machen, wenn Sie nicht kooperieren. Entweder Sie machen das freiwillig, oder ich besorge mir einen richterlichen Beschluss. Letzteres dauert halt ein wenig länger, aber unsere Unterkünfte inklusive Frühstück sind ganz okay. Also was ist jetzt?"

Felix Krohn ließ ihre Frage unbeantwortet und starrte an ihr vorbei aus dem Fenster. Ilka nickte nur, schaltete das Aufnahmegerät aus und verließ den Raum, um wenig später mit einem Stapel Akten zurückzukehren. Sie setzte sich wieder, nahm die oberste Akte und schlug sie auf.

Felix Krohn beugte sich vor und versuchte Ilkas Blick aufzufangen. „Was machen Sie da?"

„Das ist nur langweiliger Papierkram", erwiderte sie, ohne ihn anzusehen. „Ob ich das jetzt im Büro erledige oder hier, ist mir eigentlich egal. Ich möchte die Zeit, die wir hier zusammen verbringen, nur sinnvoll nutzen."

„Sie können mich nicht einfach hier so sitzen lassen", polterte er los. „Das dürfen Sie nicht."

„Sie können gern eine Beschwerde einreichen, wenn Sie mögen." Ilka legte die Akte rechts neben den Stapel und nahm sich die nächste.

„Wenn Sie bereit sind, eine Speichelprobe abzugeben, können wir weitermachen, wenn nicht, bleiben wir beide halt hier sitzen. Ich habe Zeit. Sie können gern Ihren Anwalt anrufen, aber bis der da ist, bleiben sie hier." Ilka hatte absolut keinen Bock mehr, ihre Zeit mit diesem arroganten Schnösel zu vergeuden.

Krohn zögerte kurz, dann hob er kapitulierend die Hände. „Okay, schon gut. Hab schon verstanden. Sie können eine Speichelprobe haben."

„Eine kluge Entscheidung", antwortete Ilka und räumte ihre Akten zusammen. „Es wird gleich jemand kommen, der sich um Sie kümmert. Auf Wiedersehen, Herr Krohn." Dann drehte sie ihm den Rücken zu und verließ den Raum.

* * *

Kaum hatte Felix Krohn die Inspektion verlassen, versammelte sich das Team der Kripo auch schon vor der Magnettafel.

„Weißt du, was ich nicht kapiere?", begann Cem. „Warum lässt er sich auf Sophie ein? Er weiß doch, was für ihn auf dem Spiel steht, wenn das herauskommt. Verheiratet, zwei Kinder, beste Chancen, in den Landtag einzuziehen. Warum riskiert er das?"

Cems Einwand entlockte Ilka nur ein müdes Lächeln. „Im Endeffekt ist der Herr Politiker auch nur ein Mann. Sophie war ausgesprochen hübsch, jung und voller verrückter Ideen. Dann kann der Verstand auch schon mal aussetzen. Stimmst du mir da zu, Cem?"

„Keine Ahnung, was du meinst", sagte er mit einem vielsagenden Blick zu Lisa, worauf sie ihn mit großen Augen ansah: „Du brauchst mich gar nicht so anzuschauen. Ich stehe nicht auf ältere Männer."

„Okay, ihr beiden", fuhr Ilka dazwischen. „Klärt das später. Was habt ihr herausgefunden?"

„Björn Landau", begann Cem, „hat letztes Jahr tatsächlich fast 50.000 Euro für die Modernisierung seiner Fahrzeuge ausgegeben. Das haben die Banken noch finanziert. Aber die Einnahmen der Spedition reichten nicht aus, um die Raten auch nur ansatzweise zurückzuzahlen. Sie rauschten jeden Monat weiter in die roten Zahlen."

„Dass er pleite ist, wissen wir ja schon länger", stellte Ilka fest. „Und wie war's bei dir, Lisa?"

„Der Chefredakteur des Tageblatts konnte uns nicht weiterhelfen. Er wusste von Sophies Studium und hielt sie für sehr talentiert. Sie bat ihn um eine feste Anstellung, aber er sagte auch, dass in diesem Geschäft sehr hart kalkuliert werden müsse, um konkurrenzfähig zu bleiben. Außerdem sei es in der Branche üblich, auf freie Mitarbeiter zurückzugreifen."

„Verstehe." Ilka machte sich eine kurze Notiz und wandte sich dann wieder Lisa zu. „Hatte er eine Ahnung, an welcher Story sie gerade gearbeitet hat?"

„Nein, darüber hat sie ihm nichts gesagt. Sie tat ziemlich geheimnisvoll und sagte nur, dass sie an einer wirklich großen Story dran wäre."

„Was haben Sophies Kontobewegungen ergeben?"

„Das ist sehr interessant", antwortete Lisa. „Ihre Eltern überweisen ihr monatlich 500 Euro, und in den letzten sechs Monaten wurde zusätzlich regelmäßig 350 Euro auf Sophies Konto überwiesen. Und jetzt ratet mal, von wem?"

„Felix Krohn", antworteten Cem und Ilka fast im Einklang.

„Korrekt", bestätigte Lisa. „Er hat sich sein eigenes Liebesnest finanziert."

Ilka nickte. Diese Nachricht überraschte sie nicht wirklich. Es passte in das Bild, was sie von Felix Krohn hatte. „Habt ihr irgendeine Verbindung zwischen Björn Landau und Sophie Degenhardt gefunden?"

„Nein. Wir haben die Verbindungsnachweise von Landau geprüft, sowohl Festnetz als auch Handy. Björn hat ein paar Mal seine Tochter angerufen, Doris öfter Robert Kreuzer. Nichts, was wir nicht schon wissen. Wenn überhaupt, hat Landau mit einen Prepaid-Handy die entscheidenden Anrufe getätigt. Auch die Mails auf seinem Laptop haben uns nicht weitergebracht.

Und von Sophie Degenhardt fehlen uns ja nach wie vor Laptop und Handy. Normalerweise hat eine junge Frau solche Dinge. Möglich, dass die heiße Story, an der sie angeblich dran war, etwas mit Björn Landau oder seiner Spedition zu tun hatte. Es gibt aber keine Zeugen, die sie je zusammmen gesehen haben. Sieht so aus, als kannten sie sich tatsächlich nicht."

Ilka goss sich einen Kaffee ein und setzte sich wieder hinter ihren Schreibtisch.

„Und was ist mit dem Umfeld von Sophie Degenhardt?"

Lisa blätterte kurz in ihrem Notizblock, bevor sie antwortete: „Die Eltern, Ellen und Jochen Degenhardt, leben derzeit in der Schweiz. Sophies Vater ist in Lausanne einer der Geschäftsführer einer Computerfirma, die weltweit Betriebssysteme verkauft." Lisa unterbrach kurz ihren Vortrag und schaute sichtlich verlegen zu Boden. „Wer sagt ihnen, was mit ihrer Tochter passiert ist?"

Cem und Ilka tauschten kurz die Blicke, bevor Ilka antwortete.

„Das mache ich, Lisa. Sonst noch etwas?"

„Ja. Ich habe noch einmal mit der Nachbarin gesprochen. Ich habe keine Ahnung, woher sie das wusste, aber sie hat mir erzählt, dass Sophie mit einem gewissen Stefan Gruber befreundet war. Daraufhin habe ich dem jungen Mann einen Besuch abgestattet. Er macht gerade eine Ausbildung als Erzieher. Er hat mir gesagt, dass sie sich vor etwa drei Monaten getrennt haben."

„Hat sie Schluss gemacht?", hakte Ilka nach.

„Er sagt ja."

Ilka runzelte die Stirn. „Warum macht sie erst drei Monate, nachdem sie mit Felix Krohn was anfangen hat, mit ihm Schluss? Was ist, wenn ihr Freund Stefan etwas von ihrer Beziehung zu Felix Krohn wusste? Ich an seiner Stelle würde tief verletzt sein. Und was meint ihr?"

„Er sagt, dass kein anderer Mann im Spiel war", sagte Lisa. „Sophie sagte ihm nur, dass ihr alles über den Kopf wachse und dass sie jetzt erst mal Zeit für sich selbst brauche, um alles wieder in den Griff zu bekommen. Mehr hat sie ihm nicht gesagt. Und angeblich hat er sie danach nicht wiedergesehen."

„Das würde zu unserem Verdacht passen, dass sie an einem brisanten Fall dran war", spekulierte Ilka. „Aber für mich klingt das alles ziemlich merkwürdig. Die Traumfrau macht von einem Tag auf den anderen Schluss und er nimmt das einfach so hin und geht? Was würdest du an seiner Stelle machen, Cem?"

Kaum hatte sie es ausgesprochen, bereute sie es auch schon. Sie erwartete einen bissigen Kommentar von ihm, aber zu ihrem Erstaunen reagierte er einigermaßen gefasst.

„Naja, ich an seiner Stelle hätte es nicht so einfach hingenommen. Okay, mit Anna und mir hat es am Ende nicht funktioniert, aber kampflos das Feld räumen, käme für mich nicht in Frage."

„Das sehe ich genauso", pflichtete Ilka ihm bei. „Lisa, bitte frage noch mal in der Nachbarschaft von Sophie nach, ob irgendjemand etwas bemerkt hat. Nimm die Fotos von Felix Krohn, Stefan Gruber und Marek Wieczorek mit. Ich möchte wissen, ob einer von ihnen dort gesehen wurde."

Bevor Lisa etwas entgegnen konnte, tauchte plötzlich Patrick Dannenberg wie aus dem Nichts im Büro auf.

„Ilka, erkläre mir bitte, warum du Felix Krohn Untersuchungshaft angedroht hast."

Ilka lächelte ihn an. „Das ging ja flott. Wer hat sich beschwert?"

Dannenberg wischte ihre Frage mit einer forschen Handbewegung fort. „Das ist keine Antwort auf meine Frage."

„Okay", lenkte Ilka ein. „Felix Krohn war am Abend des Mordes bei ihr und wir haben Fingerabdrücke am Tatort gefunden, die wir noch nicht zuordnen können. Und er hat eine Speichelprobe und die Abgabe seine Fingerabdrücke verweigert. Bei normalen Menschen reicht das, um sie hier zu behalten."

Dannenberg stützte sich mit den Händen auf dem Fensterbrett ab und starrte sekundenlang über den Parkplatz hinweg in die Ferne.

„Was ist mit der Fahndung nach Marek und Jana Landau? Irgendeine Spur?"

„Nein, leider noch nicht."

„Und es gibt keine Anhaltspunkte, wo sie sich möglicherweise aufhalten?", fragte Dannenberg.

„Nein", erwiderte Ilka. „Im Fall Jana wissen wir nicht einmal, ob sie tatsächlich entführt wurde. Vielleicht ist sie aus irgendeinem Grund untergetaucht."

„Wenn sie untergetaucht ist, was hat sie vor?"

„Vielleicht hat sie Angst. Kann doch sein, oder?"

Dannenberg runzelte die Stirn. „Irgendetwas stimmt doch an der ganzen Sache nicht, oder täusche ich mich da?"

Als Antwort bekam er von Ilka nur ein Schulterzucken.

Kapitel 15

Das Handy klingelte und Anna meldete sich.

„Hi Ilka. Der Bericht ist noch nicht ganz fertig, aber ich wollte dir nur vorab schon mal ein paar Infos geben."

„Bitte nur brauchbare Nachrichten", stöhnte Ilka auf. „Von den anderen habe ich schon genug." Sie hörte Anna am anderen Ende lachen.

„Okay! Ich fange einfach mal an. Das Ersticken, zum Beispiel mit einem Kissen, ist nur schwer nachzuweisen", erklärte sie. „Aber, wie ich vermutet habe, handelt es sich hier tatsächlich um einen Erstickungsvorgang. Petechiale Blutungen oder auch Stauungsblutungen an den Lid- und Augenbindehäuten und der Mundschleimhaut sowie eine Lungenblähung und Blutarmut der Milz sind klare Symptome: eindeutig Tod durch gewaltsames Ersticken. Des Weiteren gehe ich davon aus, dass Sophie Degenhardt zum Zeitpunkt ihres Todes betäubt war. Das Gift kann ich leider nicht mehr nachweisen. Wie ich das im Fall Björn Landau bereits erwähnt habe, bauen sich viele Stoffe innerhalb von zwölf Stunden komplett ab. Bei Sophie Degenhardt muss es so gewesen sein. Ansonsten hätte ich äußerliche Zeichen der Gewaltanwendung wie Abschürfungen, Hämatome oder ähnliches finden müssen. Wenn du jemanden bei vollem Bewusstsein ersticken willst, geht das nicht ohne massive äußere Gewalteinwirkung, was Hals- oder Brustwirbelsäulenquetschungen zur Folge hätte. Auch unter ihren Fingernägeln konnte ich keine Fremdpartikel feststellen. Es dauert oft Minuten, bis ein gesunder junger Mensch erstickt, und Sophie hätte mit Sicherheit erheblichen Widerstand geleistet. Ich habe übrigens auch Faserspuren vom Kissen im Mund- und Nasenbereich gefunden, aber die könnten auch auf natürliche Weise dort hingelangt sein. Zum Beispiel während des Schlafs."

„Also können wir so gut wie nichts beweisen", schlussfolgerte Ilka.

„Vielleicht doch. Jeder Mensch verliert laufend winzige Hautschuppen, pro Minute sollen es zwischen 80 und 100 sein. In jeder dieser Schuppen steckt das Erbgut eines Menschen, die DNA. Sie ist eindeutig zuzuordnen. Neben den winzigen Hautzellen, die sich zum Beispiel an Kleidungsstücken oder auch Haaren befinden können, sind Schweißrückstände und ausgefallene Haare und Speichel aussagekräftig für eine DNA-Analyse."

Ilka rollte genervt die Augen. „Hast du das auch in Kurzfassung?"

„Ich habe einige dieser Zellen an dem Nachthemd und in den Haaren der Toten gefunden. Ich habe auch noch mal mit Thomas von der Spusi gesprochen. Er hat ebenfalls Hautschuppen und vereinzelte Haare auf dem Kopfkissen und der Bettdecke gefunden. Der Abgleich unserer Daten läuft noch. Aber ich denke, dass wir da eine Übereinstimmung haben werden."

„Lass mich raten. Du brauchst jetzt Vergleichs-DNA von unserem Täter, stimmt's?"

„Das wäre natürlich perfekt!"

„Ich werde sehen, was sich machen lässt", antwortete Ilka trocken.

„Da wäre dann noch der Todeszeitpunkt. Ich schätze so zwischen 22 und 24 Uhr. Genauer geht's leider im Moment noch nicht."

„Das ist doch schon mal was", antwortete Ilka. „Hatte sie eigentlich irgendetwas mit Drogen zu tun? Ich meine, gibt es Anzeichen, dass sie das Zeug regelmäßig genommen hat?"

„Nein. Wir müssen noch das Ergebnis der Haar- und Gewebeproben abwarten, aber du kannst erstmal davon ausgehen, dass sie clean war. Nichts deutet im Moment auf regelmäßigen Drogenkonsum hin. Aber eine andere Vermutung hat sich leider bestätigt."

Ilka stieß einen Seufzer aus. „Die Schwangerschaft?"

„Ja. Sie war tatsächlich in der zwölften Woche. Ich hoffe, ihr findet den Kerl, der sie ermordet hat. Ich melde mich, wenn der Bericht fertig ist."

* * *

Ilka trat ans Fenster und schaute hinunter auf den Parkplatz. Es standen nur noch wenige Fahrzeuge dort, die von der Bereitschaft und ihr Fiat 500. Sie konnte ihre Überstunden kaum noch zählen, aber an Tagen wie diesen konnte sie nicht einfach nach Hause fahren, als wäre nichts gewesen. Lisa trat an Ilkas Seite.

„Schlechte Nachrichten?"

„Es hat sich bestätigt, dass Sophie schwanger war."

„Scheiß Nachricht. Was ist, wenn Felix Krohn der Vater ist?"

„Das werden wir schnell rausbekommen. Seine DNA haben wir ja. Und wenn es so ist, steckt er ziemlich tief mit drin. Anna schätzt den Todeszeitpunkt zwischen 22 und 24 Uhr. Und Felix Krohn will Sophies Wohnung nach eigenen Angaben gegen 22 Uhr verlassen haben. Und da er für den Rest der Zeit kein Alibi hat, kommt er als Täter in Frage."

Lisa dachte kurz darüber nach. „Ich kenne mich mit Schwangerschaften jetzt nicht so gut aus, aber wäre es nicht auch möglich, dass der Erzeuger noch gar nichts von seinem Glück wusste?"

172

„Du glaubst, dass sie dem werdenden Vater nichts davon erzählt hat? Aber warum sollte sie das verheimlichen? Ich gehe mal davon aus, dass sie das schon eine ganze Zeit wusste. Als Frau spürst du das schon sehr früh. Brustspannen, Übelkeit und Heißhunger sind die ersten Anzeichen. So war es jedenfalls bei mir. Und das Ausbleiben der Regel natürlich."

„Warum sie nichts gesagt hat, weiß ich auch nicht", sagte Lisa. „Wann hast du es damals Tobias erzählt?"

Ilka zog die Schultern hoch.

„Wann es genau war, weiß ich nicht mehr. Ich habe mir einen Test aus der Apotheke geholt, um sicher zu sein. Und dann habe ich es ihm erzählt. Warum fragst du?"

„Wenn es bei ihr ähnlich war, könnte es sein, dass er tatsächlich nichts davon wusste. Was ist, wenn sie es so lange wie möglich geheim halten wollte?" Ilka ließ sich auf ihren Stuhl fallen.

„Ich hasse es zu spekulieren, Lisa. Wenn die DNA von unserem geschätzten Politiker mit keiner unserer DNA übereinstimmt, dann fangen wir wieder ganz von vorn an. Eine Studentin, ein ehemaliger Drogenkurier, seine verschwundene Tochter und dann noch Marek Wieczorek. Das kann doch kein Zufall sein!" Ilka warf einen kurzen Blick auf Kais leeren Stuhl.

„Cem, weißt du, wo Kai ist?"

„Er hat heute seinen Gesundheitscheck."

Ilka wandte sich wieder der Tafel zu und tippte mit dem Zeigefinger auf jedes Foto.

„Wir wissen, dass Marek in Sophies Wohnung war. Was wollte er bei ihr? In welcher Verbindung stand er zu Sophie? Es muss irgendetwas geben, was die Fälle miteinander verbindet. Und bevor wir das nicht gefunden haben, kommen wir nicht weiter."

„Darf ich noch etwas zur Verwirrung beitragen?", fragte Lisa in die Runde.

„Nur zu", forderte Ilka sie auf. „Schlimmer kann es wohl kaum kommen."

„Ich habe mich mal in der Nachbarschaft von Sophie umgehört und dabei einiges Interessantes erfahren."

„Mach's nicht so spannend."

„Stefan Gruber hat mich angelogen", begann Lisa. „Er war sehr wohl nach der Trennung noch einmal bei Sophie. Und die Zeugin hat auch beobachtet, dass es zu einem heftigen Streit zwischen den beiden kam. Und es kommt noch besser. Eine andere Zeugin hat Marek Wieczorek wiedererkannt. Er war definitiv ein paar Mal in Sophies Wohnung!"

„Wow!", entfuhr es Ilka. „Mit dem hätte ich jetzt nicht gerechnet."

„Warum eigentlich nicht?", fragte Cem in den Raum. „Ein Kleinkrimineller und Gelegenheitsdealer zusammen mit einer jungen Frau, die alles daran setzt, eine gute Journalistin zu werden. Wenn sie etwas von seinen krummen Dingern mitbekommen hat, könnte sie doch auf den Gedanken gekommen sein, eine große Story daraus zu machen. Ist der Gedanke völlig abwegig?"

„Nein, ist es nicht", sagte Ilka. „Aber, um das zu beweisen, brauchen wir entweder ihren Laptop oder Marek! Trotzdem gute Arbeit, Lisa. Ich will Stefan Gruber gleich Montagmorgen im Vernehmungsraum haben!"

„Ich kümmere mich drum", sagte Cem. „Aber mal ganz was anderes. Ist euch eigentlich aufgefallen, dass Sophie gar nicht so lieb und unschuldig ist, wie wir anfangs glaubten? Sie hat was mit dem Politiker angefangen, während sie noch mit Stefan Gruber zusammen war und jetzt kommt Wieczorek dazu."

Ilka stimmte ihm zu.

„Ja, es sieht so aus, als wenn ihr Privatleben das reinste Chaos war. Vielleicht ist ihr das ja zum Verhängnis geworden, und ihr war gar nicht bewusst, in welche Gefahr sie sich damit begeben hat."

„Aber wir gehen doch immer noch von zwei Tätern aus, oder?", fragte Lisa. „Landau bis aufs Blut foltern und Sophie wie einen Engel ins Bett legen – das passt nie und nimmer zusammen!"

„Wartet kurz", unterbrach Ilka, als ihr Handy klingelte. „Ja? ... Was? ... Wo? Okay, wir sind in einer Viertelstunde da!"

„Was gibt's?"

„Was soll's schon geben, Cem. Die nächste Leiche. Männlich, nicht älter als dreißig. Es würde mich nicht wundern, wenn das Marek Wieczorek ist."

„Wo wurde er gefunden?"

„Du wirst es nicht glauben. Gerade mal 150 Meter von dem Ort entfernt, wo Björn Landau lag!"

Auf dem Weg zu ihrem Auto fiel ihr Blick auf Cems verbeulten Golf.

„Lisa, willst du gleich bei mir einsteigen, oder erst abwarten, ob Cems Liebhaberstück anspringt?"

„Die Welt ist voller Vorurteile", erwiderte Cem hörbar beleidigt.

„Ich dachte, Alim kennt jemanden in seiner Verwandtschaft, der sich um ein neues Gefährt kümmern wollte?"

„Im Prinzip schon. Aber ich hab' noch mal mit meiner Werkstatt gesprochen", versuchte Cem sich zu verteidigen.

„Und was haben die gesagt?"

„Dass ein Auto in dem Alter durchaus noch ein paar Jahre halten kann."

„Das mag schon sein", konterte Ilka ohne lange nachzudenken. „Aber es gibt leider Ausnahmen. Und eine davon steht direkt vor mir!"

Cem stöhnte auf. „In der Werkstatt haben sie mir gesagt, dass ein gebrauchter in einigermaßen Zustand mindestens 5000 Euro kostet. Das ist verdammt viel Geld."

„5000? Ich dachte Alims türkische Connection wollte dir ein Schmuckstück für einen Schnäppchenpreis von 2000 Euro besorgen? Das wie und woher will ich lieber gar nicht erst wissen."

„Vielleicht war es doch keine gute Idee", gab Cem zu.

„Hab' ich dir doch gleich gesagt", bemerkte Ilka trocken. „Und jetzt kümmern wir uns erst mal um unsere nächste Leiche!"

Kapitel 16

Eigentlich war es ein ganz normaler Dezembertag. Es war nasskalt und der Himmel hatte sich in ein demotivierendes Grau gehüllt. Ilka stieg über das Absperrband, das weiträumig um den Fundort gezogen war und hielt einen Augenblick inne. Es war einer dieser Momente, in denen ihr wieder bewusst wurde, warum sie unbedingt zur Kripo wollte. Sie konnte nichts mehr für die Opfer tun, aber sie konnte dafür sorgen, dass die Täter ihre gerechte Strafe bekommen würden. Das war sie den Angehörigen, Freunde und all jene, die dem Opfer nahe standen, einfach schuldig. Ilka atmete tief durch und schaute sich nach Lisa und Cem um.

„Kümmert ihr euch um Thomas? Ich werde mich mal mit Anna unterhalten."

Kaum hatte sie es ausgesprochen, winkte Thomas die beiden auch schon zu sich. Er stand mit gelben Gummistiefeln und weißem Overall im Matsch und warf Cem und Lisa einen frustrierten Blick zu.

„Nach jedem Fall denke ich, dass es nicht schlimmer kommen kann, aber anscheinend habe ich mich getäuscht."

„Nimm es nicht so schwer", erwiderte Lisa. „Wir sind ja bei dir."

„Ja, nur mit dem Unterschied, dass ich mitten im Schlamm stehe und ihr ein paar Meter davor. Mein Glückstag ist das heute jedenfalls nicht."

„Meiner auch nicht", sagte Cem. „Ich wäre jetzt auch lieber auf meiner Couch. Also können wir das hier bitte schnell hinter uns bringen?"

„Was ist los, Cem? Stress mit Anna?" Thomas warf einen fragenden Blick zu Lisa, die als Antwort nur mit den Schultern zuckte.

„Stress würde ich das nicht nennen", antwortete Cem. „Es ist einfach vorbei."

„Also keine vorübergehende Krise?"

Cem schüttelte den Kopf.

„Nein. Können wir uns jetzt mit dem Fall beschäftigen? Hast du schon was für uns?"

„Eigentlich bin ich hier überflüssig. So wie es aussieht, hat er nichts bei sich. Keinen Ausweis, kein Geld, kein Handy. Und verwertbare Spuren werde ich in diesem Schlamm wohl kaum finden. Deshalb gehe ich davon aus, dass dies hier, genauso wie bei Björn Landau, nicht der Tatort ist!" Thomas sah zu ihm auf. „Erwarte jetzt keine konkreten Aussagen von mir. Du siehst ja selbst, wo unsere Leiche liegt. Es ist nicht gerade ein idealer Ort für die Spurensicherung."

„Okay, sag Bescheid, wenn du was hast."

„Klar Cem, du erfährst es wie immer als Erster."

* * *

Während Ilka sich Anna näherte, hatte Udo Berthold seine Kamera längst wieder eingepackt und war bereits dabei, seine kleinen Nummerntäfelchen wieder einzusammeln. Seine Glatze glänzte, als hätte er sie frisch poliert.

„Hallo Udo, alles im Kasten?"

„Ach, da ist ja meine Lieblingsoberkommissarin. Ja, alles aufgenommen."

„Bin ich etwa nicht die Einzige in deinem Leben?"

Udo Berthold grinste sie frech an.

„Nicht die Einzige, aber die Beste!"

„Danke für das Kompliment, Udo." Ilka schenkte ihm ein Lächeln, bevor sie sich auf den Weg zu Anna machte, die neben dem Toten kniete. Als sie die Leiche sah, krampfte sich ihr Magen zusammen. Niemals würde sie sich an einen solchen Anblick gewöhnen. Sie hielt den Atem an, trat näher und betrachtete den Toten. Das Opfer lag übel zugerichtet mit unnatürlich verdrehten Gliedmaßen mitten im Dickicht. Ilka fiel auf, dass er weder Schuhe noch Socken trug. Anna erriet Ilkas Gedanken.

„Er starb genauso wie Björn Landau. Ohne Socken, dafür mit Brandwunden und Hämatomen übersät. Er muss grauenvolle Schmerzen gehabt haben, als er endlich das Bewusstsein verlor. Es sieht so aus, als wäre der Mörder von Björn Landau wieder am Werk." Cem trat an Ilkas Seite.

„Wenn man das sieht, kann man den Glauben an die Menschheit verlieren." Er verspürte eine leichte Übelkeit, als er die Leiche vor sich liegen sah. Ilka sah ihn an.

„Alles klar, Cem?"

„Geht schon." Er zwang sich, die Leiche noch einmal anzusehen. Er glaubte, die pure Angst in den erstarrten Pupillen zu erkennen.

„Kannst du uns schon etwas über den Todeszeitpunkt sagen?", wollte Ilka wissen. Anna schüttelte den Kopf.

„Nein, leider nicht. Eine genaue Bestimmung ist nur möglich, wenn der Eintritt des Todes nicht länger als 36 Stunden zurückliegt."

„Unser Opfer ist also schon länger tot?", hakte Cem nach.

„Ja. Seine Körpertemperatur ist gleich der Umgebungstemperatur. Außerdem sind die Totenflecken bereits vollständig ausgebildet und die Leichenstarre hat sich auch wieder gelöst. Dieser Prozess ist in Abhängigkeit von der Temperatur nach 48 Stunden abgeschlossen. Also müssen wir warten. Aber ganz grob geschätzt, liegt er wohl schon eine Woche hier."

„Worauf müssen wir warten?", fragte Cem in gereiztem Ton.

„Auf die Kollegen der forensischen Entomologie. Sie können mit Hilfe des Insektenbefalls den Todeszeitpunkt bestimmen."

„Insektenbefall im Winter?"

„Ich bin jetzt keine Spezialistin auf dem Gebiet der forensischen Entomologie, aber es gibt auch im Winter Insekten", entgegnete Anna. „Wenn auch weit weniger als im Sommer. Es gibt verschiedene Insektenarten, die den Leichnam befallen, aber nicht alle tun es zur gleichen Zeit. Es kommt natürlich auf die Umgebungstemperatur an und auf die spezielle Insektenart. In den kalten Jahreszeiten verzögert sich bei einigen die Entwicklungsphase, während die anderen in eine Winterstarre verfallen oder sogar absterben. Aber in den letzten Tagen hat es nicht gefroren und viel geregnet. Anhand des Alterungsprozess dieser Tiere kann man dann sehr genau feststellen, wann sie den Körper besiedelt haben und dementsprechend auch errechnen, wie lange der Mensch mindestens tot ist. Selbst nach mehreren Wochen kann so noch die Liegezeit des Toten sehr genau bestimmt werden. Es ist sogar möglich, mit Hilfe dieser Insekten festzustellen, ob der Tote Drogen, Medikamente oder andere Giftstoffe zu sich genommen hat."

„Und wie lange dauert das?", fragte Cem ungeduldig.

„Etwa zehn Tage."

„Wir sollen zehn Tage warten, bis wir wissen, wann er umgekommen ist?"

„Hast du eine bessere Idee", fuhr sie ihn ungewöhnlich forsch an. „Wenn ja, dann nur raus damit."

Cem presste die Lippen zusammen und schaute sie irritiert an. Offenbar hatte er nicht mit so einer Reaktion gerechnet.

„Tut mir leid. War nicht so gemeint."

„Hörte sich aber so an."

„Mehr als entschuldigen kann ich mich nicht, oder?"

In diesem Moment fuhr Ilka dazwischen. Sie war der Unterhaltung aus der Distanz gefolgt und ärgerte sich einfach maßlos darüber, dass sich die beiden in letzter Zeit ständig in der Wolle hatten.

„Würdet ihr jetzt bitte mit diesem Rumgezicke aufhören?" Cem wollte etwas erwidern, doch Ilka kam ihm zuvor. „Ich erwarte, dass ihr professionell miteinander umgeht. Haben wir uns verstanden, Cem?"

Er nickte betreten und zog es vor, Ilkas Worte nicht zu kommentieren.

„Okay, dann können wir uns ja wieder um den Fall kümmern." Sie warf Anna einen raschen Blick zu. „Zehn Tage ist wirklich verdammt lang."

„Tut mir leid." Anna schloss ihre Tasche und erhob sich. „Einige Forscher arbeiten daran, anhand des Abbaus spezieller Proteine den exakten Zeitpunkt zu bestimmen, aber bis es soweit ist, müssen wir mit dieser Methode leben."

* * *

Zurück im Büro trommelte Ilka das ganze Team zusammen.

„Björn Landau starb am Donnerstagnacht, dem 7.Dezember, Sophie Degenhardt am 12. Dezember und Marek Wieczorek nach Annas ersten Einschätzungen ungefähr zeitgleich mit Landau, wenn nicht schon vorher. Davon können wir erstmal ausgehen, obwohl die Kollegen der forensischen Entomologie noch versuchen, den Todeszeitpunkt näher einzugrenzen. Das bedeutet, dass Marek Wieczorek weder Sophie noch Landau umgebracht haben kann. Er starb definitiv zeitnah oder wahrscheinlich sogar als Erster von den dreien."

Lisa trat an die Magnettafel und schob Mareks Foto an die Seite. „Gut, der war's also nicht. Wer dann?"

„Im Moment haben wir nur zwei, die für den Mord an Sophie in Frage kommen", mischte sich Cem ein. „Den Ex-Freund Stefan Gruber und dann noch unseren Politiker Felix Krohn. Oder es war jemand, den wir noch gar nicht auf dem Zettel haben."

„Ein Motiv hätten sie beide", sagte Lisa. „Gruber konnte es nicht ertragen, dass Sophie ihn verlassen hat, und Krohn hatte Angst, dass seine Affäre mit ihr ans Tageslicht kommt. Vielleicht hat sie ihn sogar erpresst. Wer weiß."

Ilka nickte.

„Klingt beides plausibel. Dann bringt mir den Ex-Freund her. Ich nehme ihm nicht ab, dass er Sophie nach der Trennung nicht wiedergesehen hat. Außerdem brauchen wir seine DNA."

Ihr Handy klingelte. Sie nahm das Gespräch an, hörte kurz zu und legte wieder auf. „Die Fahndung nach Marek Wieczorek kam für ihn selbst zu spät", sagte sie an das Team gewandt. „Aber zumindest haben wir jetzt seine Wohnung gefunden. Eine Frau hat sich gemeldet, die ihm offenbar eine Wohnung in Fredenbeck vermietet hat. Sie hat ihn als unscheinbaren Typ beschrieben, der seine Miete immer pünktlich bezahlt. Er hat ihr erzählt, dass er für eine Spedition in Stade arbeitet. Mehr konnte sie den Kollegen nicht sagen."

„Dann schauen wir uns die Wohnung doch mal an", schlug Lisa vor.

„Genau das werden wir jetzt machen", erwiderte Ilka mit einem Lächeln. „Lasst uns fahren!"

* * *

Als die Kripo das Mehrfamilienhaus am Rande Fredenbecks betrat, fanden sie eine karg, aber zweckmäßig eingerichtete Zweizimmerwohnung im Erdgeschoss vor; ein Kieferntisch, ein altes, durchgesessenes Sofa und eine ausgeblichenen Kommode, auf der stapelweise Fotos, Zeitungsartikel und handgeschriebene Notizzettel herumlagen. Gleich neben der Kochnische führte eine Tür ins Bad. Gegenüber der Eingangstür war das Schlafzimmer durch eine dünne Schiebetür vom Wohnraum getrennt.

„Sehr komfortabel hat er nicht gerade gewohnt", bemerkte Ilka.

„Nein, ich würde mich hier auch nicht so wohl fühlen", erwiderte Lisa. Ilka lächelte sie an.

„Darf ich dich etwas Persönliches fragen?"

„Ja, klar."

„Was ist mit dir und Cem?"

„Wie meinst du das?"

„Du weißt genau, was ich meine."

„Wir sind nicht zusammen, falls du das meinst", erwiderte Lisa. „Selbst wenn es so wäre, würde ich mein Privatleben strikt von meinem Job trennen."

Ilka sah Lisa einfach nur an.

„Warum sagst du nichts?", fragte Lisa irritiert.

Ilka antwortete nicht auf ihre Frage und sagte stattdessen: „Ich denke, wir sollten uns jetzt erstmal um unseren Fall kümmern."

* * *

Zunächst fiel der Kripo in der Wohnung von Marek nichts Ungewöhnliches auf. Mehr durch Zufall fiel Cems Blick auf eine Unebenheit im Holzfußboden. Er schob die klobige Holztruhe beiseite und ging in die Hocke. Er warf einen kurzen Blick auf die frei gewordene Stelle des Bodens und hob eines der Bretter an.

„Volltreffer!", rief er laut in den Raum, als er sah, was unter dem Brett zum Vorschein kam.

„Ilka, Thomas, schau euch das mal an." Er nahm das zweite Brett auf und nickte zufrieden.

„Ich will jetzt nicht spekulieren, aber wenn ich das hier sehe, dann könnte ich mir gut vorstellen, dass er deswegen umgebracht worden ist."

Ilka dachte kurz darüber nach und war nicht abgeneigt, ihm Recht zu geben. „Erzähl weiter, Cem."

„Schau dich doch mal um. Viel Geld hatte er offensichtlich nicht und den Job in der Spedition ist er auch losgeworden. Das hier sind etwa zwei Kilo Heroin mit einem Marktwert von ungefähr 90.000 Euro. Und die meisten strecken ihre Ware noch mit Milchpulver oder ähnlichen Substanzen und erreichen so eine noch höhere Gewinnspanne. Dazu kommen noch zwei Kilo Marihuana, was etwa 10.000 Euro entspricht."

Ilka machte ein Handyfoto von dem Fund. „Er hatte also Ware für gut 100.000 Euro in der Wohnung und, wenn ich davon ausgehe, dass er sich das niemals hätte leisten können, würde ich vermuten, dass er es jemandem gestohlen hat. Und dieser jemand wollte es ganz offensichtlich zurück haben."

„Und dieser Jemand hat vermutlich auch Björn Landau umgebracht", ergänzte Cem. „Und damit haben wir wohl auch den Grund, warum Landau als auch Wieczorek sterben mussten." Ilka warf einen raschen Blick auf die Uhr und schnappte sich ihre Jacke. „Ich muss jetzt los. Wir sehen uns morgen."

* * *

184

Ilka parkte ihren Fiat in der Parkbucht direkt neben dem Eiscafé und wählte Antonios Handynummer. Bereits beim zweiten Klingelton meldete er sich. „Ciao Bella!"

„Hast du kurz Zeit für ein Glas Wein? Ich finde, wir haben uns schon viel zu lange nicht mehr gesehen."

„Wann kannst du hier sein?"

„Um ehrlich zu sein, bin ich schon hier." Antonio ging mit seinem Handy am Ohr zum Eingang und sah Ilka vor ihrem Wagen stehen. Er öffnete die Tür und winkte sie lächelnd zu sich. Er trug wie so oft Jeans, ein weißes Hemd und auch sein umwerfendes Lächeln war so, wie sie es liebte.

Antonio war einfach anders als die meisten Männer, die sie kannte. Er konnte stundenlang zuhören, ohne ihr ins Wort zu fallen oder sie zu verbessern. Er saß einfach nur da, nippte von Zeit zu Zeit an seinem Rotwein und hörte ihr zu. Leider waren diese Abende eine Seltenheit geworden.

Sie erinnerte sich wieder an ihre erste Begegnung. Sie hatte sich eines Abends vorgenommen, „Manche mögen's heiß" mit Marilyn Monroe anzuschauen. Das Kino war fast leer gewesen, doch er stand plötzlich vor ihr und sage: „Scusì Signora. Ist hier noch frei?" Diesen Augenblick würde sie nie vergessen.

Sie setzten sich in die Ecke direkt neben dem Zugang zur Küche und schauten sich an. Sie atmeten beinahe im Gleichklang, als sich ihre Hände unter dem Tisch berührten. Ilka war so froh, endlich wieder in seiner Nähe zu sein.

„Wir sehen uns viel zu selten, Antonio", sagte Ilka. „Woran liegt das nur?"

„An deinem Job, Signora", erwidern Antonio mit einem Augenzwinkern.

„An deinem liegt es also nicht?", fragte sie in einem leicht provozierenden Ton.

„No, cara mia, natürlich nicht!"

„Die Reise nach Vernazza sollten wir unbedingt wiederholen", meinte Ilka. Allein bei dem Gedanken, wieder vom Balkon seines Elternhauses auf die wundervolle Piazza und den Hafen zu schauen, wurde ihr warm ums Herz.

„Das sollten wir auf jeden Fall tun", stimmte Antonio zu. „Es sieht so aus, als kämen wir nur dort zur Ruhe."

„Wann fahren wir?", fragte sie mehr zum Scherz, doch Antonio dachte tatsächlich ernsthaft darüber nach.

„Anfang Januar wäre gut. Um die Zeit ist im Eiscafé nicht besonders viel los."

„Und Sina? Sie bringt mich um, wenn wir dorthin fahren und sie zur Schule muss."

„Dann Ostern", schlug Antonio vor. „Dann könnte sie mitkommen und das mit dem Eiscafé kriege ich schon irgendwie geregelt."

„Ich kann es jetzt schon kaum erwarten", sagte Ilka. „Und Sina wird sich überschlagen vor Freude, endlich Ricco wiederzusehen."

„Sí, é ció facciamo!" sagte Antonio. „Genauso!"

„Ja, so machen wir es", stimmte Ilka zu und drückte ihm einen dicken Kuss auf die Lippen.

„Na, ihr beiden Turteltauben? Was darf ich euch bringen?"

Beide schauten zu Luis. Er war gar kein Italiener, auch wenn er so aussah. Er stammte aus Puerto Rico und war auch der Einzige in Antonios Team, der so mit ihm reden durfte.

„Danke Luis, für mich nichts. Ich muss gleich wieder los", sagte Ilka und vergewisserte sich kurz, ob jemand zu ihnen schaute, bevor sie Antonio einen raschen Kuss auf die Wange gab. „Sehen wir uns heute Abend? Bei mir?"

Er schenkte ihr wieder dieses umwerfende Lächeln. „Sehr gern, Signora."

„Aber nicht wieder absagen, okay?"

„Promesso", versicherte er. „Ich bringe noch ein paar Bruschetta und einen Rotwein mit."

Kapitel 17

Ilka liebte ihren Beruf, das Gefühl, die Welt ein klein wenig besser machen zu können, wenn sie einen Mörder hinter Gitter gebracht hatte. Doch das Schwierigste stand ihr noch bevor. Niemand konnte vorhersagen, wie sie reagieren würde, wenn sie noch einmal in solch eine Ausnahmesituation geraten würde. Nicht einmal sie selbst. Und genau diese Tatsache machte ihr schwer zu schaffen.

Die quälende Ungewissheit, ob es ihr gelingen würde, nagte an ihr. Wie sollte sie es herausfinden, ohne ein Risiko einzugehen? Aber konnte sie dieses Risiko überhaupt eingehen, ohne sich selbst und ihr Team noch einmal in Gefahr zu bringen? Sie fluchte innerlich, dass sie sich selbst in diese Lage gebracht hatte.

Ilka goss sich ein Glas Rotwein ein und hoffte, dass Antonio bald kommen würde. Sie schaute auf die Uhr. Es war kurz nach halb zehn. Wenn nichts dazwischen kam, würde er in einer halben Stunde bei ihr sein.

Ilka schaute zu dem Gemälde über der Couch, das sie in Vernazza gekauft hatte. Sie betrachtete die leuchtenden Farben der Häuser und der Santa Margherita di Antiochia. Sie dachte daran, wie glücklich sie in dieser Woche gewesen war und wie sehr sie diese Zeit genossen hatte. Doch das alles schien plötzlich so weit weg. Der Schuss auf sie hatte alles in den Hintergrund gedrängt, hatte alles zunichte gemacht, was sie sich in Vernazza vorgenommen hatte. Sie zog sich eine Strickjacke über, trat auf die Terrasse, lehnte sich mit dem Rücken an die Hauswand und zündete sich eine Zigarette an.

Sie schaute in Gedanken versunken zu dem Torbogen, durch den man von der Terrasse in den Garten gehen konnte. Er war im Laufe der letzten Jahre fast vollständig vom wilden Wein umrankt, so dass man von dem ursprünglichen Holz kaum noch etwas erkennen konnte. Sie spürte nichts, weder die Kälte noch den Schneeregen, der ihr ins Gesicht wehte und sich mit ihren Tränen vermischte. Sie weinte, obwohl sie nicht genau wusste, warum. Sie hatten kaum noch Zeit füreinander gefunden. Er verbrachte mehr Zeit im Eiscafé als in seinen eigenen vier Wänden, und sie selbst hatte mit ihrem aktuellen Fall mehr als genug zu tun.

Ilka nahm einen letzten Zug, drückte die Zigarette aus und kehrte ins Wohnzimmer zurück. Plötzlich hörte sie einen Knall. Nur einen Wimpernschlag später zersplitterte die Fensterscheibe direkt neben ihr. Sie zuckte zusammen und ließ sich instinktiv auf den Boden fallen. Wieder vernahm sie dieses Geräusch. Das Glas der nächsten Fensterscheibe splitterte.

Sie blickte erschrocken hinter sich und sah, dass die beiden Kugeln direkt hinter ihr in das Gemälde eingedrungen waren. Eine Kugel steckte in einem der farbenfrohen Häuser und die andere über der Eingangspforte der Santa Margherita di Antiochia. Eine Windböe fegte durch die zerstörte Fensterscheibe und brachte die Vorhänge in Bewegung. Ein drittes Mal schlug eine Kugel durch das Fenster und schlug in die Wand oberhalb des Gemäldes ein.

Hektisch griff Ilka nach dem Holster, zog ihre Heckler & Koch heraus und entsicherte sie. Sie zielte in die Richtung, aus der sie die Schüsse vermutete, doch draußen war es stockfinster. Ilka dachte kurz nach, wo sie am sichersten wäre und entschied sich für den Küchentresen. In geduckter Haltung lief sie los und trat auf halbem Weg in eine Glasscherbe.

„Verdammte Scheiße!" Sie humpelte hinter den Tresen und zog die Scherbe aus dem Fußballen. Blut sickerte durch die Socke. Sie nahm ein Geschirrtuch vom Tresen, legte es um ihren Fuß und knotete es fest. Sie atmete schwer, während sie ihre Waffe in beide Hände nahm.

„Ich sehe eine Frau, die Angst hat zu versagen, falsch zu reagieren, wenn sie wieder in eine ähnlich bedrohliche Situation gerät. Wenn ich mich täusche, dann sage es."

Das waren die Worte von Dr. Seidel gewesen, und sie hatte geantwortet, dass er sich nicht täuschen würde. Aber sie hatte entschieden, wieder in den Dienst zurückzukehren, und jetzt war es an der Zeit zu beweisen, dass diese Entscheidung richtig gewesen war.

Ihr Blick fiel auf den Seitenausgang, der sich unmittelbar neben der Treppe befand. Es war ihre einzige Chance, unbemerkt das Haus zu verlassen. Sie kroch hinter dem Tresen hervor und lief los. In diesem Moment fiel der nächste Schuss. Wieder splitterte Glas. Ilka warf einen hastigen Blick zu der zersplitterten Scheibe und zu dem Einschussloch, das sich in unmittelbarer Nähe der anderen befand. Das konnte nur bedeuten, dass der Schütze seine Position nicht gewechselt hatte. Plötzlich drehte sich alles in ihrem Kopf. Was hatte der Wahnsinnige vor? Sie umbringen? Oder war es eine letzte Warnung, die Finger von dem Fall zu lassen?

Für einen Bruchteil einer Sekunde dachte sie daran, im Haus zu bleiben, doch dann drückte sie die Klinke hinunter und schob vorsichtig die Tür auf. Ein kühler Luftzug schlug ihr entgegen. Sie richtete ihre Waffe in die Dunkelheit. Für einen Moment verharrte sie reglos. Düstere Wolken hingen am Himmel und verwehrten den Blick auf den Mond und die Sterne. Die Straßenlaterne, die auf der gegenüberliegenden Straßenseite stand, war schon seit Tagen defekt. Ilka tastete sich langsam an der Hauswand entlang. Ihr Puls stieg mit jedem Schritt, mit dem sie sich der Straße näherte. Die beiden gut zwei Meter hohen Kirschlorbeerbüsche im Vorgarten waren ihr schon lange ein Dorn im Auge. Sie hatten den schmalen Steinweg, der ums Haus herumführte, fast vollständig überwuchert. Doch in diesem Moment war sie froh, dass sie ihr genügend Schutz boten, um sich unbemerkt der Straße zu nähern.

Sie trat auf einen spitzen Kieselstein und konnte gerade noch den Schrei unterdrücken. Erst jetzt wurde ihr bewusst, dass sie barfuß war und der Fuß, mit dem sie in die Scherbe getreten war, unaufhörlich pochte. Sie versuchte, den Schmerz zu verdrängen und lauschte angestrengt. Plötzlich glaubte sie, Schritte auf dem Kies zu hören. Ilka trat seitlich neben die Büsche, um bessere Sicht zu bekommen, doch sie erkannte nur noch einen Schatten, der um das Auto herum lief und einstieg. Der Motor heulte auf, doch die Scheinwerfer des Fahrzeugs blieben aus. Die Reifen drehten auf dem Kies kurz durch, bevor sie griffen und den Wagen nach vorn katapultierten.

Ilka brauchte eine Sekunde, um die Situation zu realisieren. Sie nahm den Knauf ihrer Heckler & Koch fest in beide Hände, verließ ihre Deckung und richtete ihre Waffe auf das Fahrzeug, das mit hoher Geschwindigkeit an ihr vorbeiraste. Sie hatte ihren Finger schon um den Abzug gekrümmt, als sie im Augenwinkel bemerkte, wie die Lichter der beiden angrenzenden Häuser angingen. Sie senkte ihre Waffe zu Boden und sicherte sie. Sie konnte nicht riskieren, dass Unbeteiligte zu Schaden kommen würden. Schwer atmend starrte sie dem Wagen eine Weile nach, dann wandte sie sich um und kehrte ins Haus zurück.

Die wiederkehrende Stille löste eine Mischung aus Ungewissheit und purer Angst in ihr aus. Von einem

Moment auf den anderen begann ihr Herz zu rasen. Wie nah war er ihr gekommen? Wie lange hatte er sie schon beobachtet, bevor er abdrückte? Ilka nahm ihr Handy und wählte Cems Nummer.

„Cem, bitte komm sofort. Auf mich wurde geschossen! Und sag auch Patrick und der Spurensicherung Bescheid!"

„Auf dich wurde geschossen? Wo?"

„In meinem Haus!"

„Was ist mit dir? Bist du okay?"

Jetzt wurde es Ilka zu viel.

„Cem, frag nicht so viel", fauchte sie ihn an. „Komm einfach her!" Dann legte sie auf.

* * *

Als Cem mit den Kollegen von der Spurensicherung in ihrer Bauernkate am Rande des Auetals ankam, fanden sie Ilka auf der Terrasse. Sie stand mit dem Rücken an die Außenmauer gelehnt da, starrte gedankenverloren in den Nachthimmel und rauchte. Sie versuchte das Zittern zu verbergen, doch so ganz gelang es ihr nicht. Sie presste ihre Lippen zu einem schmalen Strich zusammen, kämpfte innerlich dagegen an, die furchtbaren Erinnerungen nicht zu nah an sich heranzulassen. Doch der feuchte Schleier auf ihren Augen verriet Cem, wie nah ihr die Sache ging. Er trat ganz nah an sie heran und legte seinen Arm um ihre Schulter.

„Alles okay?"

„Ja."

„Hast du gesehen, wer es war?"

„Nein. Ich habe nur die Schüsse gehört und versucht, mich in Sicherheit zu bringen." Ilka drückte ihre Kippe aus und starrte Cem an.

„Die Scheiben waren noch einfach verglast. Ich wollte sie im Frühjahr auswechseln."

„Jetzt musst du da wohl früher ran!", antwortete Cem und bereute sogleich seinen flapsigen Kommentar.

„Wo warst du, als die Schüsse fielen?"

„Ich war auf dem Weg ins Wohnzimmer."

„Wo genau?" Ilka ging auf die Couch zu und blieb stehen. „Genau hier!"

„Bist du dir ganz sicher?"

„Cem, ich bin nicht dement. Natürlich bin ich mir sicher."

„Warst du allein?"

„Natürlich war ich allein." Ilka zögerte kurz, bevor sie ergänzte: „Gott sei Dank war ich allein. Ich hatte mich für heute Abend mit Antonio verabredet, aber er war noch nicht da."

„Okay, Ilka." Cem trat hinter das Sofa und schaute über Ilkas Schulter hinweg zur Straße. „Der Täter hatte freie Sicht. Die Einschusslöcher liegen relativ nah beieinander. Bei einem Amateur wäre die Streuung sehr viel größer gewesen."

„Du denkst, dass die Schüsse nur eine Warnung waren?"

„Ja, davon gehe ich aus."

Plötzlich stand Antonio mit den Buscetta und dem Rotwein im Wohnzimmer.

„Amore mio, was ist passiert?"

„Antonio?" Sie konnte kaum glauben, dass er jetzt vor ihr stand. „Was machst du hier und wie bist du hier reingekommen? Ich dachte, das Grundstück ist abgesperrt?"

Er zuckte beinahe entschuldigend mit den Schultern.

„Wir waren verabredet, Ilka. Schon vergessen? Der Polizist an der Absperrung kennt mich und weiß auch,

dass wir zusammen sind. Da hat er mich durchgelassen."
Ilka winkte ab.

„Ist jetzt auch egal." Sie gab ihm einen Kuss, nahm ihm
den Teller mit den Buscetta ab und biss in eines hinein.

Er gab sich die größte Mühe, seine Sorge um Ilka nicht
allzu deutlich zu zeigen, aber es gelang ihm nicht. Er stellte die Flasche auf den Küchentresen und starrte auf die
Einschusslöcher in den Fenstern.

„Warum hat man auf dich geschossen? Perché?"

„Wahrscheinlich sind wir jemandem zu nahe gekommen."

„Come stai?"

„Wie soll es mir schon gehen? Beschissen natürlich."

Antonio stand irgendwie verloren da mit seinen Jeans,
dem weißen Hemd und schwarzem Sakko und wusste
nicht so recht, was er jetzt tun sollte. Ilka kam auf ihn zu
und schlang ihre Arme um seinen Hals.

„Ich habe mir den Abend auch schöner vorgestellt",
flüsterte sie ihm ins Ohr. „Es wurde nicht auf mich
geschossen, sondern nur auf das schöne Gemälde von
Luiggi. Da wollte mir jemand Angst machen. Wenn er
mich hätte treffen wollen, dann hätte er es auch getan."

Ilka löste die Umarmung. Ihr Blick wanderte durch
das Wohnzimmer, hinüber zum Küchentresen, zu der
Fensterfront bis zu dem Gemälde über der Couch. Für
einen Moment schien sie in einer anderen Welt zu sein.
Dann wandte sie sich wieder an Antonio.

„Sei mir nicht böse, aber bitte geh jetzt. Wir sind hier
mitten in den Ermittlungen. Ich melde mich, okay?"

Er nickte nur stumm, drückte sie noch einmal fest an sich
und verließ in Begleitung eines Polizisten das Wohnzimmer.

Thomas Leitner kam von der Terrasse ins Wohnzimmer.

„Wir haben direkt vor dem Grundstück Reifenspuren gefunden. Tagsüber hatten wir leichten Schneefall, daher sind die Abdrücke recht gut zu erkennen. Meine Kollegen sind noch dabei, die ganzen Spuren zu erfassen, aber auf den ersten Blick würde ich auf 230er oder 235er Winterreifen tippen. Wir werden das Profil der Reifen vor dem Haus noch mit denen aus dem Rüstjer Forst abgleichen. Würde mich nicht wundern, wenn sie identisch sind. Morgen weiß ich mehr."

„Kannst du schon sagen, von wo geschossen wurde?", wollte Ilka wissen.

„Die Schüsse wurden in unmittelbarer Nähe des Gartenzauns abgefeuert. Vermutlich wurden die Schüsse direkt aus dem Auto abgegeben, da wir keine Fußabdrücke in der Nähe des Wagens finden konnten. Wir haben vier Hülsen sichergestellt, die wir neben den Reifenspuren gefunden haben. Das passt zu den Projektilen. Es handelt sich um Kaliber neun Millimeter, zwei haben wir in dem wunderschönen Gemälde über dem Sofa gefunden und die anderen beiden gut zehn Zentimeter darüber. Die Kollegen der Ballistik kümmern sich um alles Weitere."

Patrick Dannenberg, der Thomas' Ausführungen mit nachdenklicher Miene gefolgt war, trat ein paar Schritte nach vorn.

„Du kannst nicht hier bleiben, Ilka", hörte sie ihn sagen. „Wir müssen dich fürs Erste irgendwo anders unterbringen."

„Ich glaube nicht, dass das nötig ist. Sie werden nicht wiederkommen."

„Die Kugeln haben die Scheiben glatt durchschlagen, Ilka. Du hättest tot sein können!" Dannenberg schürzte die Lippen. „Tut mir leid, Ilka. Aber das kann und will ich nicht verantworten. Ich will auch nicht spekulieren, ob es eine Warnung sein sollte, oder ob der Kerl einfach ein miserabler Schütze war."

Er machte eine weit ausholende Armbewegung in Richtung der Wiesen.

„Ich kann nicht dein ganzes Grundstück bewachen lassen." Ilkas Blick wanderte hinaus, über die Terrasse in die Dunkelheit. Was wäre, wenn er Recht hatte und wenn es doch keine Warnschüsse gewesen waren?

„Wie sieht es mit dir aus, Lisa?" fragte Dannenberg unvermittelt. „Kannst du die Kollegin für ein oder zwei Tage aufnehmen?"

Lisa blies die Wangen auf und stieß die Luft hörbar wieder aus. „Ich helfe, wo ich kann. Das wisst ihr, aber in meiner Einzimmerwohnung im Dachgeschoss ist es verdammt eng." Kaum hatte sie es ausgesprochen, richteten sich alle Blicke auf Cem.

„Oh nein, Leute. Das geht wirklich nicht."

Dannenberg baute sich vor ihm auf. „Sie kann hier nicht bleiben. Sind wir uns da einig?"

„Ja, natürlich, aber …"

„Es ist nur für ein paar Tage, Cem."

„Ich gehe ins Hotel", schlug Ilka vor. „Das ist für alle das Beste."

„Ich kann nicht ein komplettes Hotel überwachen lassen", erklärte Dannenberg. „Ich möchte, dass jemand von uns bei dir ist!"

Ilka verschränkte die Arme vor der Brust. „Das ist jetzt nicht dein Ernst?"

„Auf dich wurde geschossen", stieß Dannenberg hervor.

„Ich soll also bei Cem einziehen?"

„Ja, nur vorübergehend natürlich!"

Ohne etwas zu erwidern, wandte sich Dannenberg geradewegs an Cem und sah ihn mit prüfendem Blick an. „Hast du ein Problem damit, Ilka für eine Weile bei dir aufzunehmen?"

Wer etwas dagegen hat, möge jetzt sprechen oder für immer schweigen, schoss es Ilka durch den Kopf, aber sie hütete sich davor, es laut auszusprechen.

„Das kommt jetzt ein wenig plötzlich", druckste Cem herum.

„Die Schüsse kamen auch plötzlich", entgegnete Dannenberg, der offenbar keine Lust auf weitere Diskussionen hatte. „Pack jetzt das Nötigste ein und dann bringt dich Cem von hier weg!"

„Ich muss meine Mutter anrufen. Wenn sie hier auftaucht und vor einem abgesperrten Tatort steht, dreht sie durch."

„Soll ich das übernehmen?", fragte Cem.

„Danke Cem, aber das muss ich selbst machen." Ilka wählte die Nummer ihrer Mutter. Als sie Elfis Stimme vernahm, krampfte sich ihr Magen zusammen. Sie hasste es, ihrer Mutter wieder Sorgen zu bereiten. In kurzen Sätzen versuchte sie, ihrer Mutter zu erzählen, was geschehen war.

„Um Himmels Willen, Ilka! Geht's dir gut?"

„Ja, ich bin okay, aber ich muss für ein paar Tage bei Cem wohnen. Nur so lange, bis alles geklärt ist." Für einen Moment trat Stille ein. Elfie war schon immer dagegen gewesen, dass ihre Tochter sich für eine Karriere bei der Kripo entschieden hatte. Die Schüsse auf Ilka trugen nicht gerade dazu bei, dass sie ihre Meinung ändern würde.

„Mama, kann Sina bis Morgen bei dir bleiben? Tobias würde sie dann morgen bei dir abholen."

„Natürlich kann sie bei mir bleiben", sagte Elfie. „Bitte sei vorsichtig."

Ilka schaute in die Runde und stieß einen tiefen Seufzer aus. „Ich glaub', ich brauche jetzt einen Schnaps!"

„Meinetwegen kannst du auch zwei trinken", erwiderte Dannenberg trocken, „Aber dann packst du. Habe ich mich klar genug ausgedrückt?" Ilka nickte.

„Ja, absolut klar!"

Kapitel 18

Ilka ließ ihre Sporttasche gleich hinter Cems Eingangstür fallen. Sie konnte es immer noch nicht fassen, dass sie die Nacht hier verbringen sollte. Aber Dannenberg hatte ihr keine Wahl gelassen. Sie kannte ihren Chef nur allzu gut. Er hätte sie von dem Fall abgezogen und sogar suspendiert, wenn sie sich geweigert hätte.

„Du kannst das Bett haben", sagte Cem in ihre Gedanken hinein. „Ich schlafe auf der Couch. Ist das okay für dich?"

Ilka nickte. „Cem, es tut mir leid, dass ich …"

Cem hob die Hand, um sie zu unterbrechen.

„Dannenberg hat Recht. Bei dir zuhause ist es im Moment zu gefährlich und in einem Hotel bist du nicht sicher."

„Aber deine Wohnung ist nicht sehr groß und ich möchte nicht, dass wir uns in die Haare kriegen."

„Werden wir nicht, solange du nicht an der Stereoanlage rumspielst und TV-Sender da lässt, wo sie sind."

„Das werde ich wohl gerade noch hinkriegen", bemerkte Ilka in einem ironischen Tonfall. Es war typisch für Cem, dass dies seine einzige Sorge war. Sie ließ sich in die etwas überdimensionierte Ledercouch fallen und schaute sich um. Viel hatte sich seit ihrem letzten Besuch nicht geändert. Es war eine klassische Junggesellenwohnung im zweiten Stock eines Mehrfamilienhauses. Rein vom Gefühl her nahmen die Stereoanlage, der Flachbild-Fernseher und die Couch den meisten Platz in dieser Wohnung ein. Die offene Küche war klein und so penibel aufgeräumt, dass Ilka vermutete, dass dort seit langem nicht mehr gekocht wurde.

Cem ging in die Küche und öffnete den Kühlschrank.

„Granatapfeltee, Bier oder lieber gleich einen Raki auf Eis?"

„Nach der Aufregung heute würde ich tatsächlich einen Raki bevorzugen. Einen doppelten bitte!"

„Falls du Hunger hast, hätte ich Kichererbsen, Sonnenblumenkerne, Fladenbrot und Schafskäse im Angebot. Ach ja, ein paar schwarze Oliven wären auch noch da."

„Klingt gut", sagte Ilka. „Aber den Raki brauche ich als erstes. Ich ziehe mich nur kurz um." Als Ilka einige Minuten später wieder ins Wohnzimmer zurückkehrte, hatte Cem bereits den kompletten Tisch gedeckt. Er reichte ihr ein Glas Raki und prostete ihr zu.

„Auf die beste Kripobeamtin, mit der ich je zusammengearbeitet habe."

„Wie viele hattest du denn vor mir?"

„Nicht allzu viele."

Ilka lachte.

„Trotzdem danke." Sie trank einen Schluck Raki und steckte sich eine Olive in den Mund. „Was ist eigentlich mit deinen Eltern? Wollten sie dich nicht besuchen?"

Cem stöhnte laut auf.

„Hör bloß auf. Meine Mutter landet Samstagabend in Fuhlsbüttel."

„Am Samstag schon? Das kommt jetzt aber doch überraschend."

„Frag mich mal. Sie hat den Flug ein paar Mal verschoben, aber jetzt wollte sie nicht länger warten." Cem warf die Stirn in Falten. „Und sie kann es kaum erwarten, ihre zukünftige Schwiegertochter kennenzulernen."

„Du hast ihr immer noch nicht erzählt, dass ihr beiden nicht mehr zusammen seid?"

„Hat sich noch nicht ergeben."

Ilka konnte sich ein Lächeln nicht verkneifen.

„Du brauchst gar nicht so zu grinsen", sagte Cem sichtlich genervt. „Meine Eltern sind halt sehr konservativ, und es ist verdammt schwer, ihnen zu erklären, warum das bei uns ein wenig anders läuft!"

„Aber Fakt ist, dass wir heute Donnerstag haben und du noch drei Tage Zeit hast, dir eine gute Strategie zu überlegen. Dass ich jetzt vorübergehend bei dir wohne, macht die Sache nicht einfacher für dich." Sie sah ihn scharf an. „Und komme ja nicht auf den Gedanken, dass ich hier das Schwiegertöchterchen spiele, klar?"

„Ja, klar", erwiderte Cem. „Daran habe ich auch keine Sekunde gedacht."

„Das ist doch auch schon wieder gelogen. Erinnerst du dich noch an deine Worte, als du im Backgammon einen Pasch nach dem anderen geworfen und am Ende doch noch gewonnen hast? Obwohl ich ja bist heute glaube, dass du mich beschissen hast."

„Also, um das klarzustellen. Ich habe dich nicht beschissen. Und was das andere betrifft, muss ich, ehrlich gesagt, passen."

„Her şeyin bir zaman vairdir", half ihm Ilka auf die Sprünge. „Alles braucht seine Zeit. Ich denke, das gilt auch für deine Mutter."

Cem stieß einen tiefen Seufzer aus.

„Wenn's nach ihr ginge, hätte sie gern eine große Hochzeit nach türkischer Tradition. Mich würde nicht wundern, wenn meine Mutter die komplette Gästeliste bereits im Kopf hat."

„Ob Anna da mitgemacht hätte, möchte ich mal anzweifeln", warf Ilka ein.

„Ja, ich auch!"

Ilka legte ihre Hand auf seine Schulter.

„Aber irgendwann muss es raus. Sonst kriegst du richtig Stress."

„Ich weiß! Ich mache es auf dem Rückweg vom Flughafen."

„Du willst ihr diese Neuigkeit erst auf der Fahrt nach Stade mitteilen?"

„Hast du eine bessere Idee?"

Ilka nippte an ihrem Raki. „Nee, habe ich nicht. Aber du weißt schon, dass man solch ein Thema nicht einfach so während einer Autofahrt klärt. Erst recht nicht mit der eigenen Mutter."

„Ist mir schon klar, aber ich kriege das irgendwie hin."

„Eigentlich schade, dass ihr nicht mehr zusammen seid", sagte Ilka mit einem leicht ironischen Unterton. „Ich hätte gern gewusst, was sie zu einer Schwiegertochter gesagt hätte, die Leichen aufschneidet, die Organe entnimmt und alles irgendwann wieder reinlegt und zunäht!"

„Das ist vorbei, Ilka. Wir hatten eine schöne Zeit, aber das war es jetzt."

„Kein zurück?"

„Nein. Sie geht nach Zürich und das war's dann."

Ilka reichte ihm das leere Raki-Glas.

„Hast du noch einen für mich?"

Cem verschwand kurz in der Küche und kehrte mit einem vollen Glas und einem kleinen Teller voll Peperoni zurück. „Ich hätte nie gedacht, dass wir zwei eines Tages hier auf meiner Couch sitzen und Raki trinken."

„Ich auch nicht", entgegnete Ilka. „Aber um ehrlich zu sein, wäre ich jetzt doch lieber zuhause."

„Glaube ich dir sofort." Er hielt ihr die Peperoni entgegen. „Probiere die mal! Du findest nirgendwo bessere!" Als sie sah, wie er sich eine grüne Peperoni, ohne mit der Wimper zu zucken, in den Mund schob, griff sie auch zu. Sie biss hinein und im nächsten Moment glaubte sie, innerlich zu verbrennen. Tränen schossen ihr in die Augen. Sie trank ihr Glas in einem Zug leer, aber die Wirkung war gleich Null.

„Trinken ist nicht gut", bemerkte Cem trocken und reichte ihr ein Stück Fladenbrot. „Das ist besser!"

„Meine Fresse, sind die scharf", stieß Ilka hervor und stopfte sich das Brot in den Mund. „Wie kann man so etwas essen?"

Cem konnte sich kaum noch halten vor Lachen.

„Das war jetzt eine Grüne. Die sind ein bisschen schärfer." Ilka wischte sich mit dem Handrücken die Tränen aus den Augen.

„Boah, ich glaub' es nicht." Sie stopfte sich noch ein Stück Brot in den Mund, in der Hoffnung, dass das Brennen endlich nachlässt. „Willst du mich umbringen?"

„Nein."

„Mit diesen teuflischen Dingern hättest du es aber beinahe geschafft."

„Probiere mal die Roten! Die sind milder!"

„Nee, danke. Mein Bedarf an Peperoni ist für heute gedeckt."

Cem nahm sich eine der Roten und schob sie sich genüsslich in den Mund.

„Wenn ich diese Peperoni esse, muss ich immer an meinen Großvater denken. In seinem Garten standen leere Speiseölkanister als Abgrenzung auf der Terrassenmauer. Sie waren mit blühenden Blumen und kleinen Büschen bepflanzt, an denen rote und grüne Peperoni wuchsen. Das Zentrum des Gartens aber bildete eine uralte Pinie. Darunter stand eine blaue Holzbank, auf der mein Großvater immer saß. Später hingen dann die Peperoni auf Schnüre gezogen zum Trocknen an der Hausmauer. Darunter lag immer ein gelber Gartenschlauch, mit dem Großvater die Sträucher und Gemüsebeete wässerte."

„Dann habe ich genau genommen deinem Großvater diesen feurigen Genuss zu verdanken", bemerkte Ilka, als sie sich einigermaßen erholt hatte. „Aber dass die so sauscharf sind, wusstest du schon, oder?"

Cem grinste. „Ich wollte nur mal sehen, wie leidensfähig du bist." Sie versetzte ihm einen leichten Stoß in die Rippen.

„Vielen lieben Dank dafür. So ein Blödsinn kann auch nur dir einfallen!"

Cem hob entschuldigend die Hände in die Höhe.

„Sorry, war wohl doch ein wenig zu heftig. Aber die roten sind wirklich nicht schlimm. Ich liebe die Dinger, genau wie das Glas Raki dazu. Ich weiß, dass es nicht jedermanns Sache ist. Aber hast du nicht auch deine ganz speziellen Angewohnheiten?"

„Doch, klar", gab Ilka zu. „Das Glas Rotwein zum Runterkommen und die Zigarette auf der Terrasse kann ich mir einfach nicht abgewöhnen."

„Willst du das denn?" hakte Cem nach.

„Nein, nicht wirklich." Ilka schaute Cem von der Seite an. „Hast du eigentlich schon mal einen Joint geraucht?"

„Nee", kam es so schnell zurück, dass Ilka ihm das sogar glaubte. „Du?"

„Bleibt das unter uns?"

„Ehrenwort!"

„Es ist lange her und damit verjährt, klar?"

Cem grinste sie frech an.

„Klar."

„Ich habe damals mit meinem Freund in Berlin-Kreuzberg gewohnt. Ich war jung, so um die achtzehn. Eines

Abends waren wir bei Freunden eingeladen, genauer gesagt, waren es die Kumpels meines Freundes. Naja, wie das dann so ist. Erst ein paar Drinks, geile Musik und dann irgendwann fingen sie an, Joints zu rauchen. Ich wollte das nicht und habe abgelehnt." Ilka machte eine Pause, was Cem noch neugieriger machte.

„Jetzt mach es nicht so spannend. Was passierte dann?"

„Es war an diesem Abend bitterkalt und da dachte ich mir, ein heißer Kakao wäre jetzt das Beste. Eigentlich war's eine gute Idee, aber dann haben sie mir heimlich eine Prise Gras mit reingemischt."

„Und dann?"

Ilka rollte die Augen.

„Du glaubst gar nicht, wie schlimm das war. Auf dem Heimweg habe ich die dreifache Zeit gebraucht, weil ich jede Laterne umarmt habe, als wäre sie mein bester Freund. Ich war einfach nicht mehr ich selbst... völlig neben der Spur. Ich hätte nie gedacht, dass mich stink-normales Gras komplett aus der Bahn werfen würde. Naja, jedenfalls bin ich seit dem Abend quasi geheilt."

„Noch einen Raki vor dem Schlafengehen?"

„Danke, aber ein Glas Wasser wäre jetzt besser."

Während Cem eine Wasserflasche aus der Küche holte, beobachtete er, wie sich Ilka in Gedanken versunken mit ihren Fingern über die Wunde strich. Einem Außenstehenden würde es vermutlich gar nicht auffallen, aber Cem kannte sie so gut wie kaum jemand anderen. Als er wieder ins Wohnzimmer kam, zog sie die Hand rasch weg, doch ihr war klar, dass Cem es bemerkt hatte. Sie konnte nicht verhindern, wie sich eine Träne aus ihren Augen stahl und über die Wange hinab lief. Er rückte nah an sie heran und nahm sie in die Arme.

„Die Schüsse heute…", begann er leise. „Was ist dir da durch den Kopf gegangen?"

„Ich hatte Angst", antwortete Ilka ohne zu zögern. „Eine Scheißangst sogar."

„Willst du darüber reden?"

Ilka schaute Cem an.

„Ich habe gezittert, als ich die Waffe in der Hand hielt. Du hast es ja gesehen. Ich habe daran gedacht, wie ich reagieren würde, wenn mir wieder jemand mit einer Waffe gegenüber steht und es nur noch darum geht, wer als erste abdrückt. Beim letzten Mal habe ich noch Glück gehabt."

Obwohl sie dagegen ankämpfte, musste sie weinen. „Aber man hat nicht immer so viel Glück im Leben." Ihre Finger krampften sich ineinander. „Ich weiß nicht, wie es beim nächsten Mal sein wird, wie ich reagiere, wenn's wieder gefährlich wird. Vor dieser Ungewissheit habe ich Angst. Und es gibt nichts Schlimmeres in unserem Job, als Angst zu haben."

„Wenn du mich brauchst, bin ich für dich da. Okay?"

Sie schaute ihn mit rot geweinten Augen an. „Danke Cem. Aber bitte keinen Ton zu den anderen! Ich will nicht, dass alle hinter meinem Rücken über mich reden."

„Auch nicht zu Alim?", fragte er im Scherz, um sie ein wenig aufzuheitern.

„Ich erwürge dich eigenhändig, wenn du das tust."

„Das würdest du nicht tun."

„Oh doch, das werde ich. Verlass dich darauf." Sie blickten einander an und fingen dann an zu lächeln.

„Cem, sei mir bitte nicht böse, aber ich würde jetzt gern schlafen gehen. Okay?"

„Okay! Ich setz mir jetzt Kopfhörer auf, höre Tarkan und warte, bis du im Schlafzimmer verschwunden bist."

Ihre Lippen verzogen sich zu einem Lächeln.

„Richtige Antwort!"

„Die einzig mögliche", erwiderte er.

Kapitel 19

Am nächsten Morgen wachte Ilka weder von frischem Kaffeeduft oder dem Klingeln eines Weckers auf, sondern durch einen Anruf ihres Chefs höchstpersönlich. Er teilte ihr mit, dass Jana Landau gefunden wurde und dass sie lebe.

Sie schlüpfte rasch in ihre Jeans, zog ein T-Shirt an und lief ins Wohnzimmer.

„Cem, sie haben Jana gefunden!" Als sich auf der Couch nichts bewegte, trat sie näher.

„Hast du gehört? Jana ist wieder da."

Cem blinzelte sie aus schlaftrunkenen Augen an.

„Ja, hab ich", murmelte er und schlug die Wolldecke beiseite. „Du warst ja nicht zu überhören." Er bewegte sich langsam in eine aufrechte Position. „Das ist endlich mal eine gute Nachricht. Wie wäre es mit einem Kaffee?"

„Ich denke, du trinkst nur Tee?"

„Zum Aufwachen ist Kaffee besser." Er schlurfte in Boxershorts und T-Shirt in die Küche und füllte den Wasserkocher. „Wie geht's ihr?"

„Den Umständen entsprechend gut. Sie ist schon Mittwochnacht ins Stader Krankenhaus eingeliefert worden. Sie war nicht ansprechbar und hatte keine Papiere dabei. Daher hat es eine Weile gedauert, bis wir informiert wurden. Aber viel mehr wusste Patrick auch nicht." Cem reichte ihr einen Becher Kaffee.

„Das ging aber fix", bemerkte Ilka.

„Das ist löslicher Kaffee", grinste Cem. „Aber immerhin Bio und aus 100 Prozent Arabica-Bohnen."

Ilka lächelte ihn an. „Naja, wenn's Bio ist, muss es ja gut sein. Ich versuche gleich mal, Dr. Andresen zu erreichen. Er hat Jana untersucht. Ich möchte so schnell wie möglich mit ihr reden."

„Aber du fährst nicht allein", wandte Cem ein. „Ich musste unserem Chef versprechen, dass du nirgends ohne Begleitung hingehst. Und das weißt du auch, oder?"

Ilka gab sich geschlagen.

„Okay, ich rufe Lisa an."

* * *

Nachdem sie sich telefonisch das Einverständnis von Dr. Andresen geholt hatte, fuhr sie mit Lisa auf dem direkten Weg ins Krankenhaus.

Jana Landau waren die Torturen der vergangenen Tage deutlich anzusehen. Sie sah furchtbar blass aus und ihre Arme lagen mit verbundenen Handgelenken auf der Bettdecke.

„Frau Landau. Ich bin Ilka Hansen von der Kripo Stade, und das ist meine Kollegin Lisa Reinhardt. Fühlen Sie sich in der Lage, uns ein paar Fragen zu beantworten?"

„Ja." Sie schaute Ilka aus schmalen Augen an. „Ich werde es versuchen."

„Wie geht es Ihnen, Frau Landau?"

„Schon besser. Der Arzt meint, dass ich das Krankenhaus schon bald wieder verlassen kann."

Ilka zog einen Stuhl nah an ihr Bett, während Lisa es vorzog, im Hintergrund zu bleiben. Ilka setzte sich.

„Frau Landau, können Sie ..."

„Jana", unterbrach sie Ilka. „Nennen Sie mich einfach Jana."

Ilka nickte. „Jana, können Sie mir sagen, was passiert ist?"

„Wo soll ich anfangen?"

„Warum wurden Sie entführt? Was hat Ihr Vater damit zu tun?"

„Er hätte sich niemals auf diese Typen einlassen dürfen." Jana rieb sich mit beiden Handflächen übers Gesicht. „Vielleicht wäre er noch am Leben."

„Sie wissen, was mit Ihrem Vater passiert ist?"

„Ja. Es wurde in den Nachrichten darüber berichtet."

Ilka legte ihre Hand tröstend auf Janas Schulter.

„Es ist nicht Ihre Schuld, Jana. Wir gehen davon aus, dass die Kerle etwas zurückhaben wollten, was Ihr Vater nie oder nicht mehr hatte. Deshalb musste er sterben."

Jana sah Ilka mit geröteten Augen an.

„Ich kann es nicht beweisen, aber ich vermute, dass er wieder als Kurier unterwegs war."

„Sie wussten also von der Vergangenheit Ihres Vaters?"

„Meine Mutter hat mir damals nichts erzählt. Sie sagte nur, dass mein Vater uns verlassen hat und uns nicht mehr liebt. Ich habe das geglaubt, bis ich 14 oder 15 war. Aber dann wuchs in mir immer stärker das Verlangen, meinen Vater kennenzulernen. Anfangs habe ich versucht, ihn zu finden, ohne dass meine Mutter etwas bemerkte. Doch dann wurde mir das zu blöd. An meinem 18. Geburtstag habe ich ihr gesagt, dass ich meinen Vater kennenlernen will. Sie hat mich nur angestarrt und gesagt, dass sie keine Ahnung hätte, wo mein Vater sei. Aber ich habe ihr kein Wort geglaubt."

„Und dann?" fragte Ilka.

„Es dauerte noch eine ganze Weile, bis ich auf seine Spur kam. Es war eher zufällig. Ich hatte immer ein Faible fürs Internet. Ich möchte später mal irgendwas in der Richtung machen. Vielleicht Webdesign, Marketing oder so etwas Ähnliches. Naja, eines Abends habe ich eben die Homepage einer Spedition in Stade gefunden und der

Inhaber war ein gewisser Björn Landau. Ich bin einfach hingefahren und habe geklingelt. Und dann stand er in der Tür! Es war ein seltsames Gefühl, meinen Vater wiederzusehen. Aber irgendwie war es auch ein tolles Gefühl."

„Und dann hat er Ihnen erzählt, was damals passiert ist und warum er ihm Gefängnis saß?"

„Ja." Ihre Mundwinkel verzogen sich zu einem schwachen Lächeln. „Er wollte dieses Mal alles richtig machen und unseren Neubeginn nicht mit einer Lüge beginnen."

„Warum denken Sie, dass Ihr Vater wieder als Kurier tätig war?"

„Letzten Sonntagabend bin ich noch einmal zur Spedition gefahren. Ich brauchte noch ein paar Unterlagen für unsere neue Webseite. Da habe ich meinen Vater gesehen, wie er Kartons in seinen Lieferwagen trug. Er wirkte nervöser als sonst. Ich dachte zuerst, dass es die finanziellen Probleme wären. Aber ich hatte sofort das Gefühl, dass es nicht nur das sein konnte."

„Nach dem jetzigen Stand der Ermittlungen gehen wir davon aus, dass er erpresst wurde. Haben Sie eine Vermutung, womit er erpresst wurde?"

„Nein, mir gegenüber hat er nichts davon erwähnt." Sie griff nach dem Wasserglas und trank einen Schluck. „Ich habe ihn gefragt, was er da machen würde und er sagte, dass er noch einen Auftrag erledigen müsse. Ich wollte wissen, was in den Kartons ist, aber statt zu antworten, hat er mich fortgeschickt."

„Was geschah dann?"

„Ich bin ihm nachgefahren bis zum Rüstjer Forst. Ich wollte einfach wissen, warum er mich belügt."

„Haben Sie ihn dort angetroffen?"

„Nein. Ich habe es nicht bis zu ihm geschafft. Ich bin mit meinem Polo vom Weg abgekommen und habe mich festgefahren. Ich wusste ungefähr, wo der Lieferwagen meines Vaters im Wald verschwunden war. Also ging ich langsam auf die Stelle zu, wo ich die Rücklichter das letzte Mal gesehen habe. Aber die Kerle müssen bemerkt haben, dass ich meinem Vater gefolgt bin."

Ilka schrieb ein paar Notizen in ihren Block, bevor sie fragte: „Was passierte dann?"

„Ich erinnere mich nur noch, dass jemand seinen Arm um meinen Hals legte und zudrückte. Ich bekam kaum noch Luft. Dann drückte er mir eine Spritze in den Arm. Es ging alles so schnell. Ich hatte zunächst keine Ahnung, wohin sie mich gebracht haben. Ich wachte erst wieder in dieser muffigen Waschküche dieses Bauernhauses auf."

„Können Sie sich noch an den Zeitpunkt der Entführung erinnern?" Jana strich sich eine Haarsträhne hinters Ohr.

„Es muss so gegen 22 Uhr gewesen sein." Jana deutete auf die leere Wasserflasche. „Könnten Sie mir bitte eine neue Flasche holen?"

„Klar." Ilka verließ das Zimmer, kehrte nach kurzer Zeit zurück und füllte Janas Glas. Dann fragte sie Jana, ob ihr irgendetwas an den Männern aufgefallen sei.

„Am ersten Tag konnte ich mich kaum bewegen. Sie hatten mir meine Augen verbunden, geknebelt und mit Handschellen an diesen verdammten Ofen gefesselt." Tränen schossen ihr aus den Augen. Ilka ergriff ihre Hand, um sie zu trösten. „Erst am nächsten Tag haben sie mir die Augenbinde abgenommen. Sie waren maskiert und haben keinen Ton von sich gegeben."

„Können Sie die Männer beschreiben, oder ist Ihnen sonst irgendetwas aufgefallen?"

Jana schloss für Sekunden die Augen und versuchte den Kellerraum, so gut es ging, zu beschreiben.

„Mir ist draußen dieser Lichtwechsel aufgefallen. Mal hell, mal dunkel. Gerade am Nachmittag war es deutlich zu erkennen. Ich habe lange darüber nachgedacht, was das sein könnte und ich denke, dass es Schlagschatten einer Windanlage gewesen sein könnten."

„Haben Sie irgendeine Ahnung, wo das gewesen sein könnte?"

„Nein, bin erst in diesem Keller wieder aufgewacht."

Die Krankenschwester betrat das Zimmer.

„Frau Hansen, ich muss Sie jetzt bitten, zu gehen. Frau Landau braucht jetzt absolute Ruhe."

„Ja, ich bin gleich weg. Ich habe nur noch eine Frage. Geht das?"

„Ja, aber wirklich nur kurz." Noch während die Schwester das Zimmer verließ, fragte Ilka: „Was ist mit den Männern, Jana? Was ist Ihnen aufgefallen?" Jana atmete tief durch.

„Einer der beiden hat einmal seine Handschuhe ausgezogen. Er hatte eine Tätowierung auf dem Handrücken, eine Art Spinne oder so etwas Ähnliches."

„Rechts oder links?"

„Rechts", antwortete Jana sofort. „Ja, es war die rechte Hand."

„Gut, fällt Ihnen noch etwas ein? Auch wenn es nur eine Kleinigkeit ist, die Sie vielleicht für nicht so wichtig halten."

Sie hielt kurz inne.

„Ich habe gesehen, wie er sich in die Ecke der Küche verzogen hat, um ungestört zu telefonieren. Wie schon gesagt, hat er seine Handschuhe ausgezogen... vermutlich, um das Handy zu bedienen. Ich bin mir nicht sicher, aber es sah so aus, als hätte er sich an den alten Küchenschrank gelehnt und mit einer Hand an einen Türgriff gefasst."

Fingerabdrücke! schoss es Ilka sofort durch den Kopf. Hatten die Täter den entscheidenden Fehler begangen? Aber dafür mussten sie erst einmal das Bauernhaus finden, in dem Jana gefangen gehalten wurde.

„Ich danke Ihnen, Jana", sagte Ilka und legte ihre Visitenkarte auf den Nachttisch. „Rufen Sie mich an, wenn Ihnen noch etwas einfällt oder Sie Hilfe brauchen."

* * *

Ilka hatte gerade zusammen mit Lisa das Krankenhaus verlassen, als ihr Handy klingelte. Aus dem Augenwickel erkannte sie Anna Beringers Nummer.

„Anna, was gibt es?"

„Hat dich Dr. Andresen schon über Janas Untersuchung informiert?"

„Nein, wir haben nur kurz telefoniert."

„Gut, dann von mir eine kurze Zusammenfassung. Sie war stark unterkühlt und völlig verwirrt, als sie aufgefunden wurde. Sie hatte großes Glück, dass der Autofahrer so geistesgegenwärtig reagiert hat, sonst hätte er sie glatt überfahren. Sie hat an den Hand- und Fußgelenke starke Hautabschürfungen. Während die Abschürfungen an den Handgelenken wahrscheinlich von einem metallischen Gegenstand stammen, konnte ich an den Fußgelenken Faserspuren sicherstellen. Es handelt sich einwandfrei um ein ähnliches Kokosseil, mit dem ihr Vater gefesselt wurde. Es ist ziemlich grobfaserig und kann in jedem Baumarkt auf 50-Meter-Rollen gekauft werden."

„Es wird schwierig herauszufinden, wer so ein Seil wann und wo gekauft hat."

„Und noch etwas. Jana wurde vorher betäubt. Gamma-Hydroxybuttersäure. Ich habe einen Einstich an ihrem

214

rechten Arm entdeckt. Das Zeug wurde ihr injiziert. Es waren zwar nur noch geringe Mengen nachzuweisen, genau wie bei Björn Landau, aber immerhin."

„Gut, dann wissen wir wenigstens, warum sie mitten in der Nacht im Wald herumirrte. Jetzt müssen wir nur noch herausfinden, wie sie dahin gekommen ist und wer sie dort hingebracht hat."

„Tja, meine Liebe. Das ist dann wohl dein Job."

„Ja, sieht ganz so aus. Hast du sonst noch was?"

„Ja. Die DNA-Tests wegen Sophies Schwangerschaft sind da."

„Und?"

„Weder Felix Krohn noch Marek Wieczorek kommen für die Vaterschaft in Frage."

„Dann bleibt ja nur noch einer übrig."

„Du meinst Stefan Gruber?"

„Ja. Gleich Montagmorgen ist die Vernehmung. Ich bin ja mal gespannt, wie er darauf reagiert!"

* * *

Nachdem sie das Telefonat beendet hatte, wandte sie sich wieder Lisa zu. „So, ich werde jetzt in mein Exil zurückkehren."

„So schlimm?"

„Nein, mit dem einen oder anderen Glas Raki ist das schon okay. Die Wohnung ist halt nicht allzu groß.

„Raki wäre nichts für mich", gestand Lisa. „Ich mag das Zeug noch nicht mal riechen." Ilka stieg ins Auto und ließ den Motor an.

„Wenn du die Wahl hättest zwischen Raki und diesem salzigen Jogurtgetränk, würdest du auch Raki nehmen. Aber Cem gibt sich alle Mühe, damit ich mich wohl fühle. Heute Abend kocht er sogar für uns."

„Was gibt es denn Schönes?"

„Gesalzene Auberginenscheiben, mit Reis gefüllte Kürbisblüten und Lammkoteletts", erwiderte Ilka lächelnd.

„Hört sich lecker an", sagte Lisa. „Wenn wir den Fall aufgeklärt haben, werde ich ihn mal fragen, ob er auch etwas für mich kochen würde."

„Klar, warum nicht. Cem hätte sicher nichts dagegen. Er ist sowieso ganz verrückt nach dir."

„Und warum verhält er sich in letzter Zeit so reserviert? Wenn jemand verrückt nach mir ist, fühlt sich das anders an."

Ilka parkte in einer kleinen Parkbucht vor Cems Wohnung und stellte den Motor ab.

„Gib ihm noch ein bisschen Zeit. Zugegeben, er ist manchmal nicht ganz einfach, aber er ist ein toller Kollege und ein Freund, auf den man sich immer verlassen kann. Er war als Erster bei mir, als ich damals angeschossen wurde. Und er blieb, bis der Notarzt kam. Er hat versucht, die Blutung zu stoppen und mir immer wieder gesagt, dass ich durchhalten solle und dass ich es schaffen würde. So ein Moment verbindet, auch wenn ich das nicht noch einmal erleben möchte."

Ilka musste schlucken, als sie an diese Momente zurückdachte. Die Stille, die sich in diesem Moment zwischen ihnen ausbreitete, behagte beiden nicht und doch dauerte es noch einige Sekunden, bis Ilka endlich wieder das Wort ergriff.

„Ich erinnere mich noch gut an unseren ersten gemeinsamen Fall, eine verkohlte Frauenleiche in einem Heuschuppen. Das ging uns ganz schön an die Nieren. Irgendwann mussten wir dann mal raus aus dem Büro und sind zur Elbe gefahren. Wir hockten uns auf die Steine der Uferbefestigung und haben den vorbeiziehenden Schiffen zugeschaut. Irgendwann hat er mir dann von seinem Traum erzählt."

Lisa löste den Sicherheitsgurt und schaute Ilka von der Seite an. „Was für ein Traum?"

„Bleibt das unter uns?"

„Klar."

„Ein kleines Hotel, mit zwanzig Zimmern, einem Pool und einer Bar und das alles irgendwo in der Ägäis. Er möchte den Gästen gern sein Land zeigen, so wie es ursprünglich war! Seine Augen haben geradezu geleuchtet, als er davon erzählte."

„Hat er irgendwann vor, sich diesen Traum zu erfüllen?", wollte Lisa wissen.

„Keine Ahnung, aber vielleicht verrät er es uns ja eins Tages.

Kapitel 20

Der erste Weg an diesem Samstagmorgen führte Ilka und Lisa ins Stader Krankenhaus. Obwohl Jana Landau das Bett noch nicht verlassen durfte, schien es ihr schon deutlich besser zu gehen.

„Hallo Ilka. Schön, Sie wiederzusehen."

„Ist das ehrlich gemeint?"

Jana ließ ein kurzes Lächeln aufblitzen. „Ja, ich mag Sie auf jeden Fall lieber als die ziemlich rabiate Krankenschwester, die mich heute Morgen gewaschen und mir dann zwei ekelhafte Spritzen verpasst hat."

„Wie geht es Ihnen, Jana?"

„Noch ein wenig müde, aber es geht schon. Sie können also Ihre Fragen stellen. Deswegen sind Sie doch gekommen, oder?"

„Nicht nur, Jana", protestierte Ilka. „Ich freue mich, dass es Ihnen besser geht. Aber ja, natürlich bin ich hier, um noch ein paar Fragen zu stellen. Ich möchte den Mörder Ihres Vaters finden. Und ich denke, das wollen Sie auch."

„Okay, fragen Sie."

„Ist Ihnen nach unserem letzten Gespräch noch etwas eingefallen? Es mag nur eine Kleinigkeit sein, aber auch das könnte uns weiterhelfen."

„Die Spritze, die mir der Typ im Wald verpasste, war heftig. Ich war für mehrere Stunden völlig neben der Spur. Außerdem hatten sie mir ja die Augen verbunden. Aber am zweiten Tag hab ich schon einiges mitbekommen."

„Wie meinen Sie das?"

„Ich hatte das Gefühl, dass sie ein wenig leichtsinnig wurden. Sie nahmen mir die Augenbinde ab, als ich ihnen sagte, dass ich dringend zur Toilette müsste. Und einer der Typen hat ständig an mir herum gefummelt. Er konnte einfach nicht die Finger von mir lassen. Er hat meine Brüste angefasst, über meine Wange gestrichen und mit meinen Haaren herum gespielt."

Ilka unterbrach kurz. „Mit dem anderen meinen Sie den mit der tätowierten Spinne auf dem Handrücken, richtig?"

„Ja, er war eindeutig der Boss von den beiden."

„Fällt Ihnen noch etwas ein, Jana?", drängte Ilka vorsichtig. „Egal, was es ist."

Jana legte ihren Kopf ins Kissen und schaute gedankenverloren aus dem Fenster ihres Krankenzimmers.

„Ich bin mir nicht sicher, aber ich glaube, dass der Typ im Hintergrund ein Foto von mir gemacht hat, bevor er angefangen hat, zu telefonieren. Ich weiß nicht, was er damit wollte, aber wäre er nicht da gewesen, hätte es für mich viel schlimmer ausgehen können." Jana verstummte. Von einer Sekunde auf die andere schienen sich die schrecklichen Erinnerungen wieder in ihr Bewusstsein zu drängen. Sie presste ihre Lippen zusammen und sah Ilka aus feucht schimmernden Augen an. „Ich werde sein Gesicht nie vergessen", sagte sie leise. „Seine kalten Augen… das Böse in seiner Stimme… nichts werde ich je vergessen." Ihre Stimme bebte, als würde ihr jedes Wort unendlich schwer fallen. „Wie können Menschen nur so grausam sein. Können Sie mir das sagen?"

Ilka wechselte einen kurzen Blick mit Lisa, die genauso mit ihren Gefühlen zu kämpfen hatte, wie sie selbst. Janas Worte erinnerten sie wieder an die Qualen, die Björn Landau und Marek Wieczorek über sich ergehen lassen mussten.

„Nein, das kann ich Ihnen leider nicht sagen." Ilka spürte, dass sie die Vernehmung an dieser Stelle abbrechen musste. Sie nahm eine ihrer Visitenkarten aus der Tasche und legte sie neben das Wasserglas auf den Beistelltisch.

„Wenn irgendetwas ist, ganz egal, was es ist und wann es ist, rufen Sie mich bitte an, versprochen?"

Jana nickte, ohne einen Ton von sich zu geben.

* * *

Als Ilka und Lisa kurz nach elf die Polizeiinspektion betraten, wurden sie bereits sehnsüchtig von der Kollegin Brandauer aus der Notrufzentrale erwartet.

„Gut, dass ihr da seid", stöhnte sie auf. „Ich habe versucht euch zu erreichen. Wo wart ihr solange?"

„Wir haben noch kurz bei Jana Landau vorbeigeschaut", sagte Ilka fast entschuldigend, denn normalerweise war Christina Brandauer die Ruhe in Person, die nichts aus der Fassung bringen konnte. „Ich wollte einfach nochmal nachfragen, wie es ihr geht. Aber sag du mir mal, was mit dir los ist. So kenne ich dich ja gar nicht."

„Du hast Besuch und zwar einen ziemlich anstrengenden."

„Wer ist es?"

„Cem's Mutter!"

Ilka riss die Augen auf. „Was? Seine Mutter ist hier? Die sollte doch erst heute Abend ankommen?"

„Tja, da ist dann wohl was schiefgelaufen."

„Weiß Cem schon Bescheid?"

„Ich habe ihn noch nicht erreicht."

„Okay, danke Christina. Wo ist sie?"

„Im Vernehmungsraum."

220

„Du hast Cems Mutter in den Vernehmungsraum geschickt?"

„Das war der Ort, an dem sie am wenigsten anrichten kann", antwortete Christina lapidar. „So, ab jetzt ist es euer Fall. Ich bin dann mal weg!"

* * *

„Hallo Frau Kayaoğlu. Willkommen in Stade", sagte Ilka, als sie den Raum betrat. „Schön, Sie endlich kennenzulernen."

„Sie müssen Ilka Hansen sein", sagte sie. „Mein Sohn hat schon viel von Ihnen erzählt."

„Hoffentlich nur Gutes", erwiderte sie. „Warten Sie, ich helfe Ihnen."

Ilka reichte ihr die Hand, um ihr beim Aufstehen zu helfen, aber sie winkte ab. Sie drückte sich mit den Armen von dem Stuhl hoch. „Manches ist nicht mehr so einfach in meinem Alter, aber bis hierher habe ich es ja geschafft."

Seyyar Kayaoğlu trug ein buntes Kopftuch, einen schwarzen, knöchellangen Rock und eine weiße Bluse. Ihre Bewegungen wirkten gehemmt, als wollte sich der Körper den Befehlen des Gehirns widersetzen. Ihr Gesicht war von Wind und Wetter gegerbt, tief gebräunt, mit schmalen abschätzenden Augen.

Ilka brachte sie ins Büro und setzte sie auf Cems Stuhl.

„Das ist meine Kollegin Lisa Reinhardt."

Seyyar schenkte ihr ein warmherziges Lächeln.

„Sind Sie die Freundin meines Sohnes?" Die Frage kam so unvermittelt, dass sich Lisa beinahe an ihrem Tee verschluckt hätte.

„Nein, das bin ich nicht", antwortete Lisa mit einem irritierten Blick zu Ilka. „Tut mir leid."

221

„Schade", antwortete die alte Dame. „Sie würden ganz gut zu ihm passen. Wo ist Cem eigentlich?"

„Cem hat heute frei", erklärte Ilka ihr. „Normalerweise wollte er Sie vom Flughafen abholen. Er hat mir erzählt, dass Sie erst heute Abend ankommen."

„Ich habe es gestern erst erfahren, dass ich umgebucht wurde. Erst habe ich meinen Sohn nicht erreicht und später habe ich es vergessen."

Ilka bot ihr einen Tee an, doch sie lehnte dankend ab.

„Woher können Sie so gut Deutsch."

„Wir haben über zwanzig Jahre in Deutschland gelebt. Mein Mann hat hier gearbeitet, auf einer Bootswerft. Als Yusuf in Rente ging, kehrten wir nach Istanbul zurück." Sie seufzte kurz, als würde sie es bereuen. „Manchmal wird mir der Trubel dort zu viel. Man wird ja nicht jünger."

„Da haben Sie recht", sagte Ilka und wandte sich an Lisa. Kannst du dich einen Moment um Frau Kayaoğlu kümmern? Ich versuche mal, Cem zu erreichen." Bevor sie mit ihrem Handy das Büro verließ, konnte sie es sich nicht verkneifen, Lisa ins Ohr zu flüstern: „Ihr würdet wirklich ein tolles Paar abgeben. Mütter spüren das!"

* * *

Ilka benötigte drei Anrufe, bevor sie Cem erreichte. Sie hätte sich denken können, dass er sich wieder bei seinem Gemüsehändler Alim aufhielt.

„Cem, ich habe eine Überraschung für dich!"

„Hört sich nicht gut an."

„Du hast Besuch."

„Von wem?"

„Von deiner Mutter!"

„Meine Mutter ist hier?" Cem schnappte hörbar nach Luft. „Wo ist sie?"

„Sie sitzt bei uns im Büro, auf deinem Stuhl."

„Das ist nicht dein Ernst, oder? Wie ist sie hierhergekommen?"

„Mit der S-Bahn direkt vom Flughafen. Wie denn sonst?"

„Nicht zu fassen. Ich bin in fünfzehn Minuten da."

* * *

Cem brauchte sogar nur zwölf Minuten, bevor er ins Büro kam und seiner Mutter gegenüberstand.

„Maşallah! Bist du es wirklich?" Seyyar Kayaoğlu hielt sich die Hand vor den Mund und ihre Augen wurden größer und größer.

Sie lief direkt auf ihn zu und drückte ihn fest an sich. „Lass dich anschauen, Cem." Sie trat ein paar Schritte zurück, um ihn genau zu betrachten. „Du siehst gut aus, mein Sohn." Sie schien vor Freude ganz nah an einem Weinkrampf zu sein. „Du musst mir alles zeigen, Cem."

„Yavaş, Yavaş", versuchte Cem die Sache zu beruhigen. „Mama, nicht so schnell."

Ilka bedeutete Cem, ihr auf den Flur zu folgen. „Was hast du jetzt vor? Sie wollte dich schon mit Lisa verkuppeln. Wenn sie erfährt, dass ich vorübergehend bei dir wohne, dann bist du in Erklärungsnot. Das ist ein sehr ungünstiger Zeitpunkt für ihren Besuch."

„Ich weiß, das ist jetzt blöd, aber ich konnte ja nicht ahnen, dass es so kommen würde."

„Gut, was hast du jetzt mit ihr vor?"

„Ich habe ihr ein Pensionszimmer in der Altstadt besorgt", sagte er. „Und wenn ich arbeiten muss, kümmert sich Alim um sie. Er hätte sicher nichts dagegen, dass sie ihm ein wenig Gesellschaft leistet."

„Du willst deine Mutter bei Alim parken?" Ilka stellte sich gerade vor, wie ihre Mutter auf dieses Angebot reagieren würde. Ilka zuckte mit den Achseln. „Gut, wie du meinst, aber dein Plan, ihr alles auf der Rückfahrt zu beichten, ist jetzt wohl im Eimer."

„Ja."

„Und wie sieht Plan B aus?"

„Keine Ahnung."

„Okay, mir ist egal, wie du das löst. Aber halte deine Mutter bitte von der Inspektion fern. Christina von der Notrufzentrale wird es dir danken. Und versuche bitte nicht, deiner Mutter irgendetwas vorzugaukeln. Sag ihr einfach, dass es aus ist zwischen dir und Anna und du im Moment Single bist. Warum ist eigentlich dein Vater nicht mitgekommen?"

„Er ist nicht mehr so gut auf den Beinen. Ein Flug wäre zu anstrengend gewesen."

Ilka dachte kurz an Seyyar Kayaoğlu, die auch nicht mehr allzu gut unterwegs war.

„Aber so alt können deine Eltern doch noch gar nicht sein. Du bist doch erst vierunddreißig."

„Meine Mutter hatte früh eine Fehlgeburt. Danach hat sie sich viele Jahre nicht getraut, schwanger zu werden. Erst mit Mitte dreißig haben sie es dann noch mal gewagt. Und wie du siehst, ist es gut gegangen." Ein leichtes Grinsen huschte über sein Gesicht. „So und jetzt werde ich mir mal meine Mutter schnappen und euch erlösen. Bis später."

Kapitel 21

Ilka hatte gerade ihre Jacke an die Garderobe gehängt und ihr Handy ans Ladegerät angeschlossen, als Anna anrief.

„Was machst du denn schon so früh auf der Arbeit?"

„Das Gleiche habe ich den Kollegen aus dem Labor auch gefragt", erwiderte Anna. „Ich habe gerade das Ergebnis des Abgleichs der Hautzellen bekommen, die wir auf Sophie Degenhardts Nachthemd und auf dem Kissen gefunden haben."

„Und was ist dabei herausgekommen?"

„Ein Treffer. Die DNA von Felix Krohn stimmt mit der sichergestellten DNA überein. Die von Marek Wieczorek leider nicht. Auch die Blut- und Urinuntersuchung sowie die Haar- und Gewebeproben haben nichts Besonderes ergeben. Es wurden weder Spuren von Medikamenten, noch Alkohol und erst Recht keine Drogen gefunden."

„Damit brauche ich gar nicht erst zum Staatsanwalt gehen. Krohn hat ja keinen Hehl daraus gemacht, dass er eine Affäre mit ihr hatte und regelmäßig dort war."

„Zumindest in diesem Punkt hat er nicht gelogen", bestätigte Anna. „Die Sperma- und Speichelproben, die der Toten entnommen wurden, konnten Felix Krohn eindeutig zugeordnet werden. Da wir keine nennenswerten Hautzellen oder andere Partikel unter ihren Fingernägeln gefunden haben und auch keine erkennbaren Abwehrspuren festgestellt werden konnten, gehe ich davon aus, dass der Geschlechtsverkehr einvernehmlich war. Selbst am Tag ihres Todes." Ilkas Miene verfinsterte sich.

„Uns rennt die Zeit davon und, um ehrlich zu sein, wir haben nichts in der Hand."

„Du hast nur noch nicht den Richtigen erwischt", erwiderte Anna. „Wir haben noch eine DNA, die wir bisher nicht zuordnen konnten. Der Täter muss sie zurückgelassen haben, als er sie erstickte."

„Wie sicher ist dieser Abgleich der Hautzellen eigentlich?", wollte Ilka wissen.

„Sehr sicher", versicherte Anna. „Es ist quasi ein genetischer Fingerabdruck. Jeder Mensch hinterlässt Spuren, die ausgewertet werden können. Es handelt sich hier um biologisches Material wie Blut, Speichel, Sperma, Hautschuppen, Haare…"

„Danke, Anna", unterbrach Ilka. „Ich glaube, das reicht mir fürs Erste. Ich habe vielleicht gerade die fehlende DNA im Vernehmungszimmer sitzen."

„Okay, dann viel Glück!"

* * *

Von dem Augenblick an, als Ilka den Vernehmungsraum betreten hatte, hatte Stefan Gruber es nicht geschafft, den Blickkontakt mit ihr aufzunehmen. Er war ein unscheinbarer Typ mit kurz geschorenen Haaren und auffallend blasser Gesichtsfarbe, als würde er die meiste Zeit des Tages in geschlossenen Räumen verbringen. Ilka hatte selten jemanden gesehen, der nervöser war als er. Gruber zupfte ständig an seinem marineblauen Sweat-Shirt herum und starrte überall hin, nur nicht zu ihr. Ilka setze sich und legte die Akte von Sophie Degenhardt vor sich hin.

„Herr Gruber, wissen Sie, warum Sie hier sind?"

„Nein."

„Sie haben uns angelogen. Sie waren nach Ihrer Trennung noch einmal bei Sophie Degenhardt."

„Wie kommen Sie darauf?"

„Es gibt eine Zeugin, die Sie vor Sophies Wohnung gesehen hat. Dabei soll es auch zu einem heftigen Streit gekommen sein. Was sagen Sie dazu?"

„Ja, okay", druckste er herum. „Ich war da. Aber wir haben uns nicht gestritten."

„Warum waren Sie noch einmal bei ihr?"

„Ich wollte noch einmal mit ihr reden. Ich wollte, dass sie noch einmal über uns nachdenkt. Außerdem wollte ich sie davon abhalten, diesen verdammten Artikel zu veröffentlichen."

„Um was ging es in diesem Artikel?"

„Gelesen habe ich ihn nicht, aber ich bin mir sicher, dass es um Drogen ging. Sie glaubte, Beweise zu haben, wer mit diesem Zeug dealt und wer einer der Hintermänner ist. Ich wollte sie überreden, es nicht zu tun. Ich habe auf sie eingeredet, es zu lassen, weil es viel zu gefährlich ist."

„Und wie hat sie darauf reagiert?"

„Sie wollte nichts davon hören und hat mich gebeten zu gehen."

„Das muss Sie doch fürchterlich geärgert haben", fragte Ilka bewusst provokant.

Er drückte die Finger in die Innenflächen seiner Hände. „Was wollen Sie damit andeuten?" Ilka wechselte das Thema anstatt zu antworten.

„Wussten Sie, dass Sophie schwanger war?"

„Nein... oh Gott... nein, das wusste ich nicht." Er starrte sie mit großen Augen an, als wäre sie ein Wesen aus einer fremden Welt.

„Ich frage Sie mal ganz direkt, Herr Gruber. Sind Sie der Vater?"

„Nein, das kann nicht sein. Unmöglich."

„Warum sind Sie sich da so sicher? Sophie war in 12. Woche. Sie haben sich vor ungefähr drei Monaten getrennt. Es wäre also durchaus möglich, dass es in diesem Zeitraum passiert ist."

Als er nichts erwiderte, fuhr Ilka fort: „Warum haben Sie sich wirklich getrennt? Haben Sie meine Kollegin in diesem Punkt auch belogen?" Er schüttelte vehement den Kopf.

„Nein, das habe ich nicht. Sie sagte, dass ihr alles über den Kopf wachse und dass sie jetzt erst mal Zeit für sich selbst brauche, um alles wieder in den Griff zu bekommen."

„Und Sie haben es einfach so hingenommen?"

Er zuckte nur mit den Schultern.

„Herr Gruber, wo waren Sie am Mittwochabend, so zwischen 20 und 22 Uhr?"

„Zuhause."

„Kann das jemand bezeugen?"

„Nein, ich war den ganzen Abend allein."

„Das ist schlecht", sagte Ilka.

„Sind Sie nie allein zuhause?", fauchte er zurück.

„Doch, das schon. Nur mit dem Unterschied, dass ich nicht unter Mordverdacht stehe."

Ilka erkannte an seinem Gesichtsausdruck, wie die Hoffnungslosigkeit in Wut umschlug und im nächsten Augenblick haute er mit der Faust auf den Tisch.

„Ich war es nicht, verdammte Scheiße. Ich habe sie geliebt und ich bringe niemanden um, den ich liebe!"

Ilka strich geradezu liebevoll mit den Fingerspitzen über die Akte.

„Herr Gruber, Sie glauben ja gar nicht, wie oft dieser Satz schon in Vernehmungen gesagt worden ist und wie oft dieser Satz schlicht und einfach eine Lüge war. Liebe ist eines der stärksten Mordmotive überhaupt." Ilka schaute ihm direkt in die Augen.

„Und Sie wissen wirklich nicht, an welcher Story Sophie konkret dran war?" Wieder kam nur ein Kopfschütteln als Antwort.

Ilka schob ihm ein Foto von Felix Krohn entgegen.

„Haben Sie diesen Mann schon einmal gesehen?"

„Nein."

„Und diesen?" Sie hielt ihm das Foto von Marek Wieczorek vors Gesicht.

Er stutzte. „Den kenne ich. Ich habe ihn auf der Straße gesehen, vor ihrer Wohnung. Ich erinnere mich genau!"

„Sind Sie einverstanden, uns eine Speichelprobe zu geben?"

„Wozu brauchen Sie die?", fragte er leise. In seinem Blick lag etwas Schuldbewusstes. Es schien so, als fühlte er sich für ihren Tod verantwortlich.

Ilka beugte sich über den Tisch und sah ihm fest in die Augen.

„Herr Gruber, ich sage Ihnen jetzt mal was. Und ich sage es nur einmal. Haben Sie mich verstanden?"

Er nickte kaum wahrnehmbar.

„Ich habe keinen Bock mehr, ständig um etwas zu betteln. Wenn Sie mir nicht innerhalb von einer Minute die Probe geben, dann werden Sie die Nacht in Untersuchungshaft verbringen. Und wenn es sein muss, auch zwei. Das darf ich nämlich, und es liegt ganz bei Ihnen, ob ich es auch tue oder nicht. Also was ist jetzt?"

Ilka hoffte, dass er etwas erwidern würde, doch er schaute nur starr vor sich hin und nickte.

„Okay", sagte Ilka und tauschte einen kurzen Blick mit Cem aus, der die letzten Minuten der Vernehmung mitverfolgt hatte. „Wenn Sie die Probe abgegeben haben, können sie gehen, Herr Gruber. Wir melden uns, wenn wir noch weitere Fragen haben."

* * *

„Was denkst du?", fragte Cem, während sie über den Flur zurück ins Büro gingen. „Traust du ihm einen Mord zu?"

„Schwer zu sagen. Er hat ihr vor der Wohnung aufgelauert, seine Fingerabdrücke haben wir sichergestellt und ein Alibi hat er auch nicht." Aber es war einfach ein Bauchgefühl, das ihr sagte, dass er Sophie nicht umgebracht hatte. „Das ist mir alles zu einfach."

„Und wenn er im Affekt gehandelt hat? Wenn er einfach ausgerastet ist, als ihm klar wurde, dass es endgültig vorbei war. Was ist, wenn er doch von der Schwangerschaft wusste?" Cem stellte den Wasserkocher an. „Da weder Krohn noch Wieczorek als Vater in Frage kommen, liegt es nahe, dass es sein Kind ist. Als werdender Vater verlassen zu werden, ist eine extreme Situation und es würde mich nicht wundern, wenn er daraufhin ausgetickt ist."

„Gut, ob Gruber jetzt wirklich der Vater ist, werden wir schnell wissen. Seine DNA haben wir ja jetzt. Aber du hast ihn doch auch gesehen. Er ist völlig durch den Wind. Er hat sie geliebt und hätte alles für sie getan. Ich glaube nicht, dass er fähig ist, sie zu töten. Das traue ich ihm einfach nicht zu."

Cem füllte Schwarztee in ein Sieb und goss heißes Wasser darüber. „Ich frage mich, an welcher Story Sophie dran war. Vielleicht ist es brisanter, als wir bisher dachten. Dieser ominöse Artikel, die Beziehungen zu Krohn und Wieczorek und dann ihr Ex-Freund Gruber, das passt irgendwie alles nicht zusammen."

„Weißt du, was ich mich die ganze Zeit frage, Cem?"

„Erzähl es mir!"

„Warum hat sie erst drei Monate, nachdem sie mit Felix Krohn was angefangen hat, mit ihm Schluss gemacht?

Was ist, wenn Gruber etwas von ihrer Beziehung zu Felix Krohn mitbekommen hat?"

„Möchtest du auch ein Glas?"

„Ja gern."

„Ilka, wir sind immer nur davon ausgegangen, dass dieser Artikel irgendetwas mit Drogen zu tun hat. Vielleicht hat sie ja auch etwas über ihren Politiker erfahren, was niemals an die Öffentlichkeit kommen darf. Dann wäre auch Felix Krohn wieder einer unserer Verdächtigen!"

Ilka nahm einen Schluck von dem Tee und schaute Cem direkt in die Augen.

„Wir haben absolut nichts, was uns im Fall Sophie Degenhardt weiterbringt!" Sie ging zum Fenster und schaute hinaus in die Ferne. „Und was die Morde an Björn Landau und Marek Wieczorek angeht, haben wir auch nicht die leiseste Spur. Landaus Drogenvergangenheit, der Anruf, von dem Susanne Theis erzählt hat, und seine nächtliche Fahrt in den Rüstjer Forst… alles deutet darauf hin, dass er wieder als Drogenkurier angefangen hat! Und das Zeug, das wir in der Wohnung von Wieczorek gefunden haben, lässt auch darauf schließen, dass Marek deshalb umgebracht wurde. So weit, so gut, nur wer hat Landau an dem Abend angerufen und was wollte er von ihm? Wenn es sich tatsächlich um eine Erpressung handelt, um was ging es da? War seine Tochter Jana doch der Grund?"

„Ja, das könnte sein. Dein Kollege aus Berlin hatte doch auch so eine Vermutung, dass diese Typen damals damit gedroht haben, seiner Tochter etwas anzutun, wenn er nicht mitmachen würde", spekulierte Cem. „Und uns ist doch auch schon der Gedanke gekommen, dass es auch dieses Mal etwas mit Jana zu tun haben könnte."

In diesem Moment ging die Bürotür mit einem Ruck auf und Lisa und Kai erschienen auf der Bildfläche.

„Hey Leute, es sieht so aus, als hätten wir das Bauernhaus gefunden. Einer Zeugin ist ein großer, silberner
Geländewagen aufgefallen, der öfter dort parkte, obwohl
das Haus seit einem Jahr unbewohnt ist."

„Sehr gut", erwiderte Ilka. „Lisa, du fährst mit mir, und
Cem nimmt Kai mit. Vorausgesetzt, seine Karre spring
ausnahmsweise mal an." Ilkas Augenzwinkern kommen-
tierte Cem mit einem „Sehr witzig" und verließ mit Kai
das Büro.

* * *

Auf der Fahrt zum Bauernhaus wollte Lisa wissen, wie
das Wochenende mit Cem und seiner Mutter verlaufen
ist.

„Wie soll es schon gewesen sein. Ich habe ein erlebnis-
reiches Wochenende mit gerösteten Kichererbsen, Sonnenblumenkernen und schwarzem Tee verbracht. Okay,
es gab auch noch Lammkoteletts, die zugegeben sehr
lecker waren und den obligatorischen Raki, um das alles
zu ertragen."

Lisa schmunzelte. „Dann war die Mama also da."

„Ja, wo denn sonst? Sie kennt ja sonst niemanden."

„Das ganze Wochenende?"

„Abends ja. Tagsüber war sie Gott sei Dank mit Cem
und Alim unterwegs."

„Wie hat sie es aufgenommen, dass Cem und Anna
kein Paar mehr sind?"

„Erstaunlich gefasst", erinnerte sich Ilka. „Vermutlich
kennt sie ihren Sohn besser, als er sie. Einmal, als Cem
in der Küche war, verriet sie mir, dass sie es schon lange
geahnt hatte. Sonst wäre er mit seiner Liebsten längst
nach Istanbul gekommen, um sie vorzustellen."

„Na, dann ist doch alles ganz gut gelaufen, oder?"

„Ja, kann man sagen. Ich weiß jetzt jedenfalls genau, wo die grünen Peperoni herkommen, die mich fast umgebracht hätten. Seyyar hat mir alles bis ins kleinste Detail erklärt. Vom weißgestrichenen Haus mit dem rotem Schindeldach, den Olivenbäumen mit den scharrenden Hühnern darunter, den Gemüsebeeten und vieles mehr. Am Ende des Abends hat sie mich in den Arm genommen und gesagt: ‚Dağ dağa kavuşmaz, insan insana kavuşur!' Das heißt übersetzt: ‚Berge kommen nicht zusammen, aber Menschen!' Und damit liegt sie gar nicht so falsch."

„Aber sie hat nicht bei euch übernachtet, oder?"

„Nein, natürlich nicht. Cem hat ihr ein Taxi gerufen. Am Anfang war sie ziemlich irritiert, als sie erfuhr, dass ich vorübergehend bei Cem wohne und warum ich bei ihm war, aber dann hat sie sich damit abgefunden."

„Sie hat dich schon ein wenig beeindruckt, oder nicht?"

„Ja", erwiderte Ilka ohne nachzudenken. „Cems Mutter ist eine liebe, warmherzige Frau. So wie man sich eine Mama vorstellt. Mit einem großen Herz und mit einer grenzenlose Liebe zu ihrem Sohn."

* * *

Ilka steuerte ihren Fiat über die geschotterte Auffahrt und parkte den Wagen neben der grob gemauerten Garage, die von der Straße aus nicht zu sehen war.

Das Bauernhaus war im Fachwerkstil erbaut, aber sowohl an den ehemals weißen Holzbalken als auch an den Fenstern war die Farbe bereits an vielen Stellen abgeplatzt. Auch das graue Schindeldach hatte seine beste Zeit längst hinter sich und wies vor allem im hinteren Bereich bedenkliche Lücken auf. Insgesamt wirkte das gesamte Anwesen marode und heruntergekommen, als hätte hier seit Jahren jemand gelebt, der entweder kein Interesse an der Instandhaltung des Anwesens hatte oder einfach nicht das Geld besaß, es zu tun.

Ilkas Blick wanderte zur Obstplantage, die direkt hinter der Garage begann. Sie hatte nicht viel Ahnung, was den Obstanbau betraf, aber selbst sie erkannte, dass sich auch hier der Zerfall des gesamten Anwesens fortsetzte. Das tote Holz der Bäume, das kniehohe Gras und die Brennnessel deuteten darauf hin, dass hier schon lange nichts mehr getan wurde. Lisa zog die Stirn kraus.

„Das ist mit Sicherheit nicht die Art von Haus, in dem ich gern leben würde."

„Warum steht das Haus leer?", fragte Ilka. „Wem gehört es?"

„Ich habe das mal überprüft. Das Anwesen gehörte Walter Bormann. Er ist vor gut einem Jahr im Alter von 87 Jahren verstorben. Er besaß nur eine Mindestrente und hat schließlich nur noch in seiner eigenen Welt gelebt. Seine Frau starb vor fünf Jahren, danach ging es stetig mit ihm bergab. Am Ende lebte er mit zahllosen Katzen und ließ niemanden mehr an sich heran. Bis zu seinem Tod kam dreimal in der Woche ein Pflegedienst vorbei, um nach ihm zu schauen. Soweit ich bis jetzt herausgefunden habe, gibt es im Moment einen Streit zwischen den Erben."

„Respekt! Wie hast du so schnell rausgefunden?"

Lisa lächelte. „Die Zeugin, die uns den Hinweis gegeben hat, war sehr gesprächig und sie kennt so gut wie jeden in der Gegend, obwohl das Gebiet nicht gerade dicht besiedelt ist. Und natürlich kannte sie auch die Mitarbeiterin des Pflegedienstes, die Bormann bis zu seinem Tod betreut hat. Die Dame ist also bestens informiert."

„Was war das für ein Streit zwischen den Erben?", fragte Ilka nach.

„Die leben in Hamburg, Bremen und sogar in Frankfurt. Sie können sich nicht einigen, was aus dem Bauernhaus werden soll. Der eine möchte es gern behalten, kann die anderen aber nicht auszahlen und die anderen beiden wollen verkaufen, und das geht nur wenn alle Beteiligten einverstanden sind. Fakt ist, dass dieses Anwesen seit einem Jahr leer steht. Also ein idealer Unterschlupf für die Verbrecher!"

„Tolle Arbeit, Lisa", sagte Ilka. „Jetzt schauen wir uns erstmal den Keller an."

Sie gingen auf das grün gestrichene Scheunentor zu, das so breit war, dass locker zwei Autos nebeneinander reinfahren konnten. Ilka öffnete eine der beiden Flügeltüren, betrat die Diele und steuerte geradewegs auf eine Treppe zu, die nach unten führte. Das musste der Weg in die Waschküche sein, in der Jana gefangen gehalten wurde. Ilka drängte sich an einem Stapel alter Holzkisten vorbei zur Tür und, als sie den muffigen Raum betrat, wusste sie, dass es der Ort war.

Es war genauso, wie es Jana beschrieben hatte. Der Schimmel an den Wänden, die wurmstichigen Holzbohlen und die Mosaiksteinchen des Fußbodens, der Ofen und der alte Küchenschrank. Ilka schaltete das Licht an, obwohl der Raum dadurch nicht wesentlich heller wurde. Die ovale Wandlampe im Metalldrahtgitter war so verdreckt, dass kaum Licht in den Raum drang. Ilka wandte sich Hilfe suchend um, als auch schon die Scheinwerfer der Spurensicherung den Raum grell ausleuchteten.

„Thomas", rief sie. „Kommst du bitte." Als er prompt in der Tür erschien, deutete sie auf den Küchenschrank. „Schau dir bitte den Küchenschrank genau an. Auch die Griffe. Jana glaubt, dass einer der Entführer den Griff berührt hat, während er telefonierte. Wenn wir Glück haben, sind da die Fingerabdrücke von einem der Entführer drauf."

„Ich schaue mir grundsätzlich alles genau an", erwiderte Thomas sofort. „Das ist mein Job!" Ilka berührte seinen Arm.

„Ich weiß, Thomas. Entschuldigung." Sie warf einen Blick auf die Fenster. Tatsächlich veränderte sich das Licht, wie Jana beschrieben hatte. Immer wenn die tief stehende Sonne durch die Wolken brach, wechselte es zwischen hell und dunkel. Ilkas Blick wanderte zu der Holztreppe, die von der Waschküche direkt ins nächste Geschoß hinaufführte. Ilka ging langsam die Treppe hinauf, die in einem langen, schmalen Flur endete. Auch hier bot sich ihr ein Bild des Verfalls. Alte Tapeten an den Wänden, eine Menge Türen, die schon seit langem neue Farbe vertragen könnten und ein abgetretener grauer Teppich.

Ilka ging durch die erste Tür, die einen Spalt breit offen stand und ins Wohnzimmer führte. Sofort stieg ihr ein ekelhafter Geruch von Katzenkot in die Nase. Sie öffnete die nächsten Türen, doch überall bot sich ihr das gleiche Bild, und es roch überall gleich. Trotz der Übelkeit, die in ihr aufstieg, schaute sie sich genauer um. Irgendwo musste doch ein Hinweis auf Janas Entführer sein. Doch nirgendwo wurde sie fündig. Einer der letzten Räume diente offensichtlich als Abstellraum. Dort stapelten sich eine Menge von Kartons, Farbeimer, Tapeten- und Teppichreste.

Ilka wollte sich gerade wieder abwenden und den Raum verlassen, als sie durch Zufall eine Zigarettenkippe entdeckte, die zwischen zwei Kartons gerutscht war. Sie zog sich die Latex-Handschuhe an, nahm die Kippe auf und ließ sie in eine Plastiktüte fallen.

Ilka betrat noch einen weiteren Raum, der offenbar als Wohnzimmer diente. Das abgewetzte Sofa war notdürftig mit einer Wolldecke belegt, genauso wie der Sessel. Davor stand ein Monster von Tisch aus schwerer Eiche, der komplett mit Zeitungen, leeren Flasche und anderem Gerümpel voll gepackt war. Ilkas Blick fiel auf den alten Holzofen, der schon lange seinen Dienst aufgegeben hatte. Zumindest erweckte er nicht den Eindruck, als könnte er noch funktionieren. An den Spinnweben, die sich überall im Haus ausgebreitet hatten, hatte sich Ilka allmählich gewöhnt, nicht aber an den Gestank von Katzenurin, der auch in diesem Raum über allem hing.

„Hier bist du", hörte sie Lisa sahen. „Ich habe dich schon überall gesucht."

„Ja, ich bin hier", antwortete Ilka, obwohl dies der letzte Ort auf Erden war, an dem sie jetzt sein wollte.

„Das ist eine ziemliche Bruchbude", stellte Lisa kopfschüttelnd fest. „Da brauchst du schon einen Verrückten oder einen Liebhaber mit Geld, um dieses Anwesen verkaufen zu können."

„Besser noch einen verrückten Liebhaber mit Geld", entgegnete Ilka. „Ich kann mich noch gut daran erinnern, was mich die Renovierung meiner Bauernkate gekostet hat. Aber das hier schlägt alles. Selbst wenn du diese Hütte für hundertfünfzigtausend bekommst, brauchst du noch das Doppelte, um das hier wieder bewohnbar zu machen. Überall Bleirohre, veraltete Elektrik, Einfachverglasung der Fenster und eine kaputte Heizung. Ich glaube kaum, dass sich das jemand antut. Und den Geruch von dieser Katzenpisse kriegst du nie wieder raus, es sein denn, du entkernst das ganze Haus." Ilka stöhnte auf. „Ich habe genug gesehen. Lass uns gehen, sonst muss ich mich tatsächlich noch übergeben."

* * *

Auf dem Weg nach draußen, schaute Ilka noch kurz bei Thomas Leitner vorbei.

„Na, wie weit seid ihr?"

Thomas machte ein angewidertes Gesicht. „Es gibt schönere Arbeitsplätze, als diesen hier. Aber ich denke, wir sind bald durch."

„Habt ihr auch den Dachboden und die Garage untersucht?"

„Nein, bisher noch nicht. Wir haben ja auch das Erdgeschoß noch vor uns. Eigentlich stand nur der Kellerraum als Ort der Entführung bei uns auf dem Zettel. Ist mir da etwas entgangen?"

„Nein, aber schreibe die Räume einfach noch mit auf deinen Zettel."

Thomas stieß einen tiefen Seufzer aus. „Ungern, aber wenn es zur Wahrheitsfindung dient, dann machen wir das natürlich."

„Danke, Thomas. Wir sehen uns." Dann wandte sie sich an Lisa.

„Frag doch bitte noch einmal bei den Besitzern nach, ob sich jemand wegen des Hauses bei ihnen erkundigt hat. Vielleicht gab es einen Kaufinteressenten oder jemand, der vorgab, einer zu sein."

„Mach ich. Würdest du mir verraten, woran du gerade denkst?"

„Überlege doch mal, Lisa. Du entführst eine junge Frau, sperrst sie in den Keller eines verlassenen Bauerhauses und vertraust darauf, dass hier niemand unerwartet auftaucht? Dieses Haus hat einen oder in diesem Fall mehrere Besitzer, egal in welchem Zustand es ist. Das muss den Entführern doch klar gewesen sein. Warum also gehen sie so ein großes Risiko ein?"

Kapitel 22

„Was ist, wenn wir keinen Treffer in der Datenbank haben", fragte Cem, als sich das ganze Team wieder im Büro vor der Magnettafel versammelt hatte.

„Dann fangen wir wieder von vorn an", reagierte Ilka ein wenig gereizt. „Aber Thomas wird etwas finden. Da bin ich mir ziemlich sicher." Sie versuchte ein einigermaßen glaubwürdiges Lächeln hinzubekommen, aber glaubte sie das wirklich? Was wäre, wenn auch diese Spur im Sande verlaufen würde? Cem hatte nicht die leiseste Ahnung, was er darauf erwidern sollte. Und auch Lisa und Kai saßen schweigend am Schreibtisch und wussten nicht so recht, was sie tun sollten.

Cem goss sich einen Tee ein und trat wieder vor die Magnettafel.

„Also, noch einmal auf Anfang." Er stellte sein Teeglas auf der Fensterbank ab, nahm einen Filzstift in die Hand und zog eine Linie zwischen den Fotos von Björn und Jana Landau. „Sie ist ihrem Vater gefolgt, um herauszufinden, was er ihr verheimlicht. Er wurde umgebracht und sie entführt."

Er zog einen weiteren Strich zum Foto von Marek Wieczorek.

„Marek Wieczorek wurde auf die gleiche Weise getötet wie Björn Landau. Also dürfte es sich um denselben Täter handeln. Wenn die Fingerabdrücke vom Kellerraum des Bauernhauses was bringen, hätten wir auf jeden Fall einen von Janas Entführern." Dann malte er ein großes Fragezeichen über Sophie Degenhardts Foto und drückte die Kappe auf den Filzstift.

„Der Mord an Sophie passt nicht dazu. Es gibt im Moment nur ersichtliche Verbindung zwischen Sophies

Tod und den anderen Fällen – und das ist Marek Wieczorek."

„Aber er kann es nicht gewesen sein", warf Ilka ein, ohne den Blick von der Tafel zu nehmen. Lisa starrte auf die Fotos.

„Und diese Verbindung ist vermutlich die Story, an der sie dran war. Wahrscheinlich hat sie in ein Wespennest gestochen, und das wurde ihr zum Verhängnis."

„Ja, das denke ich auch", pflichtete Ilka ihr bei. „Aber leider haben wir weder ihren Laptop, noch ihr Handy und erst recht keine Aufzeichnungen von ihr. Es kann uns also bisher niemand sagen, an was sie dran war. Der Chefredakteur des Tageblatts weiß nichts von einer brisanten Story und auch sonst gibt es niemanden, der uns mehr darüber erzählen kann."

Kai wollte gerade seine Meinung preisgeben, als Thomas Leitner ins Büro platzte.

„Seid ihr bereit für etwas Neues?", Ilka lächelte.

„Wenn es endlich mal etwas Positives ist, gern!"

„Ich denke schon", erwiderte Thomas und wedelte mit einem Blatt Papier in der Hand. „Wir haben die Fingerabdrücke, die wir in dem Bauernhaus gefunden haben, durch die Datenbank gejagt. Und was soll ich euch sagen. Es war ein Volltreffer! Wir haben es hier mit einem Rüdiger Voss zu tun. Er ist mehrfach vorbestraft; Drogenhandel, vorsätzliche Körperverletzung und räuberische Erpressung. Der Typ saß die Hälfte seines Lebens im Knast."

„Seit wann ist er wieder draußen?", fragte Ilka.

„Seit gut einem Jahr."

„Okay", sagte Ilka. „Gebt sofort die Fahndung nach ihm raus." Ilka tippte rasch die Nummer des Polizeikommissariats in Buxtehude ein, um sich mit Kommissar

Jan Wiegandt verbinden zu lassen. Endlich, nach einer gefühlten Ewigkeit, hatte sie ihn in der Leitung.

„Ist es immer so schwer, Sie zu erreichen, Herr Wiegandt?"

„Hallo Frau Oberkommissarin. Waren wir nicht nach unserer letzte Begegnung schon per du?" Jetzt fiel es auch Ilka wieder ein. „Ja klar, waren wir. Sorry. Habe ich in dem Stress der letzten Wochen vergessen. Jan, wir fahnden nach einem gewissen Rüdiger Voss. Verdacht auf Entführung, und es könnte noch einiges dazukommen." Sie gab ihm in wenigen Sätzen einen kurzen Überblick über den Stand der Dinge. „Und bitte seid vorsichtig. Er ist gefährlich."

„Gut, ich informiere mein Team und die Kollegen von der Streife. Ich melde mich, sobald wir was haben."

Ilka hatte gerade das Gespräch mit Wiegandt beendet, als Patrick Dannenberg anrief. Er beorderte sie in sein Büro, um auf den neuesten Stand der Ermittlungen gebracht zu werden. Das dauerte nur wenige Minuten, da die Fakten nach wie vor mehr als dürftig waren.

„Und die Vernehmungen in der Spedition, von ihrem Ex-Freund und dem Politiker haben tatsächlich nichts ergeben?"

Ilka schüttelte frustriert den Kopf. „Nur Indizien, wenn überhaupt. Felix Krohn hat seine Affäre mit Sophie zugegeben, auch, dass er bei ihr war. Genauso wie ihr Ex Stefan Gruber. Wieczorek war schon tot, als Sophie starb und Landau kann es auch nicht gewesen sein. Und zu Doris Landau und den Mitarbeitern der Spedition gibt es keinerlei Hinweise, dass sie Sophie kannten. Wir müssen diesen Rüdiger Voss finden. Vielleicht ist er das Bindeglied zwischen allem."

Patrick zog seine buschigen Brauen in die Höhe.

„Gut, aber wir haben nicht mehr viel Zeit. Nur, dass du das weißt! Das LKA sitzt mir im Nacken. Wenn wir nicht bald Ergebnisse vorweisen können, sind wir den Fall los. Wollen wir das, nachdem wir so viel Aufwand und Energie investiert haben?"

„Nein, natürlich nicht", pflichtete Ilka ihm bei. „Sobald wir Voss haben, werde ich dir die Beweise liefern. War's das?"

„Nein, noch nicht ganz." Dannenberg schob seine Brille über den Nasenrücken nach oben. „Jetzt, wo Kai wieder da ist, könnte Lisa doch zurück zur Streife, oder?"

Ilka war nicht sonderlich überrascht über Dannenbergs Worte. Eigentlich hatte sie schon viel früher damit gerechnet, aber sie war nicht bereits, Lisa so einfach gehen zu lassen.

„Patrick, ich würde sie gern behalten", sagte Ilka. „... als festes Mitglied der Kripo! Sie war von Anfang an eine große Unterstützung. Gibt es eine Chance, dass sie bei uns bleiben kann?"

Dannenberg zuckte mit den Achseln.

„Ich will ehrlich sein, Ilka. Ich weiß nicht, ob ich die Stelle für Lisa freibekomme. Überall werden der Etat gekürzt und Stellen abgebaut. Ich kann es versuchen, aber gehe erstmal davon aus, dass sie gehen muss."

Ilka wollte etwas erwidern, doch Dannenbergs Telefon kam ihr in die Quere.

„Hallo Lisa, was gibt's? ... im Vernehmungsraum? ... okay, ich sag es ihr." Dannenberg legte auf. „Das war Lisa. Du möchtest bitte in den Vernehmungsraum kommen. Sophie Degenhardts Mutter ist da."

* * *

Als Ilka den Vernehmungsraum betrat, saß Ellen Degenhardt mit rotgeweinten Augen Lisa gegenüber. Ilka setzte sich neben Lisa und stellte sich vor. Ellen Degenhardt wirkte auf den ersten Blick wie eine Dame, die sich im Glanz ihres Mannes sonnte. Sie trug einen eleganten Hosenanzug, weiße Bluse und schwarze Pumps, was Ilka für diese Jahreszeit ein wenig unpassend erschien. Sie hatte ihre blonden Haare hochgesteckt und war dezent, aber stilvoll geschminkt.

„Frau Degenhardt, wann haben Sie Ihre Tochter das letzte Mal gesehen?" Ellen tupfte sich mit einem Taschentuch die Tränen aus den Augen. „Vor ungefähr einem Monat. Wir haben ihren 20. Geburtstag gefeiert."

„Sie leben zurzeit mit Ihrem Mann in der Schweiz?"

„Ja, mein Mann ist Geschäftsführer einer Computerfirma, die überall auf der Welt tätig ist. Daher kann mein Mann auch nicht hier sein. Er ist gerade beruflich in Japan unterwegs." Ilka hätte am liebsten laut aufgeschrieen. Die Tochter ist ermordet worden und der feine Herr hielt es noch nicht einmal für nötig, die Reise für ein paar Tage zu unterbrechen? Unfassbar!

„Frau Degenhardt, Ihre Tochter wollte Journalistin werden, wussten Sie das?"

„Ja. Ich war immer dagegen, aber sie ließ sich nicht davon abbringen."

„Warum waren Sie dagegen?

Ellen Degenhardt hob die Schultern hoch. „Wir hätten es lieber gesehen, wenn sie in die Firma meines Mannes eingestiegen wäre. Es gibt eine Menge guter Journalisten. Daher ist es fraglich, ob sie überhaupt irgendwo einen Job bekommen hätte."

„Aber Sophie hat sich anders entschieden", schlussfolgerte Ilka.

„Ja, sie wollte unbedingt selbst etwas aus ihrem Leben machen. Sophie war schon immer ein wenig reifer als andere Mädchen in ihrem Alter. Und sie war geradezu besessen darauf, Journalistin zu werden."

Ilka wartete kurz, weil Ellen Degenhard wieder in Tränen ausbrach. Als sie sich einigermaßen gefangen hatte, fuhr Ilka fort: „Wir vermuten, dass Ihre Tochter sterben musste, weil sie an einer großen Sache dran war. Haben Sie eine Ahnung, was das gewesen sein könnte?"

„Nein. Sie hat mit uns nie darüber geredet." Über alle anderen Dinge vermutlich auch nicht, dachte sich Ilka im Stillen.

„Wie war Ihr Verhältnis zu Ihrer Tochter? Haben Sie sich gut verstanden?"

„Sie müssen wissen, dass Sophie nicht unser leibliches Kind ist. Sie war ein halbes Jahr alt, als sie zu uns kam. Ihre Eltern sind bei einem Zugunglück ums Leben gekommen."

„Oh!", stieß Ilka hervor. „Davon habe ich nichts gewusst. Wann hat Sophie davon erfahren? Sie haben es ihr doch erzählt, oder?"

„Ja natürlich. Wir haben es ihr an ihrem 14. Geburtstag gesagt."

„Wie hat sie reagiert?"

„Sie ist zwei Tage lang nicht aus ihrem Zimmer gekommen. Sie hat nur geweint, die ganze Zeit lang, und ich habe mich nicht getraut, zu ihr zu gehen."

„Und was geschah dann?"

„Irgendwann stand sie plötzlich vor uns im Wohnzimmer. Sie fragte uns, warum wir solange gewartet hätten, warum wir nicht früher mit ihr darüber geredet hätten. Doch dann umarmte sie uns und sagte, dass sie sich keine besseren Eltern hätte wünschen können." Tränen stiegen ihr in die Augen. „Und jetzt ist sie tot."

Sie schlug die Hände vors Gesicht und begann hemmungslos zu weinen.

„Kann ich sie noch einmal sehen?"

„Ja, natürlich", entgegnete Ilka. „Es wird Sie gleich jemand zu ihr bringen." In diesem Moment betrat Cem den Vernehmungsraum. „Ilka, kommst du bitte mal kurz?"

Ilka folgte Cem vor die Tür.

„Was gibt's?"

„Wir haben einen Hinweis bekommen, wo sich Rüdiger Voss aufhalten könnte", antwortete Cem.

„Das ging ja schnell. Wo?"

„In einem Mehrfamilienhaus in Stade-Hagen. Laut Zeugenaussage müsste unser Mann im Moment dort sein. Die Personenbeschreibung könnte auch passen, genauso der silberne Land Rover Discovery neben dem Haus." Cem beobachtete, wie Ilka über seine Worte nachdachte, wie sie die Lippen zusammenpresste, kurz aus dem Fenster schaute und ihn dann wieder ansah.

„Ich werde Patrick informieren", sagte sie schließlich. „Wir können nicht allein in die Wohnung gehen. Das ist viel zu gefährlich." Die Bilder vom letzten Einsatz drangen wieder in ihr Bewusstsein. Vor ihrem inneren Auge sah sie, wie er die Makarow auf sie richtete und abdrücke. Sie hätte beinahe ihr Leben verloren, weil sie ein zu hohes Risiko eingegangen war. Sie wollte nicht noch einmal den gleichen Fehler begehen und wählte Patricks Kurzwahl.

„Hast du fünf Minuten für mich?" Als er bejahte, lief sie über den Flur in sein Büro. Sie schilderte ihm kurz die aktuelle Lage.

„Wenn wir in die Wohnung wollen, brauchen wir das SEK", sagte sie abschließend. „Ich gehe davon aus, dass er bewaffnet ist." Dannenberg lehnte sich mit einem tiefen Seufzer zurück.

„Wie sicher bist du, dass es unser Mann ist?"

„Die Personenbeschreibung passt und der Land Rover auch."

„Und wenn sich der Zeuge geirrt hat?" Dannenberg beugte sich vor. „Was ist, wenn das SEK völlig umsonst anrückt?"

Ilka hob unschlüssig die Schultern.

„Keine Ahnung, was dann passiert. Entweder wir gehen das Risiko ein und lassen stürmen oder wir observieren ihn, bis wir sicher sind, dass es tatsächlich unser Mann ist. Irgendwann muss er das Haus ja wieder verlassen." Patrick räusperte sich.

„Nur auf Grund einer vagen Personenbeschreibung und einem zufällig passenden Auto bekomme ich nie und nimmer die Genehmigung für den Einsatz des SEKs. Fahrt hin und observiert ihn. Aber geht kein Risiko ein. Kann ich mich darauf verlassen?"

„Sicher kannst du das." Ein Lächeln umspielte ihre Mundwinkel. „So wie immer!" Bevor er einen Kommentar abgeben konnte, war Ilka schon auf dem Weg nach draußen. Kaum im Büro, rief Ilka Cem und Lisa zu sich. „Wir drei fahren jetzt dort hin. Aber wir werden ihn nicht in seiner Wohnung festnehmen, sondern nur observieren."

„Warum nur observieren?", fragte Cem irritiert.

„Erzähl ich dir unterwegs." Bevor sie das Büro verließen, bat sie Kai zu sich.

„Würdest du bitte Frau Degenhardt in die Rechtsmedizin bringen? Sie würde gern ihre Tochter noch einmal sehen." Ilka erkannte sofort an seinem Blick, dass er nicht begeistert darüber war. „Kai, ich weiß, dass es nicht einfach ist, aber für die Mutter ist es noch viel schwieriger. Schaffst du das?"

„Kann ich erst sagen, wenn ich es hinter mir habe", entgegnete er leise. „Danke Kai und informiere bitte vorab auch Anna, dass ihr kommt. Ich möchte, dass sie vorbereitet ist."

Kapitel 23

Ilka, Cem und Lisa brauchten nur knapp 10 Minuten, bis sie ihr Ziel erreicht hatten. Sie parkten ihre Autos ein paar Meter vom Haus entfernt in einer Parkbucht. Als sie ausstiegen, wurden sie bereits von einem Kollegen der Streife empfangen.

„Polizeiobermeister Jonas Siegert. Die Wohnung des Verdächtigen ist im zweiten Stock auf der linken Seite. Zurzeit befindet sich der Verdächtige noch in der Wohnung." Ilka warf einen Blick zu dem roten Backsteinhaus. Auf Ilka machte das Haus irgendwie einen biederen Eindruck. Jede Wohneinheit mit ihren mattweißen Fenstern und schlichten Gardinen glich der anderen.

„Was ist mit dem Zeugen?", frage Ilka.

„Sein Name ist Bernd Dresen. Er hat die Wohnung direkt darunter. Er hat uns am Telefon recht präzise Angaben gemacht."

„Sehr gute Arbeit, Jonas", lobte Ilka. „Was ist mit dem Kennzeichen des Land Rover?"

„Leider nicht zu erkennen. Das Auto von Dresen steht direkt davor."

„Wie viele Eingänge hat das Haus?"

„Zwei. Den Haupteingang und den seitlichen Eingang zu den Kellerräumen."

„Jonas, du bleibst bei Cem. Wir postieren uns ein wenig abseits von der Ausfahrt. Ich werde mich mit Lisa auf der rechten Seite auf die Lauer legen und ihr auf der linken." Sie reichte Cem ein Fernglas und ein Funkgerät.

„Wenn was ist, meldet euch über Funk. Bitte unternehmt nichts auf eigene Faust. Ich gehe davon aus, dass er bewaffnet ist. Wer fähig ist, einen Menschen zu foltern, der wird auch keine Skrupel haben, eine Waffe zu benutzen. Alles klar?"

Alle nickten.

„Gut, dann können wir nur hoffen, dass er irgendwann das Haus verlässt."

Ilka schob den Sitz zurück und versuchte ihren Körper in eine entspannte Position zu bringen. Einige Minuten lang starrten sie schweigend zur Ausfahrt, aber es tat sich absolut nichts.

„Ich war vorhin bei Dannenberg", sagte Ilka in die Stille hinein. „Es sieht leider so aus, als würden wir für dich keine Stelle frei bekommen."

„Habe ich mir schon gedacht", erwiderte Lisa. Sie versuchte sich ihre Enttäuschung nicht anmerken zu lassen, doch so ganz gelang es ihr nicht.

„Bist du jetzt sehr enttäuscht?"

„Ein bisschen schon", gestand sie. „Natürlich wäre ich gern bei euch geblieben. Ihr seid ein tolles Team. Aber ich wusste ja von Anfang an, dass es nur zur Aushilfe ist, bis Kai wiederkommt."

„Ich weiß, dass Patrick alles versuchen wird, dass du bleiben kannst, aber im Moment wird halt überall gekürzt und gespart." Ilka legte ihre Hand auf Lisas Schulter. „Aber wenn ich mal wieder eine Unterstützung brauche, bist du die erste Wahl."

Lisa lächelte. „Ich weiß das zu schätzen, aber du brauchst mich nicht zu trösten. Es war eine tolle Erfahrung, mit euch zu arbeiten."

„Schön zu hören. Wie ist es mit Cem gelaufen? Hat er sich benommen?"

„Und wie", bestätigte Lisa lachend. „Du musst ihn ganz schön unter Druck gesetzt haben!"

„Ich?" Ilka tippte sich keiner Schuld bewusst mit dem

Finger auf die Brust. „Wie kommst du denn darauf?"

Lisa schaute sie von der Seite an.

„Ich wollte ihn auf einen Drink einladen, und du wirst es nicht glauben, er hat wieder abgelehnt. Das war jetzt schon das zweite Mal."

„Ich habe nie verlangt, dass ihr euch nicht treffen dürft. Ich habe Cem nur darum gebeten, das Dienstliche von dem Privaten zu trennen. Manchmal verschwimmen bei ihm die Grenzen ein wenig. Das ist alles, was ich ihm gesagt habe."

„Ist schon okay", sagte Lisa. „Vielleicht ist es ganz gut, wenn wir im Moment ein wenig auf Distanz gehen. Er braucht wohl noch eine Weile, bis er die Sache mit Anna verarbeitet hat." Sie schaute nachdenklich zur Ausfahrt.

„Was ist, wenn Voss heute nicht mehr weg fährt?"

„Ich hoffe nicht, aber wenn doch, dann haben wir jede Menge Zeit miteinander zu reden", erwiderte Ilka. „So läuft eine Observation nun mal."

Sie schwiegen für einige Sekunden, bevor Ilka noch einmal nachfragte: „Und er hat das Date mit dir tatsächlich abgelehnt?"

„Ja, das hat er."

Bevor Ilka etwas darauf erwidern konnte, meldete sich Cem mit angespannter Stimme per Funk.

„Ilka, du kannst es von deinem Standort aus nicht sehen, aber es tut sich was. Eine Person ist aus dem Keller gekommen."

„Ist es Voss?", wollte Ilka wissen.

„Ich kann sein Gesicht nicht genau erkennen. Er steht seitlich von uns, aber ich denke, er ist es." Er unterbrach kurz. „Warte mal, irgendetwas stimmt da nicht." Cem zögerte wieder, bevor er sagte: „Da ist noch eine zweite Person... etwa zwei Meter hinter ihm... es ist eine Frau...

und sie hat eine Waffe auf ihn gerichtet!"

„Was?" Ilka konnte es kaum glauben. „Cem, kennst du die Frau?"

„Nein, noch nie gesehen."

„Wie sieht sie aus? Beschreibe sie!"

„Sie trägt einen schwarzen Mantel, Stiefel und hat ziemlich lange, gewellte Haare. Mitte Vierzig würde ich schätzen."

„Scheiße", stieß Ilka aus. „Das ist Johanna Schaller. Was macht die denn bei Voss?"

„Keine Ahnung. Und jetzt?"

„Gute Frage", gab Ilka zurück. „Erzähl mir, was gerade passiert!"

„Voss setzt sich hinters Steuer und die Frau setzt sich auf die Rückbank, direkt hinter ihm."

„Hat sie die Waffe noch auf ihn gerichtet?"

„Was gerade im Auto passiert, kann ich nicht erkennen, aber beim Einsteigen hatte sie die Waffe noch."

„Cem." Sie wartete kurz, bis er sich meldete. „Hör zu, wir lassen sie fahren. Ein Zugriff wäre viel zu gefährlich. Ich will nicht, dass Johanna komplett durchdreht."

„Was hast du vor", fragte Cem.

„Wir werden ihnen unbemerkt folgen. Ich will wissen, wohin sie fahren, genauer gesagt, wo Johanna Schaller hin will."

„Alles klar", hörte sie Cem sagen.

Ilka wählte die Nummer ihres Chefs. Sie schilderte ihm kurz den Sachverhalt.

„Johanna Schaller bedroht Voss mit einer Waffe?" Dannenberg schnappte hörbar nach Luft. „Warum tut sie das?"

„Keine Ahnung, was sie vorhat und warum sie überhaupt bei ihm ist."

„Weißt du, was du da tust?"

„Ja, absolut", antwortete Ilka prompt. „Wenn es schief geht, kannst du mich ja beurlauben. Dann habe ich wenigstens mehr Zeit für Haus und Garten! Ich melde mich später wieder." Ilka drückte ihren Chef einfach weg und betätigte stattdessen die Sprechtaste des Funkgeräts.

„Cem, gibt's was Neues?"

„Im Moment nichts. Beide sitzen nach wie vor im Auto. Aber es kann nicht mehr lange dauern, bis sie losfahren."

Plötzlich heulte der Motor des Land Rover Discovery auf. Voss steuerte den Wagen langsam auf die Ausfahrt zu und bog nach links Richtung Bergstraße. Ilka wartete, bis der Abstand zwischen ihnen groß genug war, dann gab sie ebenfalls Gas.

„Hoffentlich geht das gut aus", meinte Lisa mit besorgter Miene, und, als Ilka keine Anstalten machte zu antworten, fragte sie: „Was hättest du gemacht, wenn Voss allein losgefahren wäre?"

„Dann hätte ich eine Straßensperre angefordert. Er hätte vermutlich nichts riskiert. Er weiß ja nicht, dass wir ihm auf jeden Fall die Beteiligung an der Entführung von Jana Landau nachweisen können. Aber ich habe im Moment keinen blassen Schimmer, was Johanna Schaller vorhat."

Sie folgten dem Wagen in sicherem Abstand Richtung Innenstadt. Doch als der Land Rover die B73 verließ und rechts in die Harsefelder Straße einbog, kam Ilka eine Ahnung, wohin die Reise gehen würde.

„Ich glaube, ich weiß, wo sie hin will", sagte sie leise. „Sie will nach Harsefeld, zum Friedhof am Ehrenberg. Es ist der einzige Ort, der für mich Sinn macht."

„Mit Voss? Warum?"

„Vermutlich will sie ihm zeigen, was er ihrem Sohn

angetan hat."

„Traust du ihr ehrlich zu, dass sie ihn erschießt?"

„Ja", sagte Ilka ohne zu zögern. „In ihrer Verzweiflung würde sie es tun."

Ilka griff zum Handy und wählte Jan Wiegandts Nummer. Mit etwas Glück befand sich eine Streife der Buxtehuder Kollegen ganz in der Nähe, außerdem hätte sie Wiegandt ohnehin informiert. Es war ein riskantes Spiel, auf das sie sich einließ, aber sie hatte keine andere Wahl.

„Hi Jan, Ilka hier. Kannst du bitte einen Streifenwagen nach Harsefeld schicken. Zum Friedhof am Ehrenberg." Sie erzählte ihm mit hastigen Worten, worum es ging und beschrieb ihm das Grab von Niko Schaller. „Ich bin sehr sicher, dass Johanna Schaller dort hin will."

„Okay, habe verstanden. Soviel ich weiß ist ein Wagen ganz in der Nähe. Die Kollegen dürften in ein paar Minuten da sein. Und ich brauche auch nicht lange."

„Wo bist du?"

„In Neukloster, also nicht weit von euch entfernt."

„Sehr gut, aber sag deinen Kollegen, dass sie sich im Hintergrund halten sollen. Wir sind auch schon unterwegs. Und seid bitte vorsichtig. Die Frau ist bewaffnet." Dann legte sie auf.

* * *

Ilka verlangsamte die Fahrt, um dem Land Rover nicht zu nahe zu kommen. Sie parkte ihren Fiat schließlich in der Nähe des Klärwerks.

„Es gibt einen Weg zum Garten der Steine. Wenn wir den ungefähr 100 Meter gehen, dann müssten wir den hinteren Teil des Friedhofs erreicht haben. Und da in der Nähe ist auch das Grab von Nico Schaller." Sie schlichen sich im

Schutz der Büsche entlang Richtung Friedhofsgelände. Es dauerte nicht lange, bis sie auf Jan Wiegandt stießen.

„Hi, schön das ihr da seid", flüsterte sie. „Wo haben sich die Kollegen postiert?"

„Einer ist an der Rückseite der Kirche und der andere in der Nähe des Parkplatzes. Dein Gefühl hat dich nicht getäuscht. Sie haben den Wagen auf dem Parkplatz abgestellt und sind direkt zum Grab gegangen. Was schlägst du vor?"

„Wir müssen versuchen, so nah wie möglich an sie heranzukommen. Also los."

Es dauerte nicht einmal zwei Minuten, als Ilka die beiden endlich sehen konnte. Rüdiger Voss stand mit dem Rücken zu ihr gewandt, während Johanna Schaller die Waffe in beiden Händen hielt und direkt auf die Stirn von Voss zielte. Ilka musste jetzt handeln, bevor die Situation noch weiter eskalierte.

„Frau Schaller! Lassen Sie die Waffe fallen und nehmen Sie die Hände hinter den Kopf! Das gilt auch für Sie Herr Voss!" Für einen Augenblick herrschte eine gespenstische Stille.

„Frau Schaller!", rief Ilka. „Legen Sie die Waffe weg. Überlassen Sie uns die Sache."

„Mein Sohn ist tot", schrie sie. „Und dieses Schwein ist daran schuld."

Ilka trat zwei Schritte auf sie zu.

„Schmeißen Sie Ihr Leben nicht weg", versuchte Ilka auf sie einzureden, während sie langsam auf die beiden zukam. „Er wird seine gerechte Strafe bekommen. Das verspreche ich Ihnen."

Johanna Schaller schaute kurz zu ihr. In ihren Augen lagen all die Wut und der Zorn über ihren toten Sohn.

„Bleiben Sie stehen!" fauchte sie. „Wenn Sie noch

näher kommen, schieße ich."

Ilka stoppte. „Frau Schaller, seien Sie doch vernünftig."

„Sie sagten, dass ich mein Leben nicht wegschmeißen soll." Ihre Stimme klang zynisch und verzweifelt. „Welches Leben denn? Ich habe keins mehr. Mein Sohn ist tot, meine Ehe ist kaputt und ich muss rund um die Uhr schuften, um über die Runden zu kommen." Sie pustete sich eine Strähne aus dem Gesicht.

„Nein, Frau Hansen, ich habe nichts mehr zu verlieren. Wenn ich dieses Schwein jetzt erschieße, dann habe ich wenigstens die Genugtuung, dass ich ihn dafür bestraft habe, was er meinem Jungen angetan hat." Sie presste die Lippen zu einem Strich zusammen und schien fest entschlossen abzudrücken. Ilka dachte fieberhaft nach, was sie als nächstes tun sollte. Sie wechselte einen kurzen Blick mit Cem, der nur kaum merklich mit den Schultern zuckte.

Ilka hatte immer noch ihre Waffe auf Johanna Schaller gerichtet. Jetzt stand sie wieder mit ihrer Heckler & Koch in der Hand da, nur mit dem Unterschied, dass ihr Gegenüber mit der Waffe nicht auf sie, sondern auf jemand anderes zielte. Johanna Schaller trat einen Schritt auf Voss zu und drückte ihm die Pistole direkt an den Kopf.

„Wie fühlt sich das an, so kurz vor dem Ende?", fragte sie ihn, doch Voss gab keinen Mucks von sich. Ilka beobachtete, wie Johanna Schaller ihren Finger um den Abzug krampfte. Noch einen Millimeter weiter, dann würde sich der Schuss lösen.

Ilka spürte, wie ihre Hände leicht zu zittern begannen. Ganz ruhig, Ilka. Du schaffst das. Sie versuchte gleichmäßig ein-und auszuatmen. Aber die Angst, falsch zu reagieren, hatte sich in ihrem Kopf verankert. Sie hatte geglaubt, beim nächsten Einsatz all das ausblenden zu können, aber genau in diesem Moment war ihr klar, dass sie es nicht konnte. Sie hoffte nur, dass niemand etwas davon mitbekommen würde.

„Wenn Sie nicht sofort die Waffe fallen lassen, dann werde ich schießen. Und wenn ich nicht treffe, dann meine Kollegen." Die beiden Streifenpolizisten hatten ihre Deckung verlassen und waren nur noch gut zehn Meter von Voss und Schaller entfernt. Auch Lisa und Jan Wiegandt traten jetzt aus dem Schatten der Büsche. Ilka musste es wagen. Sie trat ein paar Schritte auf Johanna Schaller zu und blieb kurz vor ihr stehen.

„Waffe fallen lassen! Sofort!"

Johanna Schaller wandte ihren Blick von Voss ab und starrte in den Himmel. Tränen schossen ihr in die Augen, als sie die Waffe aus ihren Händen gleiten ließ. Sie sank auf die Knie und weinte hemmungslos. Ilka gab Lisa ein Zeichen, die Waffe zu sichern.

„Ich muss Sie vorläufig festnehmen, Frau Schaller." Dann wandte sie sich an Voss.

Als sich ihre Blicke trafen, verzog er den Mund zu einem schiefen Grinsen. Sie atmete tief durch. Vielleicht lag es an seiner beachtlichen Ansammlung an Straftaten, dass sie angenommen hatte, auf einen muskelbepackten Hünen zu treffen, aber Voss war alles andere als das. Vor ihr stand ein hagerer Mann, nicht viel größer als eins achtzig, mit groben Gesichtszügen und dünnem, zerzaustem Haar.

„Würden Sie mir verraten, was Sie von mir wollen?", rief er zu ihr herüber. Er tat so, als wäre nichts passiert, als hätte er nicht beinahe eine Kugel in den Kopf bekommen. Konnte er sich nur perfekt verstellen, oder war ihm sein Leben einfach nichts wert? Vermutlich würde sie von ihm keine Antwort darauf bekommen.

„Sie sind vorläufig festgenommen, Herr Voss", sagte sie ohne auf seine Frage einzugehen. „Und jetzt nehmen Sie die Hände hinter den Kopf." Quälend langsam folgte er ihren Anweisungen.

„Würden Sie mir erklären, was das Ganze soll?"

„Das erfahren Sie auf der Inspektion." Sie ging auf ihn zu und legte ihm die Handschellen an.

„Lisa, bring ihn schon mal zum Auto und lies ihm seine Rechte vor. Ich komme gleich nach."

Dann wandte sich Ilka an Jan Wiegandt. „Gute Arbeit von Dir und Deinen Jungs."

„Du warst aber auch nicht übel. Was machte Dich so sicher, dass sie nicht schießen würde?"

Ilka zuckte mit den Schultern. „Um ehrlich zu sein, war ich mir gar nicht sicher. Aber was hätte ich tun sollen? Sie erschießen? Selbst, wenn ich es getan hätte, wäre das Risiko, dass ihr Finger doch noch den Abzug betätigt, sehr hoch gewesen. Dann wären beide tot gewesen. Johanna ist verzweifelt, Jan. Sie hat alles verloren; ihren Sohn, ihre Ehe und den Glauben ans Leben. Ich habe nur gehofft, dass sie auf mich hört, dass ihr klar wird, dass ihr Handeln falsch ist und alles nur noch schlimmer machen würde."

„Du hast es wieder mal geschafft", erwiderte Jan. „Respekt!"

Ilka wandte ihren Blick von Jan ab und schaute nachdenklich über die Gräber. „Danke, aber es geht leider nicht immer gut. Du weißt ja sicherlich, was beim letzten Mal passiert ist."

Jan trat einen Schritt auf Ilka zu. „Wir alle wissen, dass es unendlich viele Vorschriften und Regeln gibt, an die wir uns halten müssen. Aber manchmal müssen wir innerhalb von Minuten, wenn nicht gar Sekunden entscheiden, was richtig oder falsch ist. Und ich glaube, dass du auch in dem Fall Erdmann alles richtig gemacht hast."

Ilka schaute ihn leicht verunsichert an. „Aber es hätte mich fast das Leben gekostet, Jan."

Jan Wiegandt hätte sie am liebsten in den Arm genommen, doch er war sich nicht sicher, ob sie es nicht falsch verstehen würde. Er suchte für ein paar Sekunden nach den passenden Worten, bevor er sagte: „Es war sicher nicht einfach, das alles zu verarbeiten, oder?"

„Nein, ganz sicher nicht. Um ehrlich zu sein, bin ich noch mitten drin."

„Gibt es eigentlich auch mal Momente in deinem Leben, in denen du nicht gerade auf Verbrecherjagd bist? Ich mag schon gar nicht mehr ans Telefon gehen, wenn ich deine Nummer auf dem Display sehe."

Ilka versuchte ein brauchbares Lächeln hinzubekommen, was ihr nicht besonders gelang. „Als ich mich von Berlin hierher versetzen ließ, hatte ich eigentlich gehofft, dass mein Leben ein wenig ruhiger verlaufen würde, aber der Plan ist leider nicht aufgegangen."

„Hättest du mal Lust auf einen Drink? Ich bin ein guter Zuhörer. Zumindest behaupten das die Leute, die mich kennen."

„Das ist nett von dir, und ich komme gern darauf zurück. Ich melde mich, wenn der Fall abgeschlossen ist, okay?"

Jan Wiegandt nickte, und Ilka glaubte eine leichte Enttäuschung in seinem Gesicht zu erkennen.

„Ich muss jetzt los, Jan. Und Danke noch mal für deine Hilfe."

„Immer wieder gern, Kollegin."

Kapitel 24

„Kommen wir gleich zur Sache, Herr Voss", sagte Ilka, als sie das Vernehmungszimmer betrat. „Wollen Sie freiwillig etwas zu Protokoll geben?"

„Warum sollte ich das?"

„Weil es sich strafmildernd für Sie auswirken würde."

„Sehr witzig", sagte Voss tonlos. „Das glauben Sie doch selbst nicht." Seine Antwort überraschte Ilka nicht. Nichts anderes hatte sie erwartet. Rüdiger Voss machte auf sie einen ziemlich heruntergekommenen Eindruck. Es lag nicht nur an seiner hageren Gestalt oder dem zerzaustem Haar, auch die ausgeblichene Jeans, das graue Baumwollhemd und seine zerschlissene Weste deuteten darauf hin, dass er auf sein Äußeres keinen großen Wert legte.

„Gut, dann fangen wir anders an."

Ilka schlug die Akte auf, nahm das Foto von Jana Landau heraus und schob es Voss entgegen.

„Sie wurde in der Waschküche eines Bauernhauses gefangen gehalten und wir haben genau in dieser Waschküche Ihre Fingerabdrücke sichergestellt. Das beweist, dass Sie dort waren. Würden Sie mir bitte mal Ihre rechte Hand zeigen?"

„Warum?"

„Weil ich Sie darum bitte."

Als er seine Hand auf den Tisch legte, kam die pechschwarze Spinne zum Vorschein.

„Nicht besonders schön", bemerkte Ilka.

„Ansichtssache, oder nicht?"

„Ja, durchaus. Aber es ist immerhin ein weiterer Beweis, dass Sie es waren, der Jana Landau gefangen hielt. Außerdem habe ich eine Zigarettenkippe im Erdgeschoss des Bauernhauses gefunden. Ich gehe davon aus,

dass die Kippe entweder von Ihnen oder ihrem Kompli-
zen stammt." Voss nahm es reglos zur Kenntnis.

„Wer war noch an der Entführung von Jana Landau
beteiligt, Herr Voss?" Wieder blieb er stumm.

Obwohl sie den Bericht der Spurensicherung noch
nicht bekommen hatte, legte sie als nächstes das Foto von
Björn Landau daneben. Es konnte in diesem Fall nicht
schaden, den Ergebnissen ein wenig vorzugreifen.

„Manchmal reichen winzige Speichelbläschen oder
Faserspuren aus, um eine DNA eindeutig zuordnen zu
können. Selbst eine winzige Hautschuppe kann alles
beweisen. Und auf der Kleidung von Björn Landau wurde zweifelsfrei Ihre DNA gefunden."

„War's das?" Sein bissiger Tonfall gefiel Ilka ganz und
gar nicht, aber sie durfte sich jetzt nicht zu einer unbe-
dachten Äußerung hinreißen lassen.

„Nein, noch lange nicht", fuhr sie unbeirrt fort. „Es
wurden Reifenspuren sichergestellt, bei mir vor dem
Haus, im Rüstjer Forst und in der Nähe des Bauernhauses. Es müsste mit dem Teufel zugehen, wenn die Abdrücke nicht identisch mit denen Ihres Land Rover Discovery sind."

Zum ersten Mal zeigte er eine Reaktion. Er richtete
sich auf und schob sein Kinn wütend nach vor. Ilka spürte, dass er große Lust hätte, sie anzugreifen.

„Von den Reifen gibt es hunderte", polterte er los. „Das
beweist gar nichts!"

Ilka sammelte die Fotos wieder ein und legte eins nach
dem anderen zurück in die Akte.

„Das sind keine Indizien, Herr Voss, sondern Beweise. Und das bedeutet, dass Sie sowohl an der Ermordung
von Björn Landau beteiligt waren, als auch an der Entführung seiner Tochter Jana!"

Sie funkelte ihn wütend an, sah in ein arrogantes, selbstgefälliges Gesicht, in das sie am liebsten reinschlagen würde. Für einen Moment dachte sie daran, auch den Mord an Marek Wieczorek zu erwähnen, doch in diesem Fall hatte sie nichts gegen Voss in der Hand. Obwohl es für sie keinen Zweifel gab, dass er auf Grund der gleichen Foltermethoden wie bei Landau auch an diesem Mord beteiligt gewesen war.

„Bei Ihrem Vorstrafenregister gehen Sie für den Rest Ihres Lebens in den Knast. Es sei denn, Sie verraten mir, wer Sie beauftragt hat! Ich an Ihrer Stelle würde mir das sehr gut überlegen!"

Er fuhr sich mit der flachen Hand übers Gesicht. Die Haut seiner Hände war spröde, von dunklen Adern durchzogen und genauso ungepflegt wie der Rest seines Körpers.

Lisa steckte ihren Kopf durch die Tür und winkte Ilka zu sich.

„Die Spurensicherung hat im Land Rover eine Walther P99, Kaliber neun Millimeter, sichergestellt. Sie ist auf Voss registriert." Lisa reichte ihr die Plastiktüte mit der Waffe. „Und dann habe ich mir mal das Handy von Voss angeschaut. Er hat eine Nummer regelmäßig angerufen. Leider handelt es sich um eine Prepaid-Nummer. Außerdem habe ich in seinem Kalender eine ganze Reihe von Terminen gefunden.

„Mit wem war er verabredet?"

„Kann ich nicht sagen. Es ist immer nur eine Uhrzeit und der Buchstabe L. Das ist alles."

„Danke Lisa." Ilka kehrte in den Raum zurück und setzte sich wieder.

„Gute Neuigkeiten, Herr Voss. Wir haben in Ihrem Auto eine Walther P99 gefunden. Die Waffe passt perfekt zu den sichergestellten Projektilen in meinem Wohnzimmer. Die Waffe ist gerade bei den Kollegen der Ballistik, aber mich würde es doch sehr überraschen, wenn das nicht die Waffe ist, mit der auf mich geschossen wurde."

Ilka legte die Waffe vor sich auf den Tisch.

„Verraten Sie mir, warum Sie auf mich geschossen haben? Wollten Sie mir Angst machen? Haben Sie geglaubt, ich höre auf, nach Ihnen zu suchen, nur weil Sie auf mich schießen? Der Plan ist leider nicht aufgegangen. Ich habe Sie gefunden! Zugegeben, wenn Sie nicht so dumm gewesen wären, die Handschuhe auszuziehen, um zu telefonieren, wäre es schwer geworden, auf Ihre Spur zu kommen. Aber jeder macht mal einen Fehler."

Seine Augen funkelten sie zornig an, aber er schwieg weiterhin eisern.

„Herr Voss, wen haben Sie vorhin angerufen?"

„Einen guten Freund."

„Hat der gute Freund auch einen Namen?"

„Den kann ich Ihnen nicht nennen", sagte Voss trocken.

„War es Ihr Auftraggeber?", hakte Ilka nach. Voss warf einen kurzen Blick zu der Polizeibeamtin, die das Geschehen aus dem Hintergrund verfolgte. Dann wandte er sich wieder Ilka zu.

„Nein, aber selbst wenn es so wäre, würden Sie diese Typen eh nicht kriegen. Die machen sich nicht selbst die Hände schmutzig. Die haben Geld genug, um Leute dafür zu bezahlen. Sie selbst können sich ein perfektes Alibi verschaffen und jemand anderes macht die Drecksarbeit. Ich gebe Ihnen einen guten Rat. Lassen Sie die Finger von diesen Typen. Dieses Spiel können Sie nicht gewinnen."

Ilka lächelte ihn provozierend an. „Danke für den Ratschlag, Herr Voss, aber ich möchte noch einmal auf Ihr Handy zurückkommen. Sie hatten mehrere Termine notiert. Mit wem haben Sie sich getroffen? Was bedeutet der Buchstabe L?" Kein Ton kam über seine Lippen.

„Okay, dann eine andere Frage. Woher kennen Sie Johanna Schaller?"

„Ich kenne sie nicht. Sie klingelte, ich habe ihr geöffnet, und plötzlich wurde sie völlig hysterisch. Sie fuchtelte mit einer Pistole herum und zwang mich, in das Auto zu steigen. Sie wollte mir unbedingt das Grab ihres Sohnes zeigen. Ich habe keine Ahnung, warum. Was habe ich mit diesem Jungen zu tun?"

„Er starb vor einem Jahr an einer Überdosis Heroin."

„Es tut mir leid, aber was habe ich damit zu tun?"

„Waren Sie es nicht, der ihm das Heroin verkauft hat?"

„Nein!"

„Sie sind also nicht für seinen Tod verantwortlich?"

„Nein!" Er schüttelte heftig den Kopf. „Außerdem war es doch eine Überdosis, oder habe ich Sie falsch verstanden."

„Nein, das haben Sie nicht. Aber neben der Leiche wurde weder eine Nadel, noch etwas anderes gefunden. Deshalb gehen wir davon aus, dass ihm jemand das Gift mit Absicht injiziert hat."

„Dann ist das so. Aber ich war es jedenfalls nicht."

„Woher wusste eigentlich Johanna Schaller, wo Sie wohnen?"

„Keine Ahnung. Ich habe Ihnen doch schon gesagt, dass ich sie noch nie zuvor gesehen habe."

Ilka verlor langsam die Geduld. Sie schlug mit der flachen Hand so heftig auf den Tisch, dass sogar Voss kurz zusammen zuckte.

„Und diesen Scheiß soll ich Ihnen glauben?"

„Das müssen Sie wohl. Oder können Sie das Gegenteil beweisen?"

„Noch nicht, Herr Voss. Was nicht heißt, dass ich es eines Tages nicht kann." Ilka schlug die Akte zu und sah Voss eindringlich an.

„Warum wollen Sie nicht kooperieren? Das ist Ihre letzte und einzige Chance. Sagen Sie es mir."

„Mal angenommen, ich kenne die Hintermänner, oder zumindest einen von ihnen", begann er ausweichend. „Und zwar den Drahtzieher hinter dem Ganzen. Was dann? Er ist mächtiger, als Sie sich das vorstellen können. Wenn er herausbekommt, wer ihn verpfiffen hat, ist derjenige so gut wie tot." Er starrte sie so eindringlich an, als wollte er sie mit seinen Blicken durchbohren.

„Sie müssen mir schon etwas anbieten, Frau Oberkommissarin. Sie wissen genau, dass diese Information sehr viel wert ist. Was können Sie mir als Gegenleistung anbieten?"

„Ich glaube nicht, dass Sie in der Position sind, um Forderungen zu stellen. Ich will wissen, wer dieses Teufelszeug in den Umlauf bringt und wer das Leben von so vielen Menschen auf dem Gewissen hat. Also nennen Sie mir jetzt endlich die Namen!" Es machte sie schier wahnsinnig, dass er einfach nur da saß und so tat, als hätte er alle Trümpfe in der Hand.

„Es ist jemand, den Sie nicht vermuten würden", sagte er. „Und an Ihrer Stelle würde ich sehr gut aufpassen. Manchmal ist die Gefahr viel näher als man glaubt und manchmal täuscht man sich auch in Menschen, die man einigermaßen zu kennen glaubt."

Ilka dachte kurz darüber nach, was er ihr damit sagen wollte. War das eine geheime Botschaft, die sie nur noch entschlüsseln musste? War es jemand aus ihrem Umfeld, den sie noch nicht auf dem Zettel hatte? Sie schloss die Akte und sah ihn scharf an.

„Herr Voss, ich habe nicht ewig Zeit. Also sagen Sie mir endlich, was Sie von mir wollen." Er lehnte sich zurück, ohne sie aus den Augen zu verlieren und verschränkt die Arme vor der Brust.

„Ich will ins Zeugenschutzprogramm aufgenommen werden. Mit allem, was dazu gehört; Straffreiheit, neue Identität und neues Umfeld!"

Das war es also, was er wollte. Ein neues Leben für eine Aussage, von der die Ilka nicht wusste, ob sie sie überhaupt weiterbringen würde.

„Sie haben mindestens einen Menschen gefoltert und umgebracht und eine junge Frau entführt. Von dem ausgebrannten Lieferwagen und die Schüsse auf mich mal ganz zu schweigen. Sie glauben doch nicht im Ernst, dass Ihnen jemand unter diesen Umständen Straffreiheit gewährt. Das können Sie vergessen."

„Wirklich?"

„Ja, Herr Voss. Wirklich. Ihre Bewährung läuft noch ein glattes Jahr. Und mit den Straftaten, die wir Ihnen bisher nachweisen können, werden Sie das Gefängnis erst im hohen Rentenalter wieder verlassen. Wenn überhaupt."

Voss lächelte. „Gut, dann können wir die Vernehmung an dieser Stelle abbrechen."

„Dann bleiben Sie also dabei, dass Sie keine Aussage machen werden?"

„Sie kennen meine Bedingungen", entgegnete er unbeeindruckt. „Wenn alles geregelt ist, werde ich meine Aussage machen."

„Wie Sie wollen." Ilka gab der Kollegin an der Tür ein Zeichen. „Beate, bring ihn bitte in die Zelle. Wir sind hier fertig. Und sag Lisa Bescheid, dass wir jetzt mit Frau Schaller beginnen können!"

* * *

Keine fünf Minuten später saß ihr Johanna Schaller gegenüber. Ilka schlug die Akte auf und kam gleich zur Sache.

„Wie haben Sie von Voss erfahren?"

„Der Kontakt zu Sophie ist nie abgerissen. Auch nach Nikos Tod nicht. Sie hat mir von Voss erzählt, von seinen Machenschaften und auch von diesem Marek. Sie sagte, dass sie bald genug Beweise zusammen hätte, um ihnen das Handwerk zu legen."

„Und wie haben Sie reagiert?" Johanna zuckte mit den Achseln.

„Ich wollte es ihr ausreden. Ich sagte, dass es viel zu gefährlich wäre, sich mit diesen Typen einzulassen. Aber sie hat nicht auf mich gehört.

„Woher wussten Sie, wo Rüdiger Voss wohnt?"

„Von Sophie wusste ich auch, wo er sich abends öfter aufhielt. Ich habe einfach vor dem Lokal gewartet, bis er rauskam. Er ist dann mit dem Land Rover nach Hause gefahren und ich bin ihm gefolgt. Aber ich habe mich nicht getraut, ihn zur Rede zu stellen. Als ich jetzt das Fahndungsfoto von Voss in der Zeitung sah, war das wie ein Stich ins Herz. Damals, als sie den Mord an meinem Sohn untersucht haben, viel auch sein Name. Aber er saß gerade eine Haftstrafe wegen eines anderen Drogendelikts ab und deshalb konnten sie ihn nicht für den Mord an meinem Sohn belangen. Aber Typen wie er haben meinen Sohn getötet, indem sie das Dreckszeug verkaufen. Ich wollte nicht, dass er einfach so davon kommt. Ich habe mir die Waffe genommen und bin losgefahren."

„Warum sind Sie zu ihm gefahren? Wollten Sie ihn erschießen?"

Johanna Schaller warf ihr einen irritierten Blick zu.

„Nein, ich wollte nur, dass er mit zum Grab meines Sohnes kommt. Ich wollte ihm zeigen, was er mit den Scheiß Drogen angerichtet hat."

„Woher hatten Sie eigentlich die Waffe?"

„Ich habe sie im Zimmer meines Sohnes gefunden. Ich habe keine Ahnung, wo er die her hatte. Was passiert jetzt?"

„Sie werden sich wegen des Straftatbestandes der Bedrohung verantworten müssen. Der Verstoß gegen das Waffengesetz kommt noch dazu. Frau Schaller, Sie haben einem Menschen eine Waffe an den Kopf gehalten. Das ist kein Kavaliersdelikt."

„Dieses Schwein hat nichts anderes verdient", erwiderte Johanna trocken.

„Mag sein, dass Voss ein Schwein ist, aber das gibt Ihnen noch lange nicht das Recht, so etwas zu tun."

„Muss ich jetzt ins Gefängnis?"

„Wenn das Gericht die Beweggründe für Ihr Handeln mit einbezieht und davon gehe ich erst mal aus, dann könnten Sie mit einer Bewährungsstrafe davonkommen. Aber versprechen kann ich das nicht."

„Frau Hansen, soll ich ehrlich sein?"

„Ja, ich bitte darum."

„Ich denke die ganze Zeit darüber nach, ob es nicht besser gewesen wäre, wenn ich abgedrückt hätte. Vielleicht hätte ich mich besser gefühlt, als jetzt gerade. Vielleicht hätte ich dann mit allem abschließen können. Aber so? Welche Perspektive habe ich noch?" Sie schaute Ilka direkt in die Augen. „Man sagt ja immer, dass am Ende eines jeden Tunnels das Licht wieder erscheint. Aber mein Tunnel scheint niemals zu enden."

Ilka dachte eine Weile nach, was sie darauf erwidern sollte. Sie versuchte, sich in die Lage von Johanna Schaller hinein zu versetzen, und irgendwie konnte sie die Frau sogar ein wenig verstehen.

„Vielleicht hätten Sie sich am Anfang besser gefühlt, mit dem Gefühl, den Tod Ihres Sohnes gerächt zu haben. Aber wenn Sie dafür viele Jahre im Gefängnis sitzen, dann werden Sie anders darüber denken. Glauben Sie mir. Sie würden dort zugrunde gehen."

Johanna Schaller sah sie unsicher an.

„Und was habe ich jetzt? Ich habe nichts mehr, für das es sich zu leben lohnt!"

Ilka griff nach ihrer Hand und umklammerte sie fest. „Doch Frau Schaller, es lohnt sich immer zu leben. Sophie hätte sicher nicht gewollt, dass Sie jetzt aufgeben. Und ihr Sohn auch nicht."

„Hat Voss Sophie umgebracht?"

„Das wissen wir leider noch nicht", sagte Ilka, obwohl sie genau wusste, dass es keinerlei Anhaltspunkte dafür gab, dass er jemals in Sophies Wohnung war. „Aber wir werden alles daran setzten, den Schuldigen zur Rechenschaft zu ziehen."

Johannas Blick schweifte gedankenverloren durch den Raum, bevor sie wieder zu Ilka sah. Ein feuchter Schimmer hatte sich über ihre Augen gelegt.

„Sophie wollte meinem Sohn helfen. Bevor das mit den Drogen losging, hat Niko davon geträumt, mit Sophie nach Australien zu reisen. Sie hatten alles schon bis ins kleinste Detail geplant. Sie wollten zum Ayers Rock, dem Great Barrier Reef und die Great Ocean Road entlang fahren. In Melbourne wollten sie starten und von dort durchs

Land reisen. Backpackern nennen die jungen Leute das heute. Frau Hansen, die beiden hatte so viele Pläne und Träume und jetzt ist alles vorbei. Sie hat versucht, ihn von der Sucht abzubringen. Sie hat ihn zu einem kalten Entzug überredet und wich danach nicht eine Sekunde von seiner Seite. Sie war beim ihm, als die Unruhe und Schlaflosigkeit einsetzte, die Krämpfe und Schmerzen am ganzen Körper und alles, was dazu gehört,wie Übelkeit, Durchfall, Erbrechen, Fieber und Schüttelfrost. Sie hätte alles dafür gegeben, ihn zu retten, aber sie hat es nicht geschafft. Und jetzt ist sie auch tot. Warum?"

Ilka schob die Akte von einer Seite auf die andere, als würde sie so Zeit für die richtige Antwort gewinnen. Dann schüttelte sie den Kopf.

„Ich weiß es nicht… noch nicht. Aber ich werde es herausfinden."

* * *

Kaum hatte Johanna Schaller den Vernehmungsraum verlassen, griff Ilka zum Handy und wählte die Nummer ihres Chefs.

„Patrick, kann ich wieder nach Hause? Ich gehe davon aus, dass Voss auf mich geschossen hat."

„Sicher?", kam es zurück.

„Sehr sicher!", antwortete Ilka schnell. „Voss besitzt eine Walther P99 und die passt perfekt zu den sichergestellten Projektilen und Hülsen, die bei mir gefunden wurden. Sie sind gerade in der Ballistik. Und die Reifenabdrücke seines Land Rover Discovery passen auch zu denen, die vor meinem Haus sichergestellt wurden."

„Was hat die Vernehmung von Voss gebracht? Hat er gestanden?"

„Nein, nicht direkt", wich Ilka aus. „Aber die Beweise sind erdrückend. Da kommt er nicht mehr raus. Ich komme morgen früh gleich zu dir und dann können wir alles Weitere besprechen. Patrick, kann ich jetzt wieder nach Hause?"

Für ein paar Sekunden herrschte Schweigen am anderen Ende der Leitung, dann hörte sie ihn sagen: „Okay, dann geh."

* * *

Ilka parkte vor ihrer Bauernkate und atmete tief durch. Sie war trotz aller Vorkommisse froh, wieder zuhause zu sein. Cem hatte sich alle Mühe gegeben, ihr den unfreiwilligen Aufenthalt so angenehm wie möglich zu machen, aber sie hatte vorerst genug von Raki, Kichererbsen, Sonnenblumenkernen und gesalzenen Auberginen. Sie holte zwei voll gepackte Einkaufstüten aus dem Kofferraum und stapfte über den Gehweg zum Haus.

Sie hatte ein befremdliches Gefühl, als sie zum ersten Mal nach den Schüssen wieder ihr Haus betrat. Sie stellte die Tüten auf dem Küchentresen ab, danach leerte sie den Briefkasten, der bis zum Rand mit Zeitungen und Werbung gefüllt war. Sie legte alles auf den Stapel, der ohnehin schon auf dem Couchtisch lag.

Mit einem leichten Magengrummeln schaute sie sich um. Die Fensterscheiben waren wie versprochen ersetzt worden, aber das war nicht das Einzige, was an die Schüsse auf sie erinnerte. Sie biss sich fest auf die Lippen, als sie zum Gemälde sah. Zwei Kugeln, die eine in den leuchtenden Häusern und die andere in der Santa Margherita di Antiochia.

Ilka ging die Treppe zum Badezimmer hinauf. Sie drehte den Hahn auf, beugte sich über das Waschbecken und ließ das kalte Wasser in ihre gewölbten Hände laufen. Als sie die angenehme Kühle in ihrem Gesicht spürte, fühlte sie sich ein wenig besser.

Sie kehrte wieder in die Küche zurück und goss sich ein Glas Rotwein ein. Sie trank einen Schluck, griff zum Handy und wählte die Nummer ihres Ex-Manns.

„Tobias? Ich bin's, Ilka. Ich bin wieder zuhause."

„Wie geht es dir?"

„Um ehrlich zu sein, nicht zu gut. Der aktuelle Fall geht mir ziemlich an die Nieren."

„Seid ihr wenigsten auf einem guten Weg?"

„Naja, wie man es nimmt. Wir haben drei Tote, dazu noch einige Ungereimtheiten, die wir uns noch nicht erklären können. Aber immerhin haben wir endlich einen der Täter gefasst."

Als Tobias nichts erwiderte, fuhr sie fort: „Wie war's mit Sina?"

„Sehr gut. Ich habe sie gestern Abend zu deiner Mutter gebracht. Sina musste ja heute wieder zur Schule und von Hamburg nach Stade und zurück, ist dann doch ein wenig zu weit. Aber Elfie hat sich gefreut."

„Hat sie wieder mit ihrem Liebling Ricco geskypt?"

„Ja. Und wenn sie es nicht tut, erzählt sie von ihm oder Vernazza. Die beiden scheinen wirklich vernarrt ineinander zu sein. Ich denke, dass Sina ein Königreich dafür geben würde, um so schnell wie möglich wieder nach Ligurien reisen zu können."

„Ja, das denke ich auch", stimmte Ilka zu. „Ich hätte nicht gedacht, dass das so lange anhält."

„So ist das nun mal mit Teenagern. Wir waren doch auch nicht anders, als wir jung waren, oder? Denkst du nicht auch manchmal an die Zeit zurück, als wir uns kennen lernten? Wir hatten eine Menge verrückter Ideen im Kopf, genauso wie jetzt Ricco und Sina."

Ilka musste lächeln, als er das sagte. Natürlich erinnerte sie sich an diese schönen Momente, an den ersten Kuss, die ersten zärtlichen Berührungen und alles was danach kam.

Ilka nippte an ihrem Wein und schloss die Augen. Ihre Gedanken schweiften zurück zu der Zeit, in der alles so leicht und unbeschwert gewesen war. Und sie musste sich eingestehen, dass sie in dieser Zeit wahnsinnig glücklich waren.

„Bist du noch dran?", hörte sie Tobias fragen.

„Ja", antwortete sie hastig. „Ich bin noch da."

„Wir könnten irgendwo einen Kaffee oder ein Glas Wein trinken. Was hältst du davon?"

„Ist gerade eine blöde Zeit, Tobias. Ich habe ja kaum Zeit für mich selbst. Unsere Fälle beschäftigen uns im Moment rund um die Uhr."

Das war jetzt nicht wirklich gelogen, aber in Wahrheit stand ihr jetzt nicht der Sinn danach, ihren Ex-Mann wiederzusehen und über die guten alten Zeiten zu reden. Und sie hatte erst recht keine Lust, Tobias näher an sich heranzulassen, als unbedingt nötig. Nicht nachdem er damals seine Familie von einem Tag auf den anderen im Stich gelassen hatte.

„Ich weiß ja, dass du mich nicht in deiner Nähe haben willst", sagte Tobias in ihre Gedanken hinein.

„So habe ich das nicht gemeint", versuchte Ilka sich herauszureden. „Ich habe gerade wirklich keine Zeit."

Tobias zögerte kurz mit der Antwort. „Aber wenn ich irgendwie helfen kann, bin ich da. Ich möchte nur, dass du das weißt."

„Danke Tobias", erwiderte Ilka. „Ich denke darüber nach, okay?

„Okay. "

„Danke, dass du auf sie aufgepasst hast."

Für einen Moment war es still, dann antwortete er: „Sie ist und bleibt unsere gemeinsame Tochter, Ilka. Und ich werde immer für sie da sein, egal wie es mit uns weitergeht."

* * *

Ilka hatte ihr Handy gerade beiseite gelegt, als es an der Haustür klingelte. Es war kurz nach halb acht. Für einen Moment dachte sie daran, nicht aufzumachen, doch dann überwog die Neugierde. Sie trat an die Tür, und öffnete sie einen Spalt ohne die Sicherheitskette zu lösen.

Ihre Mutter stand vor ihr.

„Mama, was machst du denn hier?", fragte Ilka sichtlich überrascht

„Ilka, hast du einen Moment Zeit für mich?"

„Klar, aber woher weißt du überhaupt, dass ich wieder zurück bin?" Ilka löste die Kette und ließ ihre Mutter herein.

„Ich habe erst bei Cem zuhause angerufen, um mit dir zu reden. Da hat er mir erzählt, dass du wieder in Harsefeld bist."

Ilka goss ihr ein Glas Wein ein und hielt es ihr entgegen. Ihre Mutter sah wie immer blendend aus. Die Karibikbräune in ihrem Gesicht war unübersehbar. Sie gingen ins Wohnzimmer und Elfies erster Blick fiel zu Ilkas Leidwesen auf die Einschusslöcher im Gemälde und in der Wand.

„Was hast du auf dem Herzen, Mama? Wie geht es Sina?"

„Sina geht's gut", antwortete sie. „Tobias hat sie gestern vorbeigebracht."

„Ja, ich weiß", sagte Ilka „ Ich habe gerade mit ihm telefoniert."

„Ilka, wie lange geht das noch gut? Ich meine, mit dir und deinem Beruf?"

„Ich weiß nicht, worauf du hinaus willst", wich Ilka aus.

„Deine Tochter ist nicht dumm, Ilka. Sie bekommt schon mit, wenn ihre Mutter in Schwierigkeiten steckt, und sie bei mir oder Tobias übernachten muss, weil du keine Zeit hast oder wieder mal voll mit einem deiner Fälle beschäftigt bist. Wie lange soll das noch so weiter gehen?"

„Der Fall ist bald abgeschlossen", entgegnete Ilka hörbar genervt. „Dann habe ich wieder mehr Zeit für sie."

„Bis zum nächsten Fall, und dann geht das alles wieder von vorne los."

Ilka nippte am Wein und schaute an Elfie vorbei hinaus in die Dunkelheit. „Und was soll ich deiner Meinung nach tun? Ich kann doch nicht einfach alles hinschmeißen. Das ist mein Beruf!"

„Du könntest dich in den Innendienst versetzten lassen."

„Dafür bin ich aber nicht zur Kripo gegangen", entgegnete Ilka.

„Um dich erschießen zu lassen, aber auch nicht", konterte Elfie. „Ich will nicht zu den Müttern gehören, die ihr Kind überleben."

Ilka musste augenblicklich an Johanna Schaller denken. Es war kaum vorstellbar, wie es in ihr aussah, wenn sie am Grab ihres Sohnes trauerte.

„Nein, natürlich nicht, Mama."

„Was ist eigentlich mit dem, der auf dich geschossen hat? Habt ihr ihn?"

„Ja, den Kerl haben wir."

Elfie rückte nah an Ilka heran und nahm Ilkas Hände in die ihren. „Bitte versprich mir, dass du wenigsten darüber nachdenkst."

„Versprochen, Mama. Du hast nicht zufällig ein paar schöne Fotos von deiner Reise bei dir?" Ilka wollte das Thema endlich abschließen.

„Natürlich habe ich die", antwortete Elfie mit einem Lächeln und zog ihr Smartphone aus der Handtasche.

Kapitel 25

Am Dienstagmorgen war Ilka die Erste im Büro. Sie kochte sich einen Kaffee und ließ sich auf ihren Stuhl fallen. Sie dachte darüber nach, was sie als nächstes tun könnte. Sie war sich sicher, dass weder Patrick Dannenberg noch das Landeskriminalamt auf die Forderungen von Rüdiger Voss eingehen würden. Was wäre, wenn Voss nur bluffte, um auf diesem Weg dem Gefängnis zu entgehen? Aber wenn es jemanden gab, der die Hintermänner kennen könnte, dann war es dieser Rüdiger Voss. Doch dieses Risiko wollte und konnte Ilka nicht eingehen. Mitten in ihre Gedanken hinein betrat Lisa das Büro.

„Ich habe mich noch einmal mit den Erben unterhalten. Es hat sich tatsächlich jemand bei ihnen gemeldet. Er gab sich als ein gewisser Georg Messmer aus. Der Name ist falsch, das habe ich schon überprüft. Angeblich war er Künstler und suchte ein Haus, das er zu einem Atelier umbauen wollte. Er hat ihnen angeboten, das Haus für drei Monate zu mieten, um in aller Ruhe über einen Kauf nachzudenken. Die Eigentümer gingen darauf ein, in dieser Zeit keine weiteren Kaufinteressenten anzunehmen. Die Überweisung der Miete erfolgte für alle drei Monate im Voraus. Die 1800 Euro wurden per Bareinzahlung überwiesen."

Ilka zog die Stirn kraus. „600 Euro im Monat? Wir haben Dezember und in der Hütte funktioniert noch nicht einmal die Heizung. Ganz schön viel Geld für so eine Ruine."

„Wahrscheinlich lagst du mit deiner Vermutung wieder mal richtig. Sie wollten sicher gehen, dass sie ungestört ihren Geschäften nachgehen konnten."

„Aber ist eine Barüberweisung heutzutage überhaupt noch möglich?"

Lisa schlug ihr Notizbuch auf. „Ich habe mich bei der Bank erkundigt. Wenn der Betrag, den du einmalig an jemanden senden möchtest, unter 2000 Euro liegt, kannst du ohne weiteres eine Bareinzahlung auf das gewünschte Konto tätigen. Die meisten Banken verlangen noch nicht einmal eine Legitimation. Du solltest allerdings vermeiden, die Überweisung in deiner eigenen Bankfiliale durchzuführen."

„Dann können wir also nicht nachverfolgen, wer das Geld überwiesen hat?"

„Nein, das können wir nicht."

„Das wäre ja auch zu schön, um wahr zu sein, aber jetzt wissen wir wenigstens, wie sie es geschafft haben, unentdeckt zu bleiben."

* * *

Als Cem gut eine Viertelstunde später ins Büro kam, wollten Ilka und Lisa nur eines von ihm wissen.

„Was macht eigentlich deine Mama? Fühlt sie sich wohl in Stade?"

„Ihr geht es blendend", antwortete Cem sichtlich genervt. „Gestern Abend hat mich Alim tatsächlich gefragt, wie lange sie noch bleibt."

„Aber sie bleibt doch noch bis nächsten Samstag, oder?", fragte Lisa.

„Ja, so ist es", antwortete Cem. „Aber ich kann dir wirklich nicht sagen, wie lange Alim das noch durchhält. Sie stellt seinen ganzen Laden auf den Kopf."

Cems Handy begann zu vibrieren, und er ahnte nichts Gutes, als Alims Nummer auf dem Display aufleuchtete.

„Alim, mein Freund. Was gibt's?"

„Freund ist das richtige Stichwort", antwortete Alim. „Du bist auf dem besten Weg, einen zu verlieren."

„So schlimm?" Cem ahnte sofort, dass Alims miese Laune nur mit seiner Mutter zu tun haben konnte.

„Was nennst du schlimm?" Alim erzählte ihm kurz, was geschehen war. „Seyyar ist wirklich eine äußerst liebenswerte Person, aber ich denke, es ist an der Zeit, dass du dich jetzt um sie kümmerst."

„Ich kümmere mich um sie, Alim. Ich muss jetzt Schluss machen."

„Aber bitte zeitnah", drängte Alim. „Bevor ich mich in meinem eigenen Laden nicht mehr zu zurechtfinde." Cem rollte mit den Augen. Konnte seine Mutter sich nicht einmal irgendwo ruhig in die Ecke setzten und nichts durcheinander bringen?

„Na, schlechte Neuigkeiten?", wollte Ilka wissen.

„Er war nur für zwei Stunden weg, und in der Zeit hat sie alle Regale neu sortiert. Sie meint es nicht böse, aber Alim ist damit echt überfordert."

„So kenne ich ihn gar nicht", wandte Ilka ein. „Ich kenne Alim nur als lebenslustigen Menschen mit bunten Hemden und einer unendlichen Geduld."

Cem runzelte die Stirn. „Irgendwann ist jede Geduld mal am Ende, aber ich habe Alim versprochen, dass wir am Samstagabend eine geile Party machen, sobald der Flieger Richtung Istanbul abgehoben hat. Ich hoffe, ihr seid dabei!"

„Ich bin dabei", bestätigte Lisa.

„Ich natürlich auch", versicherte Kai.

Ilka nickte. „Ich auch! Ganz klar! Aber jetzt lasst uns endlich diesen Fall zu Ende bringen."

In diesem Moment tauchte Thomas Leitner im Büro auf.

„Du siehst müde aus", waren Thomas' erste Worte, als er Ilka auf dem Stuhl hocken sah. „Du solltest mal wieder richtig ausschlafen. Aber das weißt du sicherlich selbst, oder?"

Ilka stieß einen Seufzer aus. „Ja, weiß ich. Aber ich kann es im Moment leider nicht ändern. Habt ihr wenigstens etwas zur Aufmunterung für mich?"

„Ich denke schon", entgegnete Lisa. „Ich komme gerade von der Ballistik. Die hätten mich beinahe rausgeschmissen, weil ich da so früh aufgetaucht bin, aber dafür habe ich das hier!" Ilka nahm ihr den Zettel aus der Hand und überflog kurz den Bericht.

„Das ist also die Waffe, aus der auf mich geschossen wurde!"

„Ja, ohne Zweifel", bestätigte Lisa. „Mit der Walther P99 von Voss wurde auf dich geschossen. Und es waren auch nur seine Fingerabdrücke auf der Waffe. Und dann soll ich dir von Anna ausrichten, dass Stefan Gruber definitiv der Vater von Sophies Kind ist."

„Also doch", warf Ilka ein. „Dann hatte sie doch noch was mit ihm, als sie längst mit Felix Krohn zusammen war. So ein Engel, wie wir am Anfang glaubten, war sie dann doch nicht."

Lisa nickte zustimmend. „Das würde zu dem Bild passen, das wir mittlerweile von ihr haben. Monogam zu sein, war nicht gerade ihr Ding. Erst Gruber und Krohn, dann Krohn und Wieczorek. Irgendwie hat sie es mit ihrem Liebesleben nicht so richtig auf die Reihe gekriegt."

Ilka spitzte die Lippen. „Könnte sein, aber ich vermute eher, dass sie es aus reinem Selbstzweck getan hat. Sie lässt sich auf die drei ein und bekommt dann das, was sie haben will. Was immer das auch war."

„Sorry Leute", unterbrach Thomas. „Ich habe heute leider einen Termin nach dem anderen. Könnt ihr mir kurz zuhören?"

„Klar", erwiderte Ilka. „Schieß los."

„Die Analyse der Reifenabdrücke hat ergeben, dass es sich mit ziemlich hoher Wahrscheinlichkeit um das Auto von Rüdiger Voss handelt, das vor deinem Haus, im Rüstjer Forst, und am Bauernhaus war. Wie du ja schon vermutet hast, handelt es sich hier um 235er Winterreifen. Die Abdrücke sind zwar nicht so eindeutig wie ein Fingerabdruck, aber du kannst davon ausgehen, dass zumindest der Land Rover Discovery von Voss an den Orten war."

„Das hört sich doch schon ganz gut an." Ilka trank einen Schluck, bevor sie zum letzten offenen Punkt kam. „Was ist mit den Spuren an Björn Landaus Kleidung?"

„Das steht auf meinem letzten Zettel", sagte Thomas schmunzelnd und wedelte mit dem Blatt Papier in der Hand. „Die letzte fehlende DNA gehört tatsächlich auch zu Rüdiger Voss. Ich denke, das reicht, um ihn für lange Zeit aus dem Verkehr zu ziehen!"

„Ja, das denke ich auch", sagte Ilka. „Es ist nur noch eine Frage der Zeit, bis er auch den Mord an Marek Wieczorek gestehen wird. Es müsste mit dem Teufel zugehen, wenn er das nicht auch war." Ilka warf einen kurzen Blick auf die Uhr über der Tür.

„Wo ist eigentlich Kai?"

„Der Kollege ist schon zur Wohnung von Voss gefahren", antwortete Thomas. „Und das ist jetzt auch mein nächster Termin! Man sieht sich."

„Okay, Danke Thomas." Ilka schaute sich nach ihrem Handy um, und als sie es nirgends finden konnte, fiel ihr ein, dass sie es in ihrem Auto auf dem Beifahrersitz liegengelassen hatte.

* * *

„Ilka?" Auf dem Weg zu ihrem Auto hatte sie es fast geschafft, unbemerkt an der offen stehenden Tür ihres Chefs vorbei zu huschen. Aber eben nur fast.

„Ja?" Sie machte einen Schritt zurück und blieb auf der Türschwelle stehen. „Was gibt's?"

„Gute Arbeit von dir und deinem Team. Wurde auch Zeit, dass wir diesem Voss endlich etwas nachweisen können."

„Danke Patrick. Ich denke, es lief ganz gut."

„Aber du siehst nicht gerade hocherfreut aus."

„Wie sollte ich das auch sein?", entgegnete sie. „Gut, Voss haben wir endlich am Haken, aber der Mörder von Sophie Degenhardt läuft immer noch frei herum."

„Und du bist felsenfest davon überzeugt, dass es nicht auch Voss war?"

„Ja, er kann es nicht gewesen sein. Es gab nicht die geringste Spur am Tatort, die auf Voss hinweisen würde. Nicht mal eine Hautschuppe, ein Haar oder ein Speichelrest. Einfach nichts."

Patrick Dannenberg spürte, dass ihr noch etwas auf der Seele lag.

„Aber das ist noch nicht alles, oder?"

„Nein. Voss weigert sich nach wie vor, die Namen seiner Auftraggeber zu nennen, bevor wir ihm nicht Straffreiheit gewährt haben." Als sie Patrick von dessen Forderung erzählte, schossen seine buschigen Augenbrauen mit einem Mal in die Höhe.

„Was will er?"

„Habe ich doch gesagt. Er will ins Zeugenschutzprogramm aufgenommen werden." Dannenberg fuhr sich mit beiden Händen über das nur noch spärlich vorhandene Haar.

„Wie stellst du dir das vor? Das ist nicht einfach mal so mit einem Anruf beim LKA getan. Es gibt nicht viele, die in das Programm aufgenommen werden. Und sie müssen kooperieren, ohne Wenn und Aber. Und das kann ich mir bei Voss beim besten Willen nicht vorstellen. Er hat sein halbes Leben im Gefängnis verbracht. Der würde doch unter einem anderen Namen, mit einer anderen Identität und an einem anderen Ort weiter dealen."

Ilka runzelte die Stirn.

„Davon gehe ich auch aus, Patrick. Aber es ist seine Bedingung. Als Gegenzug will er gegen die Hintermänner aussagen."

„Was glaubst du, Ilka. Was ist seine Aussage wert?"

Obwohl sie genau diese Frage von ihm erwartet hatte, wusste sie keine abschließende Antwort darauf.

„Es gibt keine Garantie, dass er die Drahtzieher wirklich kennt und zudem genügend Beweise hat, um sie ins Gefängnis zu bringen", sagte Ilka. „Ich bin mir echt nicht sicher, ob wir das riskieren sollten."

Dannenberg rieb sich mit den Fingerspitzen über die Stirn. „Sehe ich genauso. Wie stehen wir da, wenn er uns nur verarscht, um auf diese Weise nicht in den Knast zu kommen?"

Ilka zuckte mit den Schultern.

„Einerseits wäre es die Chance, endlich an die Hintermänner heranzukommen, aber er hat vermutlich zwei Menschen umgebracht, von den Schüssen auf mich und Janas Entführung mal ganz abgesehen. Um es klar zu sagen, Patrick: Für mich wäre es unverantwortlich, einem

Mörder Straffreiheit zu gewähren. Natürlich will ich die Schweine finden, die hinter dem Ganzen stehen, aber ich will ganz sicher nicht, dass so einer wie Voss einfach so davon kommt."

Dannenberg nickte.

„Ich bin ganz auf deiner Seite. Was hast du jetzt vor?"

„Weiß ich noch nicht", wich Ilka aus. „Voss hat öfter eine Nummer angerufen, wahrscheinlich seinen Auftraggeber. Aber die Nummer lässt sich nicht zurückverfolgen. Wahrscheinlich gehört die Nummer zu der Person, mit der er sich öfter getroffen hat. Aber ich habe keine Ahnung, was der Buchstabe L zu bedeuten hat."

„Könnte das L für Landau stehen?"

Ilka schüttelte den Kopf.

„Glaube ich nicht. Es waren auch neuere Termine dabei und da war Landau längst tot."

Dannenberg stieß einen Seufzer aus.

„Noch einmal, Ilka. Du schließt Voss als Mörder von Sophie Degenhardt völlig aus?"

„Ja."

„Aber wenn es tatsächlich diesen brisanten Artikel gab, an dem Sophie dran war, dann wäre doch auch Voss davon betroffen gewesen."

Ilka zuckte mit den Achseln.

„Mag sein, aber uns fehlt immer noch eine DNA, die bei Sophie gefunden wurde. Ich bin mir sicher, dass sie zu unserem Mörder gehört."

* * *

Nachdem Ilka ihr Handy aus dem Auto geholt hatte, kehrte sie ins Büro zurück.

„So, mein Handy ist wieder da", sagte Ilka und setzte

sich Lisa gegenüber. Sie schlug die Akte zum x-ten Mal auf und begann wieder von vorn, alles durchzusehen.

„Was haben wir übersehen, Lisa?" Sie überflog die Aussagen von Krohn, dann die von Gruber und Voss. „Was meinte Voss, als er sagte, dass es jemanden geben würde, der alles unter Kontrolle hätte, dass er näher sei, als ich glaubte, und dass man sich manchmal in Menschen täuschen würde, die man einigermaßen zu kennen glaubt. Was wollte er damit andeuten? Vielleicht hat Christian ja doch Recht gehabt, als er sagte, dass man an die großen Fische so gut wie nie ran kommt."

„Wer ist Christian?", fragte Lisa.

„Christian Levers, der Chef des Drogendezernats. Ich war neulich bei ihm, um mich über Drogenaktivitäten im Landkreis zu erkundigen." Ilka schlug die Akte wieder zu.

„Lisa, kannst du bitte mal die Kontobewegungen von Voss überprüfen?" Lisa schien sie nicht zu hören. Sie saß reglos da und starrte gedankenverloren auf ihren Monitor.

„Lisa?", fragte Ilka vorsichtig. „Alles in Ordnung?"

„Manchmal täuscht man sich in Menschen, die man zu kennen glaubt", sagte sie leise, als würde sie mit sich selbst sprechen. Dann schaute sie auf und sagte: „Vielleicht hältst du mich jetzt für bescheuert, aber was wäre, wenn mit dem Buchstaben L in dem Terminkalender von Voss Christian Levers gemeint ist?" Ilkas Augenbrauen schossen in die Höhe.

„Levers? Ist das dein Ernst?"

„Es ist immerhin eine Möglichkeit, oder?"

„Ausgerechnet der Chef des Drogendezernats soll hinter allem stecken? Glaubst du das wirklich?"

Lisa dachte kurz nach. „Glauben wäre zu viel gesagt. Es ist eine vage Theorie, zugegeben. Aber es würde zu den merkwürdigen Aussagen von Voss passen. Ich kann ja mal schauen, was ich über ihn..."

„Warte!" Ilka sprang auf, lief um ihren Schreibtisch herum und klappte Lisas Laptop zu. „Wenn rauskommt, dass wir gegen einen Kollegen ermitteln und wir uns am Ende geirrt haben, dann sind wir erledigt! Verstehst du das?"

„Ja", kam es kleinlaut zurück. „Vielleicht war es ja doch nur eine bescheuerte Idee von mir."

Ilka schob einen Stuhl nahe an Lisa heran und setzte sich.

„Die Idee ist keineswegs bescheuert. Wir müssen nur verdammt vorsichtig sein."

Lisa schaute sie leicht irritiert an.

„Was hast du jetzt vor?"

„Ich muss mit Patrick darüber reden. Ich kann das nicht ohne sein Einverständnis machen. Und bis dahin unternimmst du nichts und redest auch mit niemandem darüber." Ilka stand auf und schob den Stuhl zurück. „Nach dem letzten Einsatz hat er mir den Rücken freigehalten und dafür gesorgt, dass ich keine Schwierigkeiten bekomme. Deswegen muss ich ihn einweihen."

* * *

Keine Minute später betrat Ilka das Büro ihres Chefs.

„Patrick, darf ich dir mal eine persönliche Frage stellen?" Dannenberg zog die Stirn kraus.

„Wenn du schon so anfängst, dann kommt da mit Sicherheit nichts Gutes dabei heraus." Ilka ersparte sich einen Kommentar und kam direkt zur Sache.

„Wie gut kennst du Christian Levers?"

„Warum fragst du?"

„Beantworte bitte erst meine Frage, dann sag ich es dir."

„Wir haben uns früher häufiger getroffen. Wir verstanden uns gut und unsere Frauen mochten sich auch. Aber nach seiner Scheidung hat er sich komplett zurückgezogen.

„Wie lange ist das her?"

„Ungefähr zwei Jahre. Die Trennung hat ihn ziemlich fertig gemacht und außerdem sehr viel Geld gekostet. Eigentlich waren sie ein tolles Paar. Ich hätte nie gedacht, dass sich die beiden so anfeinden würden. Also, warum willst du das wissen?" Ilka erzählte ihm in knappen Sätzen von ihrem Verdacht. Als sie fertig war, lehnte er sich zurück und schaute sie zweifelnd an.

„Und du glaubst wirklich, dass er was damit zu tun haben könnte? Ausgerechnet der Chef des Drogendezernats?" Er saß da mit seinem schwarzen Hugo Boss-Anzug und dem weißen, gebügelten Hemd und lugte über den Rand seiner Brille zu ihr.

Ilka nickte. „Keine Ahnung, warum ich bei dem Gespräch mit ihm nicht misstrauisch geworden bin, aber jetzt wird mir einiges klar. Er hat mir erzählt, dass Heroin und Liquid Ecstasy so gut wie gar nicht im Landkreis vorkommen. Aber bei dem Jungen, der vor knapp einem Jahr an Heroin starb, konnte er sich noch nicht einmal an den Namen erinnern. Den musste ich ihm erst nennen. Schon komisch, oder? Da wird ein 19-jähriger mit mehreren intravenösen Einstichstellen in beiden Armen gefunden, und der Chef des Rauschgiftdezernats kann sich nicht daran erinnern? So etwas vergisst man doch nicht. Erst als ich ihn darauf angesprochen habe, rückte er langsam mit den Informationen heraus."

„Lass mich raten. Die Ermittlungen wurden eingestellt."

„Treffer. Angeblich wurden keine verwertbaren Spuren gefunden."

Dannenberg nickte stumm, während er seinen Blick weiter auf Ilka gerichtet hatte. Ilka griff nach einem Stuhl und setzte sich zu ihm.

„Patrick, als ich ihn auf Landaus Tod angesprochen habe, ist er gar nicht darauf eingegangen. Er hat nur Floskeln rausgehauen, dass es ein skrupelloses Geschäft sei und dass sie an die Drahtzieher so gut wie nie rankommen würden. Außerdem behauptet er, dass im Landkreis keine nennenswerten Drogenaktivitäten bekannt sind."

Als ihr Chef immer noch nichts von sich gab, riss ihr allmählich der Geduldsfaden.

„Warum starrst du mich eigentlich so an?" Ilka musste ihm diese Frage einfach stellen. Es machte sie völlig verrückt, wie er so dasaß und sie einfach nur ansah.

„Ich kann es einfach nicht glauben, dass er hinter allem stecken soll", antwortete er gereizt. „Er ist natürlich über unseren Ermittlungsstand bestens informiert, aber dass er derjenige ist, der…"

„Patrick!" Ilka hob die Hand. „Wenn ich falsch liege, trage ich die volle Verantwortung! Aber je länger ich drüber nachdenke, umso klarer wird es für mich. Ich habe ihm von Sophie Degenhardt und Marek Wieczorek erzählt, aber er kam mir nur mit Geldverleihern und Zigarettenschmugglern. Und ich blöde Kuh habe ihm das sogar geglaubt."

„Ilka, keiner von uns hätte gedacht, dass jemand aus unseren Reihen darin verstrickt ist. Aber wenn sich herausstellen sollte, dass der Kollege Levers unschuldig ist und wir uns getäuscht haben, dann wird's ziemlich ungemütlich für uns. Ist dir das klar?"

„Ja vollkommen."

„Was habt ihr bisher unternommen?"

„Nichts. Ich wollte zuerst mit dir darüber reden."

„Und nun? So wie ich dich kenne, hast du doch bestimmt schon eine Idee, oder?"

„Wir stellen ihm eine Falle! Sonst kommen wir nicht an ihn heran. Wenn er tatsächlich was damit zu tun hat, wird er reagieren."

„Mal angenommen, wir würden das riskieren. Wie willst du das anstellen, ohne dass er Verdacht schöpft?"

„Nach wie vor sind das Handy und der Laptop von Sophie Degenhardt verschwunden. Wir gehen davon aus, dass ihr Mörder beides mitgenommen hat, um Beweise zu vernichten. Was wäre, wenn sich plötzlich eine gute Freundin von Sophie melden würde, die behauptet, im Besitz einer Sicherheitskopie von Sophies Laptop-Daten zu sein?"

Dannenberg verschränkte seine Arme vor der Brust und sah Ilka direkt in die Augen. Er schien sich immer noch nicht mit dem Gedanken anzufreunden, dass Christian Levers etwas mit dem Tod von Sophie Degenhardt zu tun haben könnte.

„Und wer ist die gute Freundin, wenn ich fragen darf?"

„Lisa. Mich kennt er ja."

„Gut", erwiderte Dannenberg. „Mir ist nach wie vor nicht wohl bei der Sache, aber wenn du glaubst, dass es funktioniert, dann versuche es!"

Kapitel 26

Als Ilka das Büro wieder betrat, saß Lisa immer noch vor dem geschlossenen Laptop.

„Und? Was hat er gesagt?"

„Wie du siehst, bin ich noch am Leben", scherzte Ilka. „Auch wenn er nicht glücklich über unseren Verdacht war." Ilka goss sich eine Tasse Kaffee ein und setzte sich hinter ihren Schreibtisch. „Wir werden Levers eine Falle stellen und dafür brauche ich dich."

„Was soll ich tun?", fragte Lisa ohne zu zögern.

„Du rufst ihn an und sagst, dass du interessante Informationen für ihn hast."

„Und die wären?"

„Ein Stick mit der Sicherheitskopie von Sophies Laptop!"

Ilka schrieb kurz ein paar Stichworte auf einen Zettel und schob ihn Lisa entgegen.

„Wenn er anbeißt, dann haben wir ihn und wenn er sich nicht darauf einlässt, dann lagen wir wohl doch verkehrt."

Ilkas Bauchgefühl sagte ihr, dass an der Sache etwas dran sein könnte. Sie hatten schon zu viel Zeit verloren. Sie nahm ihr Prepaid-Handy, das schon lange unbenutzt in der Schublade lag und reichte es Lisa.

„Nimm das hier. Wenn du dein Handy oder das Diensttelefon benutzt, kann er den Anruf zurückverfolgen. Und zu niemandem ein Wort. Klar? Je weniger Leute davon wissen, desto besser ist es."

„Und was ist mit Cem und Kai?" Ilka zögerte kurz, dann drückte sie Cems Kurzwahl.

„Hi Cem. Wie lange braucht ihr noch in der Wohnung von Voss…? Halbe Stunde…? Okay, es könnte nämlich sein, dass wir eine neue Spur haben." Ilka beendete das Gespräch.

„Komm, wir gehen ins Vernehmungszimmer. Da haben wir unsere Ruhe."

Ilka schloss die Tür und hoffte inständig, dass Cem und Kai tatsächlich noch so lange brauchten, wie sie angekündigt hatten. Sie wies Lisa an, das Handy auf laut zu stellen und schaltete das Aufnahmegerät ein. Sie stellte sich an die Tür, um sicher zu gehen, dass nicht jemand unerwartet den Raum betrat. Auf ihr Zeichen hin wählte Lisa die Dienstnummer von Christian Levers.

„Herr Levers? Ich habe ein paar Informationen, die für Sie von großer Bedeutung sein könnten."

„Um welche Art von Informationen handelt es sich?", wollte Levers wissen. Er klang ruhig und gelassen. Lisas Anruf schien ihn in keiner Weise zu beunruhigen. Anscheinend bekam er als Chef des Drogendezernats häufiger solche Art von Informationen angeboten.

„Insiderwissen", erwiderte Lisa.

„Von wem haben Sie diese Informationen?"

„Von Sophie Degenhardt. Sie war eine gute Freundin von mir." Zum ersten Mal zögerte er kurz. „Tut mir leid. Ich kenne keine Sophie Degenhardt."

„Seltsam", erwiderte Lisa kühl. „Da hat mir Sophie aber etwas anderes erzählt. Sie erinnern sich wirklich nicht an sie?"

„Ich weiß nicht, wovon Sie reden, Frau …"

„Mein Name spielt keine Rolle", fuhr sie dazwischen. „Sagen Sie mir nur, ob Sie an den Daten interessiert sind oder nicht? Ich denke, dass Sie nicht wollen, dass dieses Material in falsche Hände gelangt." Für einen Moment war es still am anderen Ende der Leitung. Dann wollte er wissen: „Wer garantiert mir, dass die Daten wirklich so wertvoll sind, wie Sie behaupten?"

„Weil es die Sicherheitskopie von Sophies Laptop ist! Sie gab mir den Speicherstick kurz vor ihrem Tod."

Wieder kehrte für einen Moment Stille ein. Er schien zu überlegen, was er als nächstes tun sollte.

„Was wollen Sie als Gegenleistung?"

„Ich denke 5.000 ist ein fairer Preis. Danach sehen Sie mich nie wieder."

„5.000 für Informationen, die ich nicht kenne? Das ist sehr viel Geld."

Lisa überlegte kurz, was sie darauf erwidern sollte. Aber was hatte sie zu verlieren? Schließlich war es ihre verrückte Idee, dass er etwas damit zu tun haben könnte. Sie beschloss, in die Offensive zu gehen.

„Herr Levers, ich denke, dass Sie sehr genau wissen, um welches Material es sich handelt. Wenn das an die Öffentlichkeit kommt, sind Sie erledigt. So gesehen sind 5.000 Euro wirklich nicht zu viel! Also sind wir jetzt im Geschäft, oder nicht?"

„Um 16 Uhr auf dem kleinen Parkplatz neben dem Zollamt", kam es zurück. „Und kommen Sie allein!"

„Perfekt!", rief Ilka, als Lisa das Gespräch unterbrochen hatte. „Das reicht zwar noch nicht für den Staatsanwalt, aber es ist ein erster Schritt."

„Und wenn Levers das am Ende als normales Vorgehen bezeichnet, um an Informationen zu kommen? Mag ja sein, dass dieses Vorgehen nicht ganz legal ist, aber gerade in seinem Job ist er doch von Tipps von Insidern oder Informanten abhängig. Oder nicht?"

„Kann schon sein", antwortete Ilka. „Aber auch ein Kriminalhauptkommissar hat keine 5.000 Euro in der Schublade, die er mal so nebenbei für Informationen ausgeben kann."

In diesem Moment betraten Cem und Kai das Büro.

„Knapp 20.000 in bar, ein paar Gramm Marihuana und jede Menge Fingerabdrücke in der Wohnung und in seinem Auto", berichtete Cem in Kurzfassung über die Durchsuchung von Voss' Wohnung. „Das Bewegungsprofil seines Handys bringt uns auch nicht weiter. Ich werde noch seine Kontobewegungen überprüfen, aber ich glaube nicht, dass da mehr über diesen Typen herauskommt, als wir ohnehin schon wissen. Und was ist mit eurer heißen Spur?" Ilka brachte die beiden auf den neuesten Stand, worauf hin Cem einen anerkennenden Pfiff ausstieß.

„Da ist man nur mal kurz weg und schon starten die Ladys gleich eine Undercover-Aktion."

Lisa grinste ihn frech an.

„Frauenpower! Schon mal was davon gehört?"

Cem ging erst gar nicht auf ihre Bemerkung ein, sondern wandte sich direkt an Ilka.

„Und wie geht es jetzt weiter? Wir können Lisa doch nicht einfach dahin gehen lassen. Das Gebiet hinter dem Zollamt und dem Parkplatz ist dicht bewachsen und an zwei Seiten vom Wasser umgeben. Ein denkbar schlechter Ort für uns."

„Vielleicht hat ihn Levers ja deshalb ausgesucht", sagte Kai, der während der ganzen Unterhaltung auf seinem Stuhl saß und schweigend zuhörte. „Aber eventuell war es auch ein Fehler. Ich kenne den Parkplatz auch ganz gut. Ich parke öfter dort, wenn in der Stadt mal wieder nichts frei ist. Wenn er tatsächlich dort seinen Wagen abstellt, dann wäre es mit einem quer gestellten Fahrzeug möglich, die ganze Ausfahrt zu blockieren." Kaum hatte Kai den Satz beendet, als sich die Tür öffnete. Dannenberg trat ein und prompt richteten sich alle Augen auf ihn.

„Dass ich euch mal alle zusammen antreffe, hätte ich jetzt nicht gedacht. Aber umso besser. Dann bringt mich mal schnell auf Stand!" Ilka übernahm den Job. Als sie ihre Ausführungen beendet hatte, stellte sie das Aufnahmegerät an und spielte allen Lisas Anruf bei Christian Levers vor.

Patrick war sichtlich erschüttert. „Ich hätte nie gedacht, dass er sich auf so etwas einlassen würde. Wir waren wirklich gute Freunde und ich hätte die Hand für ihn ins Feuer gelegt."

„Bis zu der Scheidung", warf Ilka ein. „Danach war's vorbei."

„Ja, danach hat er sich komplett verändert. Irgendwie wirkte er verbittert und von allen missverstanden. Man kam einfach nicht mehr an ihn heran." Dannenberg atmete einmal durch. „Aber es gab auch danach nie einen Zweifel, dass er seinen Job nicht korrekt ausführen würde."

„Wir würden gern einige Daten über ihn einholen. Kontobewegungen, Verbindungsnachweise und so weiter. Ist das okay?"

„Ja." Dannenberg schaute kurz auf seine Armbanduhr. „Wir haben noch gut anderthalb Stunden bis zum Treffen. Bis dahin sollten wir uns schon eine Strategie zurechtgelegt haben."

„Wieso wir?", fragte Ilka verwundert. „Kommst du mit?"

„Ja, ich will dabei sein."

Ilka war alles andere als begeistert von Dannenbergs Vorhaben, aber sie wusste, dass er sich nicht davon abhalten lassen würde. Es nagte sichtbar an ihm, dass ein ehemals guter Freund in den Fall verstrickt sein könnte.

„Gut", sagte sie schließlich. „Wie gehen wir vor?"

„Ich glaube zwar nicht, dass er so blöd sein wird, dort zu parken, aber falls er es tut, dann ist die Idee von Kai gut."

„Moment", unterbrach Ilka. „Wer trifft sich jetzt mit Levers? Irgendjemand muss vor Ort sein, wenn er dort auftaucht. Wenn die Übergabe nicht stattfindet, können wir ihm nichts beweisen!"

Alle Blicke richteten sich wieder auf Dannenberg. Er schaute einmal in die Runde, bevor er antwortete. „Ich werde mich mit ihm treffen. Er soll mir ins Gesicht sagen, warum er das getan hat!"

„Patrik, das ist keine so gute Idee. Das ist viel zu gefährlich."

„Ilka, ich werde das machen", widersprach Patrick. „Ich bin mir sicher, dass er mir nichts tun wird!"

* * *

„Es geht los!", gab Dannenberg per Funk durch, als ein schwarzer Audi auf den Parkplatz bog.

Christian Levers stellte den Wagen auf einem der beiden letzten freien Plätze ab. Er stieg aus, zog eine Packung Zigaretten aus der Innentasche seines schwarzen Wollmantels und zündete sich eine an. Er nahm einen tiefen Zug, bevor er sich langsam auf die Grünfläche zu bewegte.

„Kai, park die Ausfahrt zu", wies Dannenberg über Funk an. „Aber unauffällig. Alle anderen bleiben auf ihren Posten."

Dannenberg nahm seine Waffe aus dem Holster und entsicherte sie. Ein seltsames Gefühl überkam ihn, als sich seine Hand um den Griff legte. Er nahm zwar regelmäßig am Schießtraining teil und doch war es eine Ewigkeit her, dass er sie im Dienst hatte benutzen müssen. Dannenberg schaute kurz zum Himmel. Das letzte Licht des Tages war hinter einem dunklen Wolkenband verschwunden. Es würde nicht mehr lange dauern, bis der Regen einsetzte.

Er versuchte Blickkontakt zu den Kollegen herzustellen, doch Cem und Ilka, die beide Seiten des Parkplatzes sicherten, waren hinter mannshohen Büschen verschwunden. Nur Lisa, die sich hinter dem Zollamt postiert hatte, um Levers den Weg zur Brücke zu versperren, gab ihm ein Zeichen. Dannenberg, der hinter einem Baum in Deckung gegangen war, beobachtete, wie Levers den Weg betrat, der um das Zollamt herumführte. Er umfasste seine Waffe mit beiden Händen, ohne sie auf Levers zu richten und trat aus dem Schatten des Baumes.

„Bleib stehen, Christian. Es ist vorbei!" Levers ließ die Zigarette fallen, drehte sich um und lief in Richtung Brücke. „Christian, bleib stehen!", brüllte Dannenberg ihm nach, doch Levers lief weiter auf die Brücke zu.

„Verdammte Scheiße, bleib stehen!" Dannenberg rannte ebenfalls los, doch nach wenigen Metern trat ihm der Schweiß auf die Stirn und ihm war klar, dass er Levers nicht einholen würde.

Plötzlich sprang Lisa aus dem Gebüsch. Wie oft hatte sie im Training geübt, die Geschwindigkeit des Gegners für sich selbst zu nutzen. Jetzt war es an der Zeit zu beweisen, dass sie es auch im Ernstfall konnte. Er wollte sich noch an ihr vorbei drängen, doch Lisa packte blitzschnell seinen rechten Arm, drehte sich in ihn hinein und warf ihn über ihren Rücken hinweg zu Boden. Er stieß einen spitzen Schrei aus.

„Das nächste Mal bleiben Sie gleich stehen. Dann können wir uns diesen ganzen Zirkus nämlich sparen." Sie zog erst den einen und dann den anderen Arm ruckartig nach hinten, zog die Handschellen hervor und legte sie ihm an. Begleitet von einem weiteren Aufschrei zog sie ihn hoch. Er starrte sie mit schmerzverzerrtem Gesicht an.

„Sind Sie verrückt geworden? Sie hätten mir beinahe den Arm gebrochen."

Lisa lächelte ihn nur an.

„Glauben Sie mir, selbst wenn er gebrochen wäre, ist das Ihr kleinstes Übel. Und jetzt kommt auch noch Widerstand gegen die Staatsgewalt dazu. Aber das spielt jetzt auch keine Rolle mehr. Ich verhafte Sie wegen des dringenden Verdachts, Sophie Degenhardt ermordet zu haben und des Verdachts auf Drogenhandel."

„Alle Achtung", lobte Ilka, die sich in der Zwischenzeit zu Dannenberg gesellt und Lisas Aktion staunend verfolgt hatte. „Das war nicht übel. Oder was sagst du dazu, Cem."

Er streckte den Daumen in die Höhe.

„Hut ab, Lady."

„Danke", sagte Lisa leicht verlegen. „Dann hat sich ja das Abwehr- und Zugriffstraining gelohnt und ein wenig Ju-Jutsu war auch noch dabei!"

Selbst Dannenberg kam nicht umhin, ein „Gute Arbeit, Frau Kollegin" von sich zu geben.

Ilka ging zu der Stelle, an der Levers seine Zigarette gelassen hatte. Sie nahm einen Plastikbeutel aus der Tasche und sammelte damit die Kippe auf. „Zugegeben, es war nicht einfach, Ihnen auf die Spur zu kommen. Aber irgendwann macht jeder einen Fehler! Und das hier dürfte unsere fehlende DNA sein."

Dannenberg war so in Gedanken versunken, dass er erst jetzt bemerkte, dass er noch immer seine Waffe in der Hand hielt. Er steckte die Waffe zurück in den Holster und wandte sich Christian Levers zu.

„Sag mir, warum du das getan hast." Für ein paar Sekunden sahen sie sich schweigend an. „Warum, Christian?"

Levers starrte Dannenberg an.

„Können wir allein reden?" Dannenberg schüttelte den Kopf. „Du hättest immer zu mir kommen können, jederzeit, aber jetzt ist es dafür zu spät. Warum musste Sophie sterben? Erkläre mir das, verdammt noch mal!"

„Sie hat mich erpresst, hat damit gedroht, mich zu zerstören, falls ich nicht zahle. Selbst wenn ich gezahlt hätte, wäre es nicht vorbei gewesen. Sie hätte nie damit aufgehört. Ich habe einfach keinen anderen Ausweg mehr gesehen."

Er sah Dannenberg mit geröteten Augen an. „Ich wollte das nicht, Patrick. Wirklich nicht. Aber irgendwie hat sich alles verselbstständigt… es tut mir leid…"

Ilka platzte der Kragen. Sie konnte das Gejammer nicht mehr länger ertragen.

„Es tut Ihnen leid?", fuhr sie ihn an und war drauf und dran ihm einen Faustschlag zu verpassen. „Erzählen Sie das doch mal der Mutter von Sophie oder der Mutter, die jeden Tag am Grab ihres Sohnes steht und all jenen, die Sie durch Ihr dreckiges Drogengeschäft ins Unglück gestürzt haben."

Dannenberg zog Ilka vorsichtshalber beiseite, wählte die Nummer des Staatsanwalts und beantragte einen Durchsuchungsbeschluss für das Haus von Levers.

„Ilka und ich bringen ihn zur Inspektion. Ihr fahrt direkt zu seinem Haus und fangt mit der Durchsuchung an. Den Beschluss bekommt ihr später." Dann richtete er sich noch ein letztes Mal an Levers.

„Willst du uns nicht wenigstens sagen, wo wir den Laptop, das Handy und all die anderen Dinge aus Sophies Wohnung finden werden? Wir schaffen es auch ohne dich, aber es würde schneller gehen, wenn du es uns sagst."

Levers biss sich auf die Lippen, bevor er antwortete: „In der Garage hinter dem Reifenstapel steht ein Karton. Da ist alles drin."

Kapitel 27

Patrick Dannenberg setzte sich direkt neben Ilka und schaltete das Aufnahmegerät ein. Christian Levers war nur noch ein Schatten seiner selbst. Er wischte sich kurz mit dem Taschentuch den Schweiß aus dem Gesicht und wagte es kaum, seinen ehemaligen Freund anzuschauen. Dannenberg sprach die Namen der Anwesenden, sowie Datum und Uhrzeit ins Mikro und wandte sich dann an sein Gegenüber.

„Was ist damals passiert, Christian? Ich hätte nie gedacht, dass du und Susanne euch einmal so anfeinden würdet."

Levers trank einen Schluck Wasser. „Wir hatten gerade unser Haus gebaut. Alles schien perfekt. Dann habe ich sie mit ihrem Lover gesehen. Sie haben gelacht und sich geküsst, als hätte es nie ein anderes Leben für sie gegeben. Ich habe sie darauf angesprochen, aber sie hat nicht mehr mit mir geredet und sich völlig distanziert. Und ich musste für alles zahlen. Für sie, unsere Tochter und das Haus. Offiziell waren sie natürlich nie zusammen. Wozu auch? Solange ich alles zahlte, lief es ja super für sie. Patrick, sie hat es ausgereizt bis zum Schluss. Ich war am Ende. Deshalb habe ich mich auf diesen Deal eingelassen."

Er atmete einmal tief durch. „Ich weiß, dass ich alles versaut habe, aber ich wusste damals keinen anderen Ausweg. Als mich Susanne damals verlassen hatte, stürzte mein ganzes Leben wie ein Kartenhaus zusammen. Dann die Scheidung, die mich beinahe in den Ruin trieb... meine Tochter, die in London studieren wollte... Ich konnte einfach meine Rechnungen nicht mehr bezahlen. Ich musste sogar eine hohe Hypothek auf das Haus aufnehmen, um Susanne auszubezahlen. Ich konnte nicht mehr klar denken, begann zu trinken. Mir war klar, dass ich es im Dezernat nicht mehr lange verheimlichen könnte. Eines Tages waren wir einem Drogenring auf der Spur. Einige der Dealer konnten wir bei einer Razzia festnehmen, nicht aber die Drahtzieher, die hinter allem steckten. Es war ein frustrierendes Ergebnis. Ein paar Tage später rief mich plötzlich einer von ihnen an. Er bot mir einen Deal an. Anfangs habe ich noch abgelehnt, doch irgendwann bin ich schwach geworden. Ich bekam einen Haufen Geld für ein paar detaillierte Informationen."

„Du hast ihnen gesagt, wann und wo die nächsten Razzien stattfinden würden, richtig?", hakte Dannenberg nach.

„Ja, und damit rutschte ich immer weiter in den Sumpf, bis ich schließlich selbst mit einstieg. Es schien alles so einfach und völlig ohne Risiko zu sein." Er stieß einen verächtlichen Laut aus. „Gibt es eine bessere Tarnung, als Leiter eines Drogendezernats zu sein?"

„Du hättest jederzeit zu mir kommen können", sagte Dannenberg leise, „doch stattdessen lässt du dich auf dieses schmutzige Geschäft ein und bringst auch noch eine junge Frau um! Warum musste Sophie Degenhardt sterben?"

„Es fing an mit einem harmlosen Interview, um das sie mich bat. Sie wollte einen Artikel über Drogen schreiben und erzählte mir von einem Freund, der mit neunzehn an einer Überdosis Heroin starb."

„Niko Schaller", ergänzte Ilka und dachte an das Grab auf dem Ehrenberg, an die verzweifelte Mutter, mit der sie auf dem Friedhof gesprochen hatte.

„Kann sein. Weiß ich nicht mehr. Jedenfalls war sie versessen darauf, einen Artikel darüber zu schreiben."

Dannenberg stand auf und trat bis auf einen Schritt an Levers heran. Er funkelte ihn zornig an. „Wie ist dir

Sophie auf die Schliche gekommen? Irgendetwas musste sie doch gegen dich in der Hand gehabt haben?"

„Sie hat sich an diesen Wieczorek rangeschmissen, als sie ihn zufällig beim Dealen beobachtet hat. Er war völlig vernarrt in sie und hat alles ausgeplaudert, was sie wissen wollte. Dann hat sie auch noch ein Telefongespräch zwischen Voss und Wieczorek mit angehört, und da fiel wahrscheinlich auch mein Name. Einen Tag später stand sie bei mir im Büro und verlangte Geld. Ganz schön dreist, dachte ich mir. Sie drohte, den Artikel zu veröffentlichen oder zur Polizei zu gehen, falls ich nicht zahlen würde. Am nächsten Tag bin ich zu ihr gefahren. Ich habe gewartet, bis dieser komische Politiker fort war, dann bin ich zu ihr gegangen. Ich tat so, als würde ich zustimmen, gab ihr ein paar Tropfen ins Rotweinglas und wartete, bis sie sich nicht mehr bewegte. Danach nahm ich das Kissen und erstickte sie. Anschließend habe ich alles mitgenommen…, ihren Laptop, das Handy, ihr Tagebuch."

„Und du dachtest wirklich, dass der Anruf von Johanna Schaller kam? Dass sie einen Speicherstick von Sophie hatte?"

Er nickte. „Wer hätte ihn sonst haben können? Ich habe alles auf ihrem Laptop gefunden. Das war ganz einfach, weil sie sich das Passwort in ihrem Notizblock notiert hatte. Daher wusste ich auch von dem engen Verhältnis zwischen Sophie und Johanna und auch von den Informationen, die sie über mich und Voss zusammengetragen hatte." Dannenberg atmete tief durch, um sich ein wenig zu beruhigen.

„Es wäre so einfach gewesen, Christian. Wenn du einfach Sophies Sachen vernichtet hättest, wäre es das gewesen. Dann hätten wir dir wahrscheinlich nichts nachweisen können."

Levers stieß ein höhnisches Lachen aus. „Ja, es wäre so einfach gewesen. Als ich dich auf dem Parkplatz gesehen habe, wusste ich, dass die Sache mit dem Speicherstick eine Falle war."

„Und warum mussten Landau und Wieczorek sterben?"

„Damit habe ich nichts zu tun. Voss hat mich eines Abends angerufen. Er sagte, dass bei der Übergabe im Rüstjer Forst zwei Kartons fehlen würden und dass er sich persönlich um Landau kümmern würde. Aber Landau hatte die Kartons gar nicht unterschlagen. Es war Wieczorek, der das Zeug aus der Spedition gestohlen hat."

„Erst foltert er Landau und, als er merkt, dass er den Falschen hat, nimmt er sich Wieczorek vor?"

Levers nickte. „Voss ist ein skrupelloser Kerl. Der schreckt vor nichts zurück."

„Und du hast ihm nicht den Auftrag dazu gegeben?"

„Nein. Ich war für die Anlieferung und Organisation zuständig und habe dafür gesorgt, dass alles reibungslos über die Bühne geht. Sobald die Ware im Landkreis war, hat Voss übernommen. Patrick, ich hatte keine Ahnung, dass er so weit gehen würde, dass er das Mädchen entführt und die beiden foltert und umbringt." Dannenberg setzte sich.

„Christian, nichts rechtfertigt das, was du getan hast. Und dafür wirst du für lange Zeit ins Gefängnis gehen. Aber wenn du noch einen Funken Anstand hast, dann erzählst du mir jetzt, wer da noch mit drin steckt und ob weitere Drogenaktivitäten geplant sind."

Levers lachte höhnisch auf. „Ich bin so gut wie tot, wenn ich das tue. Auch im Gefängnis und das weißt du auch."

„Du hast etwas gut zu machen, Christian." Dannenberg sah ihn scharf an. „Es ist für mich eine Frage der Ehre, auch wenn es dir nicht viel bringen wird."

„Ich denke darüber nach", murmelte er kaum hörbar. „Und jetzt möchte ich in die Zelle."

„Wie du willst. Morgen früh wirst du dem zuständigen Haftrichter vorgeführt. Das war's dann für sehr lange Zeit. Überlege dir also gut, ob du kooperieren willst oder nicht." Dannenberg gab der Polizeibeamtin an der Tür ein Zeichen: „Beate, bring ihn in die Zelle!"

* * *

Patrick Dannenberg konnte es immer noch nicht fassen, dass ausgerechnet Christian Levers korrupt war. Wie hätte er reagiert, wenn er in einer ähnlichen scheinbar ausweglosen Situation wie Levers gewesen wäre? Was hätte er getan? Er wusste, dass es eine rein hypothetische Frage war, aber er wusste aufgrund seiner jahrelangen Erfahrung bei der Kripo auch, dass Menschen, die keinen Ausweg mehr sehen, irrational handeln.

Dannenberg trat in Gedanken versunken hinter seinen Schreibtisch. Der Stuhl quietschte, als er sich setzte. Ein deutliches Zeichen für sein Übergewicht, aber er konnte sich einfach nicht überwinden, etwas Sport zu betreiben. Er hatte sich vor einem halben Jahr sogar einen Heimtrainer angeschafft, aber bisher standen kaum mehr als 100 Kilometer auf dem Tacho.

Mitten in seine Gedanken öffnete sich die Tür. Es war Lisa. „Kommst du bitte mal? Wir haben die Sachen aus Levers' Haus." Er zwängte sich aus seinem Stuhl und folgte ihr.

Im Büro warteten bereits Cem und Kai mit drei vollen Kartons.

„Es ist alles dabei", sagte Kai. „In dem einen Karton sind Laptop, Handy und einige schriftliche Aufzeichnungen von Sophie, und die anderen beiden sind voll mit Unterlagen, die wir in seinem Haus sichergestellt haben. Es wird eine ganze Weile dauern, bis wir das alles durchgesehen haben."

Lisa zog ein in braunes Leder gebundenes Tagebuch hervor.

„In einem Punkt hat Levers Recht. Sophie wollte den Artikel nicht mehr veröffentlichen. Sie wollte ihn tatsächlich erpressen."

Lisa schlug Sophies Tagebuch auf und lass den letzten Eintrag vor:

Ich hätte wissen müssen, dass sich kein Redakteur trauen würde, den Artikel zu veröffentlichen. Niemand will sich an der Story die Finger verbrennen. Aber es gibt immer eine Alternative im Leben. Es gibt immer einen Plan B. Die Schuldigen sind entweder tot oder werden schweigen. Aber diejenigen, die schweigen, werden zahlen, damit auch ich schweige.

„Und hier ist noch ein Eintrag, der interessant sein könnte", sagte Lisa.

Genau heute vor einem Jahr ist Niko gestorben. Es vergeht kein Tag, an dem ich nicht an ihn denke. Wir haben uns geliebt und von einem gemeinsamen Leben geträumt. Ich habe seinen Versprechungen geglaubt, dass er für mich clean werden würde. Aber dann habe ich ihn wieder dabei erwischt, wie er sich das Dreckszeug gespritzt hat. Ich habe ihn angeschrieen, ihn gefragt, warum er sein Leben wegschmeißt, anstatt mit mir zusammen zu sein. Aber er hat mich nur mit einem irren Lächeln angeschaut und gesagt, dass alles gut werde. Ich habe alles versucht, um ihm zu helfen, aber ich habe es nicht geschafft. Die Sucht war stärker, die verdammten Drogen waren stärker, viel stärker, als ich es je sein werde. Aber ich werde dafür sorgen, dass sein

Tod nicht umsonst war. Sie werden dafür büßen, auch wenn ich weiß, dass Niko nie wieder bei mir sein wird.

„Jetzt wissen wir, warum sie sterben musste", resümierte Ilka. „Levers hatte keine Wahl. Er konnte nicht riskieren, dass alles auffliegt. Also musste er etwas unternehmen! Was wird jetzt eigentlich aus ihm?"

„Morgen wird er dem zuständigen Haftrichter vorgeführt", erwiderte Dannenberg. „Damit ist der Fall für uns abgeschlossen."

„Und damit endet es wieder wie so oft", bemerkte Ilka mit einem Hauch von Frustration. „Die ganz Großen erwischen wir nie!"

„Mag sein", entgegnete Dannenberg. „Aber wir haben herausgefunden, wer Landau, Wieczorek und Sophie getötet hat und wir haben Levers überführt. Und so ein kleiner Fisch ist Levers ja nun auch nicht. Jedenfalls können wir im Moment nicht mehr tun."

„Was wird jetzt aus Johanna Schaller?", fragte Lisa.

„Sie ist vorerst auf freiem Fuß, weil keine Fluchtgefahr besteht", antwortete Ilka. „Wegen der Sache mit Voss könnte sie mit einem blauen Auge davonkommen. Wenn der Richter die Sachlage und die Hintergründe richtig einschätzt, dann dürfte sie mit einer Bewährungsstrafe rechnen. Wie sie seelisch damit klar kommt, ist eine ganz andere Sache." Lisa holte tief Luft.

„Ist schon eine beschissene Situation. Erst stirbt der Sohn, der Mann haut ab und schließlich wird auch noch die Freundin ihres Sohnes umgebracht. Kein Wunder, dass sie in dieser Situation ausrastet! Meinst du, sie hat die Kraft, wieder aufzustehen?"

„Ohne professionelle Hilfe wird es schwierig", warf Dannenberg ein. „Ich glaube nicht, dass sie es allein schaffen kann. Sie war kurz davor, ihn zu erschießen."

„Sehe ich genauso", stimmte Ilka zu. „Ich werde noch einmal mit ihr reden. Vielleicht kann ich sie dazu überreden, einen Psychologen aufzusuchen. Ich habe das Gefühl, dass sie mir vertraut. Außerdem kenne ich da jemanden, der ihr mit Sicherheit helfen könnte."

Dannenberg ahnte sofort, dass sie den Polizeipsychologen Dr. Seidel im Sinn hatte, doch er beließ es bei einem kurzen, vielsagenden Blick zu ihr. „Ja, mach das, Ilka. Sehr gute Idee! Bevor ich es vergesse. Hast du schon etwas Neues von Jana gehört?"

„Ja. Ich habe vorhin kurz mit ihr telefoniert. Sie wurde heute Morgen entlassen. Aber jetzt ratet mal, wer sie gestern Abend im Krankenhaus besucht hat."

Als sich niemand aus der Runde meldete, sagte sie: „Doris Landau. Die beiden haben über eine Stunde geredet. Wenn ich Jana richtig verstanden habe, dann war es das erste vernünftige Gespräch, das die beiden in den letzten Monaten geführt haben. Sie wollen sich zusammenraufen und gemeinsam eine Lösung finden, wie es mit der Spedition weitergehen kann."

„Glaubst du wirklich, sie schaffen das?" Lisa hatte ihre Zweifel. „Ich kann mir gut vorstellen, dass Doris zusammen mit diesem Kreuzer versuchen wird, Jana über den Tisch zu ziehen. Zutrauen würde ich ihr das."

Ilka hob unschlüssig die Schultern. „Mag schon sein, aber so dumm wird Jana nicht sein. Ich denke, dass Doris Landau begriffen hat, dass es keine andere Möglichkeit gibt, als sie mit ins Boot zu holen und dass es keine Entscheidung ohne ihr Einverständnis geben wird."

Cem, der die ganze Zeit merkwürdig abwesend neben allen stand, meldete sich zu Überraschung aller doch noch zu Wort.

„Das ist eine tragische Geschichte", sagte er nachdenklich und nahm Lisa das Tagebuch von Sophie Degenhardt aus der Hand. Er schlug wahllos einige Seiten auf und schüttelte leicht den Kopf.

„Eine junge Frau will diejenigen finden, die für den Tod ihres Freundes verantwortlich sind. Sie schafft es sogar, aber sie bezahlt dafür mit ihrem Leben. War es das wirklich wert?"

„Nein, natürlich nicht", pflichtete Ilka ihm bei. „Ich hätte mir auch gewünscht, dass sie mit ihrem Verdacht zuerst zu uns gekommen wäre. Dann wäre sie jetzt noch am Leben."

„Aber sie hat sich leider entschieden, einen anderen Weg zu gehen", sagte Lisa. Sie warf einen kurzen Blick auf die Uhr über der Tür und schaute danach etwas unsicher in die Runde.

„Tja, liebe Kollegen, ich muss langsam Feierabend machen. Morgen früh um Acht werde ich wieder in meiner alten Abteilung erwartet und dann will ich wenigstens einigermaßen fit dort aufschlagen."

Dannenberg hob die Hand.

„Wer hat gesagt, dass du uns verlassen sollst? Das wirst du schön bleiben lassen, Lisa! Du bist morgen früh um acht hier und schaust dir mit den Kollegen das Beweismaterial aus Levers' Haus an. Um alles andere kümmere ich mich!"

„Dann haben wir es ja doch noch geschafft", sagte Ilka mit hörbarer Erleichterung. „Ich hatte schon nicht mehr daran geglaubt."

„Niemand konnte ahnen, dass es einer von uns war", warf Patrick ein. „Aber er hat uns wenigstens noch die Namen genannt. Immerhin etwas."

„Ja, immerhin etwas", stimmte Ilka zu. „Ich glaube, wir haben uns jetzt einen Drink verdient. Was meint ihr?"

Während Patrick, Lisa und Kai sofort zustimmten, musste Cem passen.

„Tut mir leid, Leute, aber ich habe noch etwas zu erledigen."

„Hat das nicht Zeit bis morgen?", fragte Kai.

„Nein, das hat leider keine Zeit." Kai wollte gerade einen zweiten Versuch starten, ihn zu überreden, als Ilka ihn zur Seite zog.

„Lass ihn, Kai", sagte sie so leise, dass es Cem nicht hören konnte. „Ich glaube, ich weiß, wo er hin will."

* * *

Als Cem zwanzig Minuten später den Stader Hafen erreichte, wartete Anna Beringer bereits auf ihn. Sie kam langsam auf ihn zu und versuchte, ein ungezwungenes Lächeln hinzubekommen.

„Hallo Cem, schön, dass du gekommen bist." Anna schlug die Arme fest um ihren braunen Wintermantel. „Ganz schon kalt heute."

„Wenn du willst, können wir auch irgendwo einen Kaffee trinken", schlug Cem vor.

„Lieb von dir, aber mein Zug fährt bereits in einer Stunde und ich habe noch ein paar Dinge zu erledigen." Er sah, wie eine Windböe ihr schwarzes Haar durcheinander wirbelte.

„Anna, ich wollte dich noch einmal sehen, weil ich nicht will, dass wir im Streit auseinander gehen."

Sie wischte sich mit einer raschen Handbewegung einige Strähnen aus dem Gesicht.

„Sehe ich genauso", sagte sie.

Er griff nach ihrer Hand. „Es ist verdammt traurig, dass es so enden musste mit uns beiden."

Anna nickte. „Mir wäre es auch lieber gewesen, wenn wir es geschafft hätten, aber es hat nicht funktioniert. Es war trotzdem schön, dich noch einmal zu sehen, Cem. Pass auf dich auf."

Beim Verabschieden standen sie sich für einen Augenblick gegenüber, dann umarmten sie sich, ohne ein Wort von sich zu geben. Cem war schon auf dem Weg zum Auto, als er noch einmal ihre Stimme vernahm. „Cem?"

Er drehte sich um. „Ja?"

„Wir hatten eine tolle Zeit zusammen. Und diese Zeit sollten wir für immer in Erinnerung behalten."

Cems Blick wanderte kurz über den Hafen, bevor er ein letztes Mal zu Anna sah. Für einen Moment stand er reglos da und schien nach den passenden Worten zu suchen.

„Mach's gut in Zürich, Anna", sagte er. „Und lass mal was von dir hören."

Dann ging er zu seinem Auto und ließ den Motor an. Er spürte, wie eine tiefe Traurigkeit in ihm aufstieg. Am liebsten hätte er noch einmal nach ihr geschaut, doch er tat es nicht. Langsam steuerte er den Wagen vom Parkplatz, bog auf die Hansestraße und fuhr davon.

* * *

Zwei Tage später

An diesem Morgen wies Patrick Dannenberg dem ganzen Team an, pünktlich um Acht im Büro zu erscheinen. Er wartete, bis sich alle gesetzt hatten, dann sagte er mit leiser Stimme: „Ich habe gerade einen Anruf von der JVA erhalten. Christian Levers ist tot. Man hat ihn heute Morgen erhängt in seiner Zelle gefunden. Der Notarzt konnte nur noch seinen Tod feststellen. Eine Obduktion ist angeordnet worden, auf den ersten Blick deutet aber alles auf einen Suizid hin."

„Verdammte Scheiße", fluchte Ilka. „Warum hat er das getan?"

„Er hat einfach keinen Ausweg mehr gesehen", sagte Dannenberg. „Wegen des Mordes an Sophie Degenhardt und dem Drogenhandel, den er betrieben hat, hätte er wahrscheinlich den Rest seines Lebens im Gefängnis verbracht. Er hat alles verloren, was ihm in seinem Leben wichtig war."

Ilka war fassungslos. „Wie kann man sich in einer Zelle erhängen?"

„Der Klassiker: Er hat das Bettlaken zerrissen und die Enden aneinandergeknotet." Dannenberg war sichtbar mitgenommen von der Nachricht über den Tod seines Freundes. „In seiner Zelle hat man einen Abschiedsbrief gefunden. Ich habe gerade eine Kopie per Mail bekommen." Mit stockender Stimme las er den Brief vor.

Patrick,

es tut mir leid, dass ich dich enttäuscht habe. Es gibt Dinge im Leben, die außer Kontrolle geraten können. Und in meinem Fall war es so. Ich habe Dinge getan, die unverzeihlich sind, und ich habe damit auch das Ansehen der Polizei beschädigt. Nichts rechtfertigt mein Handeln, dessen bin ich mir bewusst. Deswegen habe ich den Entschluss gefasst, meinem Leben ein Ende zu setzen.

Ich werde wegen vorsätzlichen Mordes und gewerbsmäßigen Drogenhandels angeklagt werden. Das reicht in meinem Alter aus, um den Rest des Lebens im Gefängnis zu verbringen. Das ertrage ich nicht und das will ich auch nicht. Aber ich werde nicht gehen, ohne vielleicht einen kleinen Teil von dem, was ich angerichtet habe, wieder gutzumachen.

Rüdiger Voss hat Johanna Schallers Jungen umgebracht. Er wurde ihm zu gefährlich, seit Niko mit dieser Sophie zusammen war. Der Junge wollte von den Drogen loskommen und das hätte für Voss gefährlich werden können.

Alles Weitere findest du in meiner Garage. Über der Tür zum Heizungsraum findest du einen losen Stein. Dahinter liegt ein Schlüssel zu einem Bankschließfach, wo du alle Informationen findest, die du haben wolltest.

Ich hoffe, dass ich so wenigstens etwas von meiner Schuld begleichen kann.

Christian

Ilka presste die Lippen zusammen. Sie hätte ihn bei der Festnahme an die Gurgel springen können, doch jetzt spürte sie plötzlich eine Art Mitgefühl. Es änderte nichts an der Schuld, die er auf sich aufgeladen hatte. Er hatte eine junge Frau getötet und vielen anderen durch seinen Drogenhandel Leid zugefügt. Aber sich das Leben zu nehmen, bei vollem Bewusstsein und Verstand, war für Ilka schon eine krasse Nummer.

Dannenberg rückte seine Brille zurecht und schaute Ilka tief in die Augen.

„Du holst dir jetzt mit Cem den Schlüssel und bringst die Unterlagen aus dem Schließfach hierher. Kai, Lisa, ihr geht alle Fälle durch, die Levers im letzten Jahr bearbeitet hat. Wenn wir damit fertig sind, übergeben wir die Sache dem LKA. Die werden dann die Szene mal so richtig aufmischen! Vielleicht haben wir doch noch einen der großen Fische am Haken."

Ilka hatte die Hand schon auf die Türklinke gelegt, als sich Dannenberg noch einmal zu Wort meldete.

„Bevor ich es vergesse. Gute Arbeit von euch allen. Die Idee mit dem Speicherstick war sehr gut, obwohl es am Rande dessen war, was ich vertreten konnte."

Alle nickten, aber Ilka kannte ihren Chef besser als jeder andere. Und dann kam auch schon der Nachtrag, auf den sie gewartet hatte.

„Denkt bitte daran, regelmäßig zu diesem Abwehr- und Zugriffstraining zu gehen. Und ein wenig von diesem … wie heißt das noch gleich?"

„Ju-Jutsu!", half ihm Lisa auf die Sprünge.

„Ja, genau. Ju-Jutsu! Ihr habt ja bei der Kollegin Reinhardt gesehen, dass es nicht schaden kann, wenn man sich ein wenig damit beschäftigt."

Ilka warf ihm einen amüsierten Blick zu. „Bist du auch dabei? Jetzt, wo du wieder aktiv an den Fällen mitarbeitest?"

Dannenberg tat so, als hätte er Ilkas Provokation überhört.

„Gut, das war's dann. Jeder weiß, was er zu tun hat. Also raus mit euch!"

Die deutsche Nordseeküste mit den Flüssen Elbe und Weser

Aus der Luft Fotografiert von Martin Elsen

ca. 400 farbige Luftaufnahmen
240 Seiten, fest gebunden, DIN A4
deutsch / englisch
Hochwertiger Druck
Lackiertes Bilderdruckpapier

Der Bildband mit spektakulären Aufnahmen aus der Vogelperspektive

In diesem Bildband werden ca. 400 Luftaufnahmen des Stader Fotografen Martin Elsen gezeigt. Wie der Film „Die Nordsee von oben" dokumentiert dieses Buch die deutsche Nordseeküste. Der Bildband ist gegliedert in vier Abschnitte, einschließlich der großen Flussregionen von Elbe und Weser mit Hamburg und Bremen.

www.mce-verlag.de

ISBN: 978-3938097359
29,90 € VKP

„sage & schreibe"
Buxtehuder schreiben über Buxtehude(r)

Geschichte und Geschichten aus und um Buxtehude, hrsg. v. d. Buxtehuder Autorinnengruppe „sage & schreibe"....

Paperback, 228 S., ISBN: 978-3-938097-48-9

Krimis aus dem Norden
im MCE-Verlag

Klaus-Dieter Budde
Der Tote im Spargelfeld

Ein Spargelbauer taucht nach Monaten wieder auf – tiefgefroren. Nicht nur die Kripo, sondern auch Neu-Privatdetektiv Kühl machen sich daran, das Rätsel zu lösen. Überraschende Verbindungen tun sich auf: zu ausländischen Spargelbauern und in die Drogenszene. Geht es um richtig viel Geld?

Paperback, 187 S., ISBN: 978-3-938097-52-6

Jan Jacobsen
Der Tod der Präsidentin

Die Präsidentin des Hamburger Landgerichts ist tot. Unter Verdacht: ein Richterkollege und die Staatsrätin der Hamburger Justizbehörde. Parallel dazu bekommt einer der Ermittler einen Fall auf den Tisch, der sein Leben durcheinander wirbelt. Die Tochter seiner Jugendliebe...

Paperback, 149 S., ISBN: 978-3-938097-51-9

www.mce-verlag.de

Krimis aus dem Norden

im MCE-Verlag

Peter Eckmann
Die Chemie stimmt

Ein großer Chemiekonzern aus den USA errichtet bei Stade ein neues Werk. Viele Besitzer der Ländereien in dem kleinen kehdinger Dorf Bützfleth werden Millionäre. Das plötzliche Verschwinden eines Obstbauern überschattet die Freude über den neuerlichen Reichtum...

Paperback, 315 S., ISBN: 978-3-938097-50-2

Monika Heil
Tatort Unterelbe

Die zwölf kurzen Kriminalerzählungen der Stader Autorin drehen sich meist um Beziehungsdramen, Eifersucht und Verletzungen, die zu Mord- und Rachegedanken führen. Dabei wird in der Regel in aller Stille gemordet – ohne spektakuläre Aktionen oder Schießereien...

Paperback, 234 S., ISBN: 978-3-938097-49-6

Michael Romahn
Mörderische Geest

In einer regnerischen Nacht kommt bei einem Autounfall Miriam Erdmann ums Leben. Ihre Tochter Sabrina ist seitdem an den Rollstuhl gefesselt. Fast fünf Jahre später wird bei Harsefeld die skelettierte Leiche von Barbara Schulte gefunden. Die Ermittlungen der Kripo Stade bleiben zunächst erfolglos...

Paperback, 315 S., ISBN: 978-3-938097-3

www.mce-verlag.de

MCE
KRIMI

Krimis aus dem Norden

im MCE-Verlag

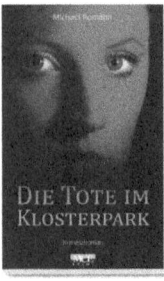

Michael Romahn
Die Tote im Klosterpark

Eine junge Frau wird erwürgt im Harsefelder Klosterpark gefunden. Kaum haben Oberkommissarin Ilka Hansen und ihr Team mit den Ermittlungen begonnen, geschieht ein zweiter Mord. Die Suche nach dem Täter führt die Ermittler immer weiter in ein Labyrinth aus Korruption und Habgier. ....

Paperback, 267 S., ISBN: 978-3-938097-31

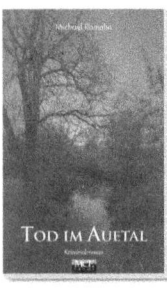

Michael Romahn
Tod im Auetal

Nach zehn Jahren Haft führt Dennis Höfers erster Weg nach Stade, zum Grab seiner Frau. Nur zwei Tage später wird in den Überresten eines abgebrannten Heuschuppens eine verkohlte Frauenleiche gefunden. Bei der Toten handelt es sich um Marion Wolff, der ehemaligen Sekretärin des Reeders Daniel Peters. ....

Paperback, 232 S., ISBN: 978-3-938097-2

Thorsten Beck
Tim Börne Trilogie

Der Anwalt Tim Börne, alleinerziehender Vater mit Kanzlei in Harburg, wird in spannende Kriminalgeschichten verstrickt. In der Trilogie Harburg Blues, Ausgestempelt und Der chinesische Pfeil geht es um korrupte Baufirmen, Mord in einem Fahrzeugwerk und um die chinesische Mafia.

Paperback, 255 S. ISBN: 978-3-938097-07-6

www.mce-verlag.de

MCE KRIMI

Krimis aus dem Norden

im MCE-Verlag

Wolfgang Röhl
Brand Marken

Deutschland 2020. Eine Terrororganisation, die für Tierrechte über Menschenleichen geht, hat die Republik in den Ausnahmezustand gebombt. Zufällig kommt der Redenschreiber Max Michelsen einer Gruppe auf die Spur. Sind es Gegner der umstrittenen Flussvertiefung oder Kader der mörderischen „Animal Liberation Front"?

Paperback, 185 S., ISBN: 978-3-938097-36-6

Wolfgang Röhl
Straßenkampf

Der Kampf gegen ein Autobahnprojekt endet tödlich. Der Kopf einer Bürgerinitiative gegen die Schnellstraße wird schwerverletzt am Straßenrand aufgefunden – offensichtlich angefahren. Bei den Ermittlungen kommt es zu allerlei Verwicklungen und am Ende zu dramatischen Verfolgungsjagd.

Paperback, 203 S., ISBN: 978-3-938097-23-6

Wolfgang Röhl
Im Norden stürmische Winde

Aufruhr in Söderfleth, einem Dorf in Norddeutschland: Eine skrupellose Windenergie-Firma plant einen Windpark. Das Dorf ist gespalten. Eine Bürgerinitiative macht gegen den Windpark mobil, und bald geschehen merkwürdige Dinge. Mithilfe des legendären Wachtelkönigs wollen die Protestler das Windparkprojekt kippen ...

Paperback, 192 S., ISBN 978-3-938097-11-3

www.mce-verlag.de

Krimis aus dem Norden

im MCE-Verlag

Wolfgang Röhl
Inselkoller

Auf der Nordseeinsel Diekerum ist Krieg um die Feriengäste ausgebrochen. Ein Investor will das Eiland auf modernen Stand bringen. Bernhard Hamm, bekannt aus Röhls Krimikomödie „Im Norden stürmische Winde", findet die Leiche eines Mannes am Strand. Hamm versucht, das Rätsel um die Leiche aufzudröseln.

Paperback, 220 S., ISBN: 978-3-938097-16-8

Thomas B. Morgenstern
Milchfieber

Als Milchkontrolleur Hans-Georg Allmers den Geburtstag des Bauern Horst Winkler im Feuerwehrhaus feiert, ahnt er noch nicht, welch unheilvolle Entwicklung an diesem Abend ihren Anfang nehmen wird. Allmers Gespür für verworrene Fälle soll schon bald auf eine harte Probe gestellt werden ....

Paperback, 269 S., ISBN: 978-3-938097-26-7

Monika Heil
Eleonore ordnet ihr Leben

Die Staderin Eleonore Marten ist eine fröhliche, lebensbejahende Endfünfzigerin. Wären da nicht immer wieder Momente von Frust und Unbehagen. Denn ihr Leben hatte sie sich nach dem Ruhestand ihres Mannes ganz anders vorgestellt. Zum Glück gibt es ja noch Erich, ihre erste Liebe, der ihr nach vielen Jahren wieder begegnet ....

Paperback, 216 S., ISBN: 978-3-938097-37-3

www.mce-verlag.de

MCE KRIMI